환상의 그녀

환상의 그녀

사카모토 아유무 장편소설 | 이다인 옮김

해피북스
투유

차례

제 1 장

상
중
엽 서

1

'상중喪中이라 새해 인사는 정중히 사양합니다.'

마키시마 후타는 엽서가 꽂혀 있던 우편함 쪽에 눈이 갔다. 먼 친척 할머니라도 돌아가셨나 했다. 이제 연하장은 시골에 사는 친척이나 보내오는 정도였다. 그러나 이어지는 문장을 읽고 후타는 들고 있던 엽서를 놓칠 뻔했다.

'올해 2월, 장녀 미사키가 영면했습니다.'

엽서 배경에 그려진 민들레를 가만히 바라보았다. 바람을 타고 날아가는 하얀 민들레 씨앗이 덧없게 느껴졌다.

미사키가 죽었다고? 믿을 수 없었다. 그녀는 이제 겨우 서른하나 아니면 둘일 터였다.

명치께가 답답했다. 미사키와는 3년 전에 헤어진 사이다. 둘이 오래 만나진 않았지만, 옛 연인의 갑작스러운 부고는 후타에게 적잖은 충격이었다.

바지 뒷주머니에서 스마트폰이 울렸다. 화면에 '사사키(럭키)'라는 이름이 떴다. 럭키 네에서 이제 막 후타의 아파트에 도착했는데 그새 무슨 일이 생긴 건가 싶었다. 미사키의 죽음에 온 신경이 쏠려 있었지만 연락을 무시할 수는 없었다.

"네, 마키시마입니다."

"사사키예요. 럭키가 너무 안 일어나서요."

"혹시 다른 이상 증세가 있나요? 숨을 헐떡이거나 몸을 떤다든지요."

"아니요. 그렇지는 않은데 낮잠을 이렇게 오래 자는 건 처음이에요. 몸도 축 늘어졌고요."

후타는 작게 한숨을 내쉬었다.

"아까 공원에서 한참 놀더니 많이 지쳤나 보네요."

사사키는 일이 바빠 럭키를 밖에 자주 데리고 나가지 못한다고 하면서 그에게 맡겼다. 그래서인지 럭키는 누가 봐도 뚱뚱한 축에 속했다. 웰시코기는 다른 개에 비해 움직이는 걸 좋아하기 때문에 오늘은 럭키가 만족할 때까지 뛰게 됐다. 리드줄을 잡고 있던 후타가 녹초가 될 정도였으니 럭키가 곯아떨어질 만했다.

"그런 데다 집으로 돌아가서 사사키 씨를 보니 럭키가 아마 안심이 됐을 거예요. 조금 더 상태를 지켜보죠."

"그래도 너무 걱정돼서…………"

사사키는 불안해하며 말했다. 후타는 부잣집 아가씨 같은 사사키의 얼굴을 떠올렸다. 그런 인상과 달리 회사에서 사사키의 직책은 제법 높은 듯했다. 후타와 나이 차도 크지 않아 보였는데, 역시 겉모습만으로 사람을 판단해서는 안 된다.

어쩌면 직장에서 사사키는 엄격한 상사인 양 연기하고 있는 건 아닐까. 그럼 아마 스트레스깨나 쌓였을 것이다.

"알겠습니다. 지금 바로 가겠습니다."

통화 종료 버튼을 눌렀다. 사사키의 집은 후타의 아파트에서 자전거로 15분 정도 되는 거리다. 전화를 붙들고 있느니 직접 가서 이야기하는 편이 빨랐다. 무엇보다 지금 후타에게는 고객 한 명이 아쉬운 상황이다. 고객에게 문제가 생겼을 때 곧바로 달려가 해결하면 신뢰를 얻을 수 있다. 고객의 신뢰는 다음 일로 이어질 뿐 아니라 입소문을 타 평판도 알려지기 마련이다.

후타는 회사를 그만두고 펫 시터 일을 시작했다. 회사에서 잘린 것은 아니었다. 대졸 신입사원으로 들어간 회사는 철없는 사장 아들의 헤픈 씀씀이 탓에 어처구니없이 파산해버렸다. 8년 동안 월급쟁이로 살며 알게 된 건 자신이 회사 생활과 맞지 않는다는 것이었다. 이직을 준비하던 동료들과 회사에 다니던 친구들은 대체 무슨 생각을 하는 거냐며 그의 결정을 반대했지만 후타는 혼자 할 수 있는 일을 택했다.

예상외로 도야마에서 지내는 어머니만이 후타의 선택을 지지해주었다. 불안정한 일을 하다 실패를 맛보면 고향으로 돌아오지 않을까 기대한 듯했다. 하지만 펫 시터가 된 지 올해로 벌써 6년째다. 이대로라면 회사에 다닌 기간을 금세 넘어설 것이다. 어머니는 빗나간 예상에 아쉬워했지만 후타는 딱히 고향이 싫은 것은 아니었다.

웅대하게 펼쳐진 산맥, 금빛 모래알을 흩뿌린 듯 별이 빼곡한 하늘, 갓 딴 싱싱한 재료들로 차린 산해진미, 그리고 허물없는 오랜 친구들까지. 고향을 떠올리면 다시 돌아가고 싶었던 적이 몇 번이고 있었다. 고향 집에는 시바견 두 마리도 살고 있었다. 이제 제법 나이를 먹었지만 여전히 후타의 소중한 친구들이다. 건강히 잘 지내고 있으려나.

펫 시터가 하는 주된 일은 의뢰인이 집을 비우는 동안 강아지를 맡아 돌봐주고 산책을 시키는 것이지만 실상은 '무엇이든 도와드립니다' 서비스에 가까웠다.

어제는 갑자기 출장이 잡혀 집을 비우게 된 사사키의 의뢰를 받아 럭키를 하룻밤 맡게 되었다. 애견 호텔이나 다름없었다. 그리고 지금은 진료를 보러 가야 하는 처지다. 사실 펫 시터도 자격증이나 허가가 필요한 일이지만 그런 것들을 일일이 따지면 틈새시장은 성립할 수 없다. 서비스 요금표에 적을 수 없는 일이 가장 돈이 되는 법이니까.

현관에 내려놓았던 배낭을 다시 짊어지려던 순간 후타는 손에 여전히 엽서를 쥐고 있다는 사실을 깨달았다. 단 두 줄뿐인 문장을 다시 한번 눈으로 읽은 다음 엽서를 가방에 넣고 집을 나섰다. 아파트 앞 주차 구역에 세워 둔 자전거를 타고 헤이와바시 길을 따라 에도가와구를 향해 달렸다. 펫 시터 일은 아무래도 지역 밀착형이다 보니 자동차보다는 좁은 골목골목을 누빌 수 있는 자전거가 적합했다. 11월에 접어들어 해 질 무렵의 바람에 찬기가 서렸다. 페달을 밟으면서도 미사키에 대한 생각이 머리에서 떠나지 않았다. 참 밝은 사람이었는데, 그런 그녀가 죽었다니.

"나는 아직 20대니까 같은 세대로 보지 말아줄래?"라며 미사키는 장난기 섞인 웃음을 터트렸었다. 미사키는 후타와 네 살 차이였고 두 사람이 만날 당시에는 스물아홉이었다. 고작 서른 둘에 세상을 떠난 셈이다. 병이었을까 아니면 사고였을까. 헤어진 뒤로 전혀 연락하지 않았던 터라 예상치 못한 소식에 얼떨떨했다. 양쪽 도로에 가로등이 켜졌다. 신코이와역 앞 사거리가 가까워졌다. 서둘러 자전거 전조등을 켰다. 예전에 이 근처에서 경찰에게 불심 검문을 받았었다. 전조등을 켜지 않으면 예외 없이 신원을 확인하는 듯했다. 도난 신고된 자전거가 아니고, 신원이 명확하면 바로 풀려났지만 그때 후타를 불러세웠던 젊은 경찰은 '펫 시터'가 직업이라고 말하는 후타를 수상하게 여겼었다. 강아지를 좋아하는 사람이 아니면 이 일이 낯설 수밖에 없다.

미사키도 강아지를 좋아했다. 처음 만난 건 마쿠하리에서 열린 펫 페어에서였다. 넓은 행사장에는 반려견 놀이터부터 강아지 훈련 무료 체험, 강아지 전문 사진 촬영, 사료 샘플 테스트까지 다양한 이벤트가 마련되었다. 후타는 펫 시터로 일하며 알게 된 행사 스태프를 돕기 위해 현장에 있었다.

미사키는 그날 펫 페어에서 진행된 입양 이벤트에 참가했다. 그녀는 그곳에서 코코아라는 미니어처 닥스훈트에게 한눈에 반해버렸다. 미사키가 코코아의 입양 절차를 끝내고 후타가 일하던 상담 코너를 방문했다. 처음 강아지를 키우게 된 미사키에게 어떤 준비를 해야 하는지 설명했던 것이 그들의 첫 만남이었다.

두서없는 질문에 완벽히 대답해주었는지 자신은 없었지만, 코코아의 가족이 된 미사키는 그 후로도 여러 차례 후타에게 문의를 해왔다. 강아지를 한번도 키워본 적이 없으니 간단한 것조차 모르는 것이 어쩌면 당연했다. 후타는 어떤 질문이든 시간을 아끼지 않고 철저히 조사해 미사키에게 친절하게 답해주었다. 미사키는 그런 후타의 모습에 호감을 느낀 듯했다. 후타도 미사키에게 도움을 줄 수 있다는 사실이 기뻤다. 후타의 블로그는 '강아지에 관해 자주 하는 질문에 대답해 드립니다' 라는 Q&A체제로 운영되었는데 한때 미사키가 남긴 질문 글로 도배되기도 했다.

유기견 보호 활동을 후타에게 소개한 것도 미사키였다. '멍멍이 수호대'라는 자원봉사 단체였는데, 작명 센스는 영 별로였지만 지극히 성실한 사람들의 모임이었다. 주인에게 버림받은 수많은 유기견은 안락사를 당할 처지에 놓인다. 회원들은 그런 유기견들을 구하는 데 열심이었다. 후타도 금세 그들의 열정에 동화되었다.

"후타는 성실하고 다정하니까 그 일과 잘 맞을 것 같았어."

미사키의 보조개를 떠올리자 눈시울이 뜨거워졌다. 페달을 밟는 다리에 힘이 들어갔다. 어느 순간부터 후타와 미사키는 코코아를 집에 두고 둘이서만 만나기 시작했다. 이내 후타는 미사키와의 만남에 대해 진지하게 생각했지만 얼마 지나지 않아 이별이 찾아왔다. 반년도 채 되지 않는 짧은 만남이었다.

"아, 여기다."

하마터면 사사키의 맨션으로 들어가는 골목을 지나칠 뻔했다. 5층짜리 맨션 입구로 미끄러지듯 들어가 자전거를 세우고 갈색 외벽을 올려다보았다. 지은 지 얼마 되지 않은 이 맨션은 소형견만 키우는 것이 허용된다고 했다. 처음에는 전면 금지였지만 몰래 키우는 사람들이 늘며 규정이 바뀐 듯했다.

계단을 뛰어 올라가 2층에 있는 사사키의 집 초인종을 눌렀다.

"죄송해요. 바쁘신데 다시 와달라고 해서."

문 앞에 서서 기다리고 있었는지 곧바로 문이 열렸다. 부드러워 보이는 소재로 된 니트 스웨터를 입은 사사키가 미소를 지었다. 조금 전 불안해하던 사람은 어디로 갔나 싶었다.

"들어오세요."

"실례하겠습니다. 럭키는 괜찮나요?"

사사키가 꺼내준 실내용 슬리퍼를 신으며 묻는 사이 거실에 있던 럭키가 달려 나왔다.

"어?"

럭키는 멍 하고 짓더니 짧은 다리로 후타에게 달려들었다.

"뭐야, 럭키. 금방 쌩쌩해졌구나?"

무릎을 꿇고 앉아 몸을 만져주자 꼬리를 빠르게 흔들었다. 아픈 곳은 전혀 없는 듯했다.

"조금 전에 일어나더니 아무렇지도 않게 뛰어다니더라고요."

후타는 럭키의 목덜미를 긁어주며 쓴웃음을 지었다.

"역시 오늘 운동을 많이 해서 지쳤었나 보네요. 그래도 공원에서 마음껏 놀아서 기뻐했어요."

럭키는 후타의 무릎 사이에 배를 보이고 누워 헥헥댔다.

"물은 좀 마셨나요?"

"네, 일어나자마자 충분히 마셨어요. 소변도 잘 봤고요."

흰 양말을 신겨놓은 것 같은 네 발의 젤리도 살펴보았지만 붓기도 전혀 없었다.

"아무 문제 없네요. 사사키 씨, 큰일이 아니라 다행이에요."

후타가 일어서자 사사키가 쑥스러운 듯한 얼굴로 그를 보고 있었다.

"번거롭게 해드려서 죄송해요. 마키시마 씨, 괜찮으시면 식사라도 하고 가실래요?"

"네? 저는 그게……."

"사과의 의미로 한 끼 대접하게 해주세요. 제가 어제 나가노로 출장갔었는데 맛있는 와인이 있다고 해서 사왔거든요."

사사키는 후타의 소매를 잡고 거실로 이끌었다. 럭키가 후타의 발밑에 딱 달라붙어 따라 들어왔다. 맛있는 토마토소스 향이 코끝을 자극했다. 재즈 선율이 흐르고 있었다.

"아버지는 홍콩으로 여행을 가셨으니 신경 안 쓰셔도 돼요."

하얀 테이블보를 깔아둔 식탁 위에는 레드 와인과 잔 두 개가 준비되어 있었다.

2

"그래서 그대로 도망쳐 나온 거야?"

난바라 유키에가 담배 연기를 뿜어내며 웃었다.

"그대로 잡아먹힐 뻔했다니까!"

잔에 와인을 따르기 시작한 사사키에게 "죄송합니다. 다음 고객이 기다리고 있어서요"라고 말한 뒤 허둥지둥 뛰쳐나왔다. 럭키도 아쉬운 듯 후타의 뒷모습을 보며 짖어댔다.

"한심하기는. 그 사사키라는 여자는 영 네 스타일이 아니야?"

"예쁘고 착하기는 해."

"그럼 몇 번 만나봐도 괜찮잖아."

집으로 돌아가던 길에 유키에에게 연락했다. 다테이시에서 한잔하지 않겠냐고 묻자 유키에는 고민할 틈도 없이 오케이를 외쳤다. 술을 좋아하는 유키에에게 취객들의 성지인 다테이시는 거절할 수 없는 제안이었던 것 같다.

"사사키 씨가 우리 보호견 중 한 마리 데려갈 것 같다고 하지 않았어?"

"응, 럭키한테 친구를 만들어주고 싶대. 둘째도 펫 숍에서 데려올 생각이었던 것 같기는 한데, 한번 이야기해보려고."

럭키는 혼자 있으면 스트레스로 털이 빠졌다.

"다음이 올해 마지막 입양 행사잖아. 이번에 입양자를 최대한 많이 찾아야 해. 사료만 해도 비용이 장난 아니라니까? 몸이라도 팔아서 실적 좀 올려봐!"

옆 테이블에 앉아 조림 요리를 뒤적이던 회사원의 시선이 느껴졌다. 몸이라도 팔라는 소리에 관심을 보이는 듯했다. 남자용 점퍼를 걸치고 숏컷을 한 유키에를 흘깃흘깃 쳐다보았다. 성별을 확인하고 싶어 하는 것 같았다.

'이래 봬도 여자예요'라고 알려줄까 생각했다. 유키에는 쉬는 날에 복싱 짐에 다닌다고 했다. 마른 체형에 남자 옷만 입고 다니니 말을 하지 않으면 남자인지 여자인지 구분할 수 없었다. 유키에를 처음 만나던 날 멍멍이 수호대에 대한 설명을 들었다. 유키에는 입을 열자마자 "난바라 유키에, 다카라즈카(소속 배우 전원이 비혼 여성인 일본 대표 극단)에서 남자 역할을 맡고 있어요"라며 농담을 던졌다. 그날부터 후타는 유기견 보호 활동을 시작했다.

언뜻 보기에는 남장을 한 미소녀 같은 이미지지만 입만 열었다 하면 그와 어울리지 않는 상스러운 단어들을 내뱉었다. 후타는 그런 유키에를 여자로 의식할 필요가 없어 대하기 편했다. 유키에는 후타보다 두 살 어렸지만 보호 활동에 있어서는 후타를 가르치는 입장이기도 해서 어느샌가 반말을 하는 사이가 되어 있었다.

"여기까지 불러내더니 할 말이 겨우 그거야?"

"아니야. 이것 좀 봐."

후타가 가방에서 엽서를 꺼내 테이블에 올려놓았다.

"상중 엽서(상중이라 연하장을 받지 않겠다는 내용을 적어 보내는 엽서)네? 이런 거 오랜만에 본다. 새해 인사도 요즘은 다들 문자나 라인으로 하잖아."

유키에가 잔을 입으로 가져가며 엽서를 손에 들었다.

"어? 미사키 씨면 코코아를 입양했던 사람 아니야?"

후타는 말없이 고개를 끄덕였다.

"그 사람 죽었어?"

"역시 너도 몰랐구나."

후타에게 유키에를 소개시켜 준 것이 미사키였다. 미사키는 시원시원한 성격의 유키에를 동경했다. 미사키뿐만 아니라 많은 여자가 그랬다.

"어떻게 된 거야?"

"나도 알고 싶어."

"너 미사키 씨랑 사귀지 않았어?"

"진작 헤어졌지."

후타는 들고 있던 잔에 담긴 하이볼을 단숨에 들이켰다.

"나보다 두 살 어리지 않았나? 아직 한창나이에……."

"생각보다 충격이 크더라."

"미사키 씨, 정말 안됐네."

유키에는 묘한 표정을 지었다.

"무슨 일이 있었던 건지 전혀 모르겠어."

"이거 주소가 안 적혀 있어."

유키에는 상중 엽서를 앞뒤로 확인하며 말했다.

"정말 그러네. 근데 어차피 알고 있어. 기치조지에 살았었어."

"아니, 그런 뜻이 아니라 상중 엽서는 보통 내년에는 연하장을 안 보내지만 그다음 해부터는 다시 보내겠다는 의미잖아. 근데 이것만 보면 더는 보내지 말라고 하는 느낌이야. 연을 끊겠다는 것 같지 않아?"

"응, 듣고 보니 그렇네."

유키에는 종종 후타가 생각지 못한 부분을 짚어내고는 했다.

"별 상관없겠지만."

두 번째 담배에 불을 붙인 유키에는 자신이 내뱉은 연기를 바라보았다.

"그래서 그렇게 똥 씹은 표정을 하고 있었구나?"

"전 여자친구가 죽었다는데 당연하지."

"미사키 씨 참 똑 부러졌었는데. 영 못 미더운 너한테 잘 어울린다고 생각했었어."

미사키의 웃는 얼굴이 또다시 머릿속에 떠올라 후타는 고개를 숙였다. 작게 손뼉을 치는 소리에 얼굴을 들자 유키에가 두 손을 모은 채 눈을 감고 있었다. 속눈썹이 길었다.

"자, 이제 명복도 빌었으니 밥 먹고 술 마시고 힘내자!"

유키에가 잔을 들며 말했다.

"네가 그렇게 슬퍼하는 건 미사키 씨도 원치 않을 거야. 안 그래?"

"맞아."

후타는 잔을 단숨에 비웠다. 유키에가 뜬금없이 "그런 거였네"라며 웃었다.

"그래서 예쁜 여자랑 와인을 마실 기분이 아니었구나?"

"그 이야기는 인제 그만해."

"알겠어. 자, 먹자."

조림 요리와 채소 볶음을 후타의 앞접시에 조금씩 덜어주었다. 유키에에게 받기 힘든 서비스였다.

"점심은 먹었어? 키가 아무리 커도 비실비실하면 멋없는데."

혼자서 일을 하기 시작하면서부터 후타는 밥때를 종종 놓쳤다. 요란하게 울리는 배꼽시계로 전날부터 아무것도 먹지 않았다는 사실을 깨닫기도 했다. 직장 생활을 할 때보다 5킬로그램이나 빠졌다.

"후타를 만나면 무조건 먹이를 줄 것."

"그게 뭐야?"

"우리 멍멍이 수호대 구호야."

"하지 마. 나를 구하면 어쩌자는 거야."

젓가락을 들어 앞접시에 담긴 음식을 허겁지겁 입에 넣었다. 유키에가 재떨이에 담배를 비벼 껐다.

"그럼 슬슬 2차 가볼까?"

유키에는 게이세이선 열차가 지나가는 선로를 따라 씩씩하게 걸었다. 잡지에서 본 가게를 찾아가겠다고 했다.

"나는 됐어. 내일도 일해야 하고."

후타는 자전거를 끌며 유키에를 따라 걸었다.

"쓸쓸하게 집으로 돌아가서 미사키 미사키 하면서 울려고?"

"그만 좀 놀려라."

울지 안 울지는 아직 모르지만 들어가는 길에 편의점에서 술을 사 가려 했던 것은 사실이었다.

"죽은 사람을 애도할 때는 복작복작한 게 더 낫다니까? 얼른 따라오기나 해."

노인네 같은 소리였지만 유키에도 미사키의 죽음을 함께 슬퍼해주는 것 같아 기뻤다.

"아, 여기네!"

유키에가 걸음을 멈췄다. 다테이시에서는 보기 드문 깔끔한 어묵집이었다. 입구 전면이 유리로 되어 있어 즐거워하는 손님들의 표정이 잘 보였다.

"아직 7시도 안 됐는데 벌써 만석이야? 게다가 금연이네."

후타는 이 가게가 아니더라도 유키에와 한잔 더 할 생각이었다. 미사키에 대해 좀 더 이야기하고 싶어졌다.

"요즘 인기 있는 가게니까 어쩔 수 없지. 조금만 기다려보자. 다들 투어니까 회전이 빠르지 않겠어?"

다테이시에서는 하룻밤에 여러 가게를 돌며 마시는 것, 이른바 '투어'가 한창 유행이었다. 자전거를 세우는 사이 유키에가 담배를 꺼내 물었다.

"미사키 씨랑은 왜 헤어졌어?"

유키에의 직설화법에는 이미 익숙해진 지 오래였다.

"이유가 뭐 있나. 그냥 차인 거지."

함께 갔던 장미정원을 떠올렸다. 그날부터 미사키는 눈에 띄게 어색해했다. 후타가 조급하게 거리를 좁히려 했던 것이 원인이었으리라. 여자는 역시 쉽지 않다며 반성했다.

"그래도 너 정도면 얼굴은 나쁘지 않은데. 아, 그 더러운 수염은 좀 깎는 게 좋겠지만."

"진짜 너무하네. 이래 봬도 매일 다듬는 게 쉬운 일이 아니라고."

유키에가 히죽거리며 후타의 턱 언저리에 담배를 슬쩍 가져다 댔다.

"앗, 뜨거워!"

"불 한번 붙여볼까 해서. 아무튼, 그거구나? 여자 대하는 방법을 드럽게 모른다는 걸 들킨 거네."

후타는 한숨을 내쉬었다. 부정할 수 없었다. 어린 시절부터 후타는 여자에게 일종의 공포감을 갖고 있었다. 교실에 여학생과 단둘이 남으면 괜히 식은땀이 흘렀다. 지금은 어느 정도 숨길 수는 있지만, 본성은 변하지 않는 법이다. 유키에는 묘하게 날카로운 구석이 있어 이렇듯 금세 속내를 간파했다.

"다들 너 같으면 얼마나 좋아."

"나 좋아하지 마라."

유키에가 등을 픽 하고 내려쳤다.

"아파, 하지 마!"

언제 왔는지 뒤로 선 일행 두 명이 터져 나오는 웃음을 참아내고 있었다.

"이걸로 내면도 좀 멀끔해지면 좋으련만."

"나도 나름의 고충이 있어. 세상의 온갖 풍파를 견뎌내며 성장하고 있다고."

"그래? 뭐 그래도 펫 시터가 되고부터 인기가 많아지긴 했지. 몇 명이나 사귀었어?"

손가락을 세 개 펼쳐 보였다. 세 사람 모두 회사를 그만두고 펫 시터로 일하기 시작하면서 만났다. 놀랄 만한 변화였다. 정장을 벗으며 어깨에 잔뜩 들어가 있던 힘이 빠져서였을까. 강아지에 관해서라면 대화 주제가 끊이지 않는다는 것도 영향이 컸다. 덕분에 후타는 여자에게 제법 익숙해져 있었다.

"이미 다 헤어졌다는 게 아깝네."

"미리 말해두지만 내가 먼저 접근한 적은 없었어."

유키에의 예쁜 입술에서 담배 연기가 흘러나왔다.

"서른 전후가 되면 몇몇 여자들은 조급해지나 봐. 조금이라도 괜찮아 보이는 남자가 있으면 일단 침부터 발라놓고 보는 거지."

결국 유키에는 막상 사귀어 보니 후타가 남자로서 별로였기 때문에 관계가 지속되지 못했다는 말을 하고 싶은 것이었다. 유키에의 말대로 후타는 연애에 소질이 없었다. 그건 후타도 알고 있었다.

"미사키 씨 전에 만난 여자친구는 어떤 사람이었어?"

"순수하다고 해야 하나? 착해서 거짓말을 잘 못 하는 타입이었어."

"그 사람은 지금 어떻게 지내?"

"글쎄, 전혀 모르겠네."

란의 웃는 얼굴이 머리를 스치고 지나갔다.

"전 여자친구잖아. 관심 없어?"

"벌써 4년도 더 된 이야기니까."

"냉정한 녀석이었네. 아, 자리 났나?"

계산하러 일어선 손님이 있었다. 한껏 들뜬 유키에가 가게 안 메뉴를 들여다봤다. 내가 냉정한 건가. 다들 헤어진 연인의 소식을 하나하나 파악하고 있으려나. 후타는 스마트폰을 꺼내 블로그 아이콘을 터치했다. 매일 틈틈이 접속해 관리하고 있는 블로그 메인 화면이 떴다. 반려견에 관한 고민이나 질문에 답해주는 블로그였는데 가끔씩 블로그를 통해 일을 받기도 했다.

고객에게 온 연락은 없었다. 란은 이 블로그의 열렬한 구독자였다. 늘 정중하게 댓글을 남겨주는 란에게 후타도 자연스레 관심을 갖게 되었다. 아메바 피그(아바타를 만들어 사람들과 소통할 수 있는 일본 채팅 사이트)로 대화하기 시작하면서 "한번 만날 수 있을까요?"라는 말을 듣기까지 한 달도 걸리지 않았다.

후타보다 두 살 어렸으니 이미 결혼을 했을 수도 있다. 행복하게 살고 있기를 바랐다. 오랜만에 란의 블로그에 들어가 봐야겠다고 생각했다. 제멋대로 쓰는 일기 형식의 블로그였는데 혹시 지금도 쓰고 있으려나. 헤어졌을 때 미련이 남을 것 같아 구독을 취소했기 때문에 기억하고 있던 블로그 이름으로 검색했다.

가슴이 두근거렸다. 란의 블로그 메인 화면이 나왔다. 가장 위에 표시된 게시물 제목이 눈에 들어왔다.

이만 안녕. 잘 지내세요.

3

"좋아, 벌써 다음이야!"

가게를 빠져나온 반소매 셔츠 차림의 남자와 어깨를 부딪쳐 정신이 돌아왔다.

"후타, 가만히 서서 뭐 해? 들어가자."

스마트폰을 꽉 쥔 손을 잡아끄는 유키에를 따라 가게로 들어가 나란히 앉았다. 주방을 둘러싼 카운터석이었다.

"사장님, 어묵 2인분 적당히 섞어서 주세요. 아, 토마토 꼭 넣어주세요. 그리고……."

유키에가 술술 메뉴를 읊는 소리가 멀게만 느껴졌다. 다시 스마트폰 화면을 응시했다. 짧은 두 문장이었다.

이 말의 의미는 설마. 아니야, 내가 지금 무슨 생각을 하는 거야.

"왜 그래? 맥주 나왔어."

유키에가 의아한 눈길로 후타를 빤히 쳐다보았다.

"이거 미사키를 만나기 전에 사귀었던 여자친구 블로그인데……."

"오, 소식을 알게 됐구먼? 아기 사진이라도 올라와 있어?"

테이블 위에 올려둔 스마트폰을 들여다보며 물었다.

"이만 안녕. 잘 지내세요? 너 이 사람한테도 차였구나?"

"차인 건 사실이지만 지금 그게 문제가 아니야. 블로그라고 했잖아. 누구나 볼 수 있는 글이라고. 날짜 좀 봐. 2년 가까이 됐어."

"4년 전에 헤어졌다고 했었지? 블로그에 쓸 말이 없어졌다거나 질린 거 아니야? 요즘은 라인이나 인스타그램도 있으니까 블로그는 졸업한 거지."

"그런 거라면 블로그를 닫는다고 쓰지 않았을까?"

"뭐라고 쓸지 네가 어떻게 알아? 그런 소리 할 시간에 본문을 보면 되잖아."

"미사키 소식을 들어서 그런지……. 좀 무섭지 않아?"

"뭐? 너무 넘겨짚었어."

유키에가 손가락으로 화면을 누르자 게시물 본문이 나왔다.

"어디 보자. 제가 세상을 떠나면……."

더는 말을 잇지 못했다.

제가 세상을 떠나면 이 글이 자동으로 올라가게 매주 예약 시간을 새로 설정하고 있어요. 일주일씩 날짜를 미룰 때마다 제가 아직 살아 있다는 게 감사해요. 하지만 이 글을 지금 읽고 있는 당신이 있다는 건……. 고마웠어요. 그럼 이만 안녕. 부디 잘 지내세요.

후타는 양 팔꿈치를 카운터에 받치고 얼굴을 손으로 가렸다.

"후타……."

"이거, 죽었다는 말일까?"

점원이 "오래 기다리셨습니다. 주문하신 어묵 나왔습니다"라며 김이 모락모락 나는 접시를 내왔다. 후타의 머릿속에 란에 대한 기억들이 차례로 떠올랐다. 펫 시터 일을 시작한 지 얼마 되지 않았을 무렵 그녀를 처음 만났다. 당시 후타는 인터넷에 펫 시터를 검색하면 가장 위에 나오는 프랜차이즈 업체에 소속되어 있었지만 특별히 업체의 케어를 받는 것은 아니었다. 초보 펫 시터는 매일 몸으로 부딪쳐가며 일을 배워야 했다.

그러던 중 후타가 돌보던 병든 노령견이 잠시 청소를 하던 사이에 숨을 거두고 말았다. 그때 속상함에 어쩔 줄을 몰라 하던 후타를 위로해준 것이 란이었다.

"그건 후타의 잘못이 아니야. 모든 살아 있는 것들은 죽는 날이 정해져 있어. 그날이 빨리 찾아오는지 늦게 찾아오는지의 차이일 뿐이야. 혼자서 전부 다 짊어지려고 하지 마."

밝은 목소리였다. 모든 것을 다 알고 있는 듯한 말투였다. 그녀가 없었다면 이 일을 그만두었을지도 몰랐다. 란은 기분 전환을 할 겸 놀이공원에 가자고 했었다. 놀이기구, 음식점, 각종 행사까지 란은 마치 가이드처럼 놀이공원을 빠삭하게 꿰고 있었다.

후타를 위해 미리 찾아봐 준 것이다. 그것만으로도 마음이 따뜻해지는 기분이었다. 그날 란은 어린아이 못지않게 잔뜩 들떠 있었다. 그런 란이……

유키에가 어깨를 토닥였다.

"후타, 장난일 거야. 블로그 구독자들끼리 서프라이즈 같은 거."

"웃기지 마. 어린애도 아니고."

란을 바보 취급하는 것 같아 저도 모르게 테이블을 내리쳤다. 자신이 낸 소리에 깜짝 놀라 정신이 돌아왔다.

"미안, 유키에."

유키에는 아직 맥주를 한 모금도 마시지 않았다. 어묵도 그대로였다.

"그래, 장난이겠지. 내가 사귀었던 여자친구가 둘이나 죽었다니. 그런 우연이 있을 리가 없잖아?"

애써 웃어 보였지만 유키에의 말에 동의할 수 없었다. 란이 칠 법한 장난이 결코 아니었다.

"다 식겠다. 먹자."

후타는 겨자를 앞접시에 덜어 놓고 무를 입으로 밀어 넣었다.

"진짜 맛있다. 간이 잘 뱄네."

두 사람에 대한 추억으로 머릿속이 가득 차서 아무 맛도 느낄 수가 없었다.

"인기쟁이 후타 씨?"

유키에가 어묵에 젓가락을 찔러넣으며 말했다.

"사귀었던 사람 한 명 더 있었잖아."

"그럼요, 있고말고요. 하야시 에미리 씨. 다소 건방진 성격이었죠. 안타깝게도 역시나 오래가지는 못했답니다!"

맥주를 들이켰다. 아무 맛도 나지 않아 물처럼 느껴졌다.

"연락해보지 그래?"

후타는 잔을 천천히 내려놓았다.

"굳이 뭐 하러."

유키에는 뜨거운 어묵을 호호 불어 식히고 있었다.

"에미리가 무사한지 확인하라고?"

"내가 후타라면 더 일찍 해봤을걸?"

해봐야겠다는 생각은 있었다.

"하지만 에미리에게도 무슨 일이 있으면 나 정말 머리가 이상해질 것 같아."

도무지 웃을 수 없었다.

"말도 안 돼. 그럴 리가 없잖아. 그리고 어차피 나중에 할 거면 지금 여기서 해."

에미리와는 헤어진 지 2년밖에 되지 않았다. 크게 다툰 뒤로 연락이 끊겼었다.

"연락만 되면 안심할 수 있잖아."

'무슨 일이야?' 하는 에미리의 답장을 받거나 불쾌해하는 목소리를 들을 수 있을 것이다. 그거면 됐다. 그 후에는 천천히 미사키의 죽음을 슬퍼하면 그만이었다. 란의 죽음은 아직 단정지을 수 없었다.

"나까지 신경 쓰이잖아. 지금 빨리 연락해봐. 얼른 확인하고 어묵 먹자."

"문자메시지를 보내볼게."

머릿속을 맴도는 불길한 생각을 한시라도 빨리 떨쳐버리고 싶었다. 스마트폰 연락처를 켜서 하야시 에미리의 이름을 찾았다.

"보냈어?"

유키에가 한펜(다진 생선 살과 마 등을 갈아 넣어 만든 어육 식품)에 겨자를 잔뜩 바르며 물었다.

"아니, 뭐라고 써야 할지 모르겠어."

"할 이야기가 있어, 라던지?"

"무슨 이야기냐고 답장이 오면 뭐라고 해?"

"너는 답장을 받기만 하면 되는 거잖아. 잘못 보냈다고 하면 되지."

"아, 그렇네. 근데 이상하게 생각하지 않을까?"

"됐으니까 일단 보내! 답이 오면 그때 생각하자고."

"알겠어."

후타인데 할 이야기가 있으니 답장 줘라고 적어 보낸 다음 김 빠진 맥주를 마셨다.

"도대체 뭐가 어떻게 돌아가는 건지."

"일단 한잔하면서 기다려보자. 사장님, 사케 미지근하게 데 워 주세요."

스마트폰이 진동했다.

"오 빠르네. 아직 너한테 미련이 남은 거 아니야?"

"그건 절대 아니야."

수신함을 열며 에미리가 화내던 모습을 떠올렸다. 그날 티셔츠에 묻은 닭꼬치 양념은 빨아도 지워지지 않았다.

수신자 이메일 주소(이용하는 통신사가 다를 경우 각 통신사 계정으로 된 이메일로 문자메시지로 주고받는다)를 잘못 입력하셨거나 존재하지 않는 계정입니다.

"주소가 잘못됐대. 통신사를 바꿨나?"

화면을 유키에게도 보여주었다.

"기계 바꿀 때 나도 변경하기는 했어. 귀찮으니까 그냥 전화해봐. 전화번호는 보통 안 바꾸고 계속 쓰잖아. MNP(기존 번호를 유지하며 통신사를 바꾸는 것)였나?"

"응……."

에미리가 전화를 받으면 뭐라고 말해야 할까? 후타의 번호는 이미 연락처에서 삭제했을 터였다. 모르는 사람에게 온 기분 나쁜 전화라고 생각할지도 몰랐다.

"자, 어서 걸어."

고민해봤자 해결되는 것은 없었다. 금방 끝날 일이었다. 연락처를 다시 켜 전화 아이콘에 손가락을 올렸다. 연결음이 시작됐다. 헛기침을 하며 목소리를 가다듬어 보았지만 상대는 전화를 받을 기미가 없었다.

"어, 여보세요?"

"지금 거신 전화는 없는 번호입니다."

소리가 새어나갔는지 유키에가 고개를 갸웃했다.

"전화번호, 메일 주소 전부 다 바꾼 건가?"

"후타, 너 혹시 스토커처럼 굴었던 거 아니야?"

"무슨 소리야! 싸워서 헤어진 뒤로 끝이었다고."

연애에서는 담백한 편이라고 자부해왔다. 관계에 문제가 생기면 전부 자신의 탓으로 돌리고 조용히 물러섰다. 스토킹이라니, 엄두도 내지 못할 일이었다.

"농담이야. 하지만 네가 아니더라도 누군가가 따라다녔던 건 아닐까? 아니면 사채라도 써서 몸을 숨길 필요가 있었다거나. 아니면……."

유키에는 그대로 입을 다물었다. 분명 후타와 같은 생각을 했을 것이다. 후타는 조심스럽게 그 말을 입 밖으로 밀어냈다.

"아니면 에미리도 죽었다거나?"

유키에가 점퍼 깃을 잡아끌어 목을 여몄다.

"이제 그만해."

따라놓은 술을 쭉 들이켰다.

"후타, 이게 다 뭐야? 무슨 괴담이야? 알겠다. 몰래카메라지? 미사키 씨의 엽서도 란 씨의 블로그도 이 사람이 전화번호를 바꾼 것도 전부 다!"

쌓아둔 말을 빠르게 내뱉더니 "사람 목숨을 두고 뭐 하는 거야"라며 깊은 한숨을 내쉬었다.

"후타, 나를 놀리려는 거면 이제 그만해. 진짜 조금 무서워졌어."

후타도 앞에 놓인 술을 들이켰다. 미지근하게 데워 나온 술은 이미 차가워져 있었다.

4

어묵집을 나와 스마트폰으로 지도 앱을 켰다. 한 번 가본 집이라 가는 길을 대충은 알고 있었다. 아마 근처까지 가면 기억이 날 것이다.

"오래 기다렸어?"

계산을 마친 유키에가 가게를 빠져나왔다. 스마트폰을 넣고 가게 앞에 세워둔 자전거를 꺼냈다.

"불러놓고 이상한 이야기만 해서 미안해."

"이제 어떻게 할 거야?"

"이 근처에 사는 에미리의 친구가 내 고객이었어. 친한 친구 같았으니 만나서 에미리 연락처를 물어봐야겠어."

"지금 가려고?"

"가는 김에 홍보도 하고, 또 일을 받을 수 있을지도 모르잖아."

"벌써 8시인데, 민폐 아닐까?"

"집에 전화해봤는데 안 받더라. 일이 늦게 끝나서 강아지랑

산책할 시간이 없다고 했었으니 지금쯤 퇴근하는 것 같아."

자전거에 엉덩이를 걸쳤다.

"그리고 지금은 민폐든 뭐든 신경 쓸 때가 아니잖아."

이게 진심이었다.

"그래, 알았어."

유키에가 자전거 짐받이에 걸터앉았다.

"어이, 뭐 하는 거야? 역은 바로 앞이잖아. 너는 걸어서 가."

"나도 갈래. 이대로는 궁금해서 못 자."

고개를 돌려 유키에를 보았다. 이미 굳게 다짐한 듯한 얼굴
이었다.

"술 마시고 둘이 타는 건 너무 위험해. 그냥 나 혼자 갈게."

"경찰이 보이면 바로 뛰어내릴게. 자, 출발!"

유키에의 주먹이 등에 꽂혔다. 경찰이 보이면 자전거에서 뛰
어내려 후타를 두고 혼자 도망가 버릴 심산임이 틀림없었다.

"어쩔 수 없네."

다리에 체중을 실어 페달을 밟았다. 취한 행인들을 피해 큰
길로 나갔다.

"달려, 달려!"

"유키에, 너 취했지?"

1,000엔짜리 지폐 두 장을 꺼내놓고 먼저 나가려던 후타에
게 "나도"라며 남은 술을 병째로 들이켰던 유키에의 모습이 떠
올랐다.

"이 상황에 안 마시고 배겨? 근데 이왕이면 에미리 씨 집으로 가는 게 빠르지 않아?"

"에미리네 집은…… 어딘지 몰라."

"여자친구였는데?"

"시타마치(도쿄 시가지에서 강이나 바다에 가까운 저지대를 일컫는 말로 서민적인 풍경이 남아 있는 곳)라고는 했었는데 정확히는 몰라. 석 달 만에 헤어졌다니까."

"시타마치라니 너무 막연하네. 지금 여기도 시타마치잖아."

유키에가 "저기 봐, 경치 진짜 좋다!"라며 소리쳤다. 아라카와강 위를 지나는 다리로 들어서던 참이었다. 조명이 켜진 스카이트리가 또렷이 보였다. 불심검문을 피해 중심도로와 평행하는 옆길을 달렸기 때문에 가로등도 적었다.

"너 진짜 사귀었던 건 맞아?"

"그건 맞을걸."

후타는 엉덩이를 들고 자전거 페달을 세차게 밟아 오르막길을 올랐다.

"집도 모르는데? 한 번도 안 했어?"

"뭐, 뭐를!"

"앞에 봐!"

자전거가 휘청거렸다. 오늘을 보라색으로 물든 스카이트리가 흔들렸다.

"그런 것 좀 아무렇지 않게 묻지 마."

"안 했네, 안 했어. 이놈 못 쓰겠네. 근데 에미리 씨는 어떻게 만난 거야?"

"지금 가고 있는 모리 씨 집에서 만났어. 펫 시터로 갔을 때 에미리가 그 집에 놀러와 있었거든."

모리 미도리는 혼자 사는 것 같았다. 여자 혼자 사는 집에 남자를 들이는 것이 걱정되어 친구에게 와달라고 했을 것이다. 그런 경우가 종종 있었다. 물론 반대로 생각하면 처음 만나는 사람 집에 혼자 찾아가는 것도 나름의 각오가 필요했다.

모리가 키우던 강아지는 눈빛이 매서운 프렌치 불독으로 이름은 고에몬이었다. 후타가 방문하던 날 고에몬이 흥분해 날뛰지 않도록 에미리가 붙잡고 있었다. 거실 소파에서 마구잡이로 이것저것 물어대던 고에몬에게 자신의 손을 내어준 에미리는 "안녕하세요"라며 고개를 숙여 인사했다.

안경을 쓰고 긴 치마를 입고 있었다. 음악 아니면 미술 선생님 같다고 생각했다. 강아지를 좋아하는 편은 아니라고 했지만 고에몬은 에미리를 제법 잘 따랐다. 모리는 고에몬이 산책할 때 말을 듣지 않아 고민이라고 했다. 밖에만 나가면 흥분해서 이리저리 뛰어다니는 고에몬을 감당하지 못했다.

후타는 고에몬이 평소에 다니는 산책 코스로 가자고 제안했다. 에미리도 당연한 듯 따라나섰다. 아이들이 타고 있는 자전거 앞으로 뛰어들거나 갑자기 냄새를 맡고 산책로를 뛰쳐나가기도 하는 고에몬은 산책 훈련이 꼭 필요해 보였다. 모리는 그럴 때마다 "안 돼!", "고에몬!", "어허!" 하고 혼을 냈지만 고에몬은 귓등으로도 듣지 않았다.

모리는 신축성 있는 리드줄과 하네스를 사용했다. 가까운 공원에 도착한 후타는 자신이 가져온 목줄을 걸어주고 리드줄도 훨씬 짧게 잡도록 지시했다. 모리의 왼편에서 조금이라도 멀어지면 목이 당겨지게 했을 뿐인데 고에몬은 금세 얌전해졌다. '갑자기 왜 이러시죠?' 하는 눈빛으로 모리를 올려다볼 뿐이었다. 그리고 한 가지 더. 혼낼 때는 하나의 단어로 통일할 것. "안 돼"라고 의연하게 말하라고 지도했다. 말을 잘 들으면 그때마다 작은 간식을 주었다. 그날 산책을 마치고 공원을 나설 때 고에몬은 모리의 옆에 딱 달라붙어 걷고 있었다. 에미리는 몇 번이고 "대단해요! 정말 신기해요!"라며 후타를 칭찬했고 후타는 어쩐지 쑥스러웠다.

뒤에서 후타의 허리를 감은 팔에 갑자기 힘이 들어갔다.

"바람이 너무 센데 괜찮아?"

유키에가 물었다. 아라카와강 다리 위는 늘 바람이 거세게 불었다.

"다리 한가운데가 제일 심할 거야. 이제 거의 다 왔어."

"나 무거워?"

"아니야, 가벼워."

"그래, 그럼 신경 안 쓴다."

10킬로그램 가까이 되는 사료를 몇 봉지씩 실어 나르기도 해서 다리 힘에는 자신이 있었다. 네온 불빛으로 물든 스카이트리가 더 가까워졌다. 다리를 건너자 내리막길이 나왔다. 신호등 옆에 스미다구임을 알려주는 작은 표지판이 걸려 있었다.

"이 언덕 지나서 바로였던 것 같은데."

길모퉁이를 돌아 좁은 골목으로 들어섰다. 줄지어 늘어선 아담한 단독주택들 사이에서 모리라고 적힌 우편함을 찾았다.

"여기다."

"집에는 불이 꺼져 있네?"

유키에가 자전거 짐받이에서 내려갔다.

"아직 안 들어온 건가?"

후타도 자전거에서 내려 자전거 받침을 세웠다. 그 순간 집에서 개 짖는 소리가 들렸다.

"고에몬이야."

"뭐지, 두 마리 아니야?"

고에몬이 내는 낮은음에 작지만 카랑카랑한 소리가 섞여 있었다.

"한 마리 더 데려왔나 보네."

"소형견 같지?"

아무리 강아지를 좋아하는 두 사람이라도 소리만으로 견종까지 알 수는 없었다.

"집은 잘 지키는 것 같기는 한데 주변에서 싫어하지 않을까?"

주인이 돌아온 줄 알고 기뻐하고 있는 것일지도 몰랐다.

"일단 조금만 기다려보자."

유키에가 라이터를 꺼내 담배에 불을 붙였다.

"잘 아는 사이야?"

"딱 한 번 만난 사이야. 아까도 말했잖아."

"그럼 네 얼굴 기억 못 하지 않을까? 수상한 사람이라고 생각할 것 같은데."

"펫 시터로 왔다고 하면 아마 기억하지 않을까?"

유키에는 "그래, 어떻게든 되겠지"라며 담배 연기를 뿜었다.

"이 지역도 강보다 낮은가 보네."

후타가 사는 가쓰시카구도 그랬다. 이 일대는 태풍 시즌만 되면 늘 침수 대비를 해야 했다.

"그래도 10년 넘게 살았지만 홍수 난 적은 없었어."

"저기, 누구시죠? 무슨 볼일이라도 있으세요?"

뒤에서 누군가가 말을 걸어왔다. 한 여자가 어깨에 가방을 메고 서 있었다. 어두워서 그런지 후타가 기억하고 있던 얼굴과 조금 다른 듯했다. 2년쯤 전에 만나고 처음이었으니 그럴 만도 했다.

"늦은 시간에 죄송합니다. 예전에 펫 시터로 한 번 찾아뵀던 마키시마입니다."

모리는 살짝 경계하며 한 손에 들고 있던 장바구니를 다른 손으로 옮겨 들었다.

"그게……. 에미리 씨에 대해 여쭤보고 싶어서요."

모리는 반코트를 걸친 가슴에 손을 올렸다. 나를 기억하지 못하는 걸까. 어머나, 그때는 저희 고에몬을 돌봐주셔서 감사했어요. 이런 식으로 대화가 시작될 것이라 믿고 있었다. 여기서 무슨 말을 어떻게 더 해야 하는 걸까.

"에미리한테 연락을 하고 싶은데 번호가 바뀐 것 같아서요. 새 연락처를 혹시 알고 계시는지 해서 왔습니다."

모리는 아무 말도 하지 않았다. 집으로 초대할 정도로 가까운 사이였으니 에미리가 후타와 사귀었다는 것도 알고 있을 터였다.

"아마 통신사를 바꾸신 것 같기는 한데……."

무슨 말이라도 하지 않으면 모리의 입에서 우려하던 단어가 나올 것만 같았다.

"죄송해요. 모리 씨도 잘 모르시는군요? 두 분이 친하셨던 것 같아서, 그러니까……."

"무슨 말씀을 하시는 건가요?"

모리가 후타의 말을 가로막았다.

"네?"

"사람을 잘못 보신 것 같은데요."

"그럴 리가 없는데……."

"저는 에미리라는 사람을 몰라요. 그쪽도 마찬가지고요."

후타는 순간 말문이 막혔다.

"후타, 집을 착각한 거 아니야?"

뒤에 서 있던 유키에가 물었다.

"아닌데……."

후타는 집 앞 우편함에 적힌 이름을 다시 확인했다.

"모리 씨, 맞으시죠?"

"그건 맞지만…… 하여간 저는 모른다니까요."

모리라는 성은 흔한 편이었다. 게다가 이곳은 작은 단독주택이나 아파트가 밀집된 지역이다. 집을 잘못 찾았을 가능성도 충분히 있었다. 게다가 2년 전에 만났던 모리는 훨씬 더 젊은 느낌이었다.

후타는 자신감을 잃어갔다. 그 순간 집 안에서 다시 개 짖는 소리가 들려왔다.

"그럴 리가 없어요. 모리 씨, 저 강아지 고에몬 맞죠? 제가 분명 이 집에서 모리 씨와 에미리를 만났어요. 고에몬을 데리고 공원에 갔었잖아요."

"계속 이러면 경찰을 부를 거예요. 돌아가 주세요."

모리는 단호하게 말한 뒤 그대로 집으로 들어갔다.

"모리 씨, 잠시만요! 제 이야기 좀 들어주세요!"

"후타, 그만해."

후타는 걸음을 떼려던 순간 유키에에게 팔을 붙잡혔다. 모리의 뒷모습이 집 안으로 사라지고 고에몬이 주인을 반기는 소리가 동네에 울려 퍼졌다. 말을 잃은 후타는 한참 동안 문 앞에 멍하니 서 있었다.

5

 왔다. 오랜만에 느껴보는 감각에 후타는 힘겹게 눈을 떴다. 벗어나려 해봤지만 이미 모든 자유를 빼앗긴 후였다. 손가락, 발가락은커녕 털끝 하나 움직일 수 없었다. 누운 모습을 그대로 본떠 만든 돌을 온몸에 씌워놓은 것 같았다. 옆으로 돌아누울 수도 없었다. 하지만 머리는 각성 상태였다. 방 천장을 멍하니 바라보았다.

 어렸을 때는 꽤 자주 가위에 눌렸었다. 초등학교 3학년이 되던 해부터 부모님과 따로 방을 쓰기 시작했다. 혼자 자는 것이 무서워 시바견 지로를 데려다 함께 자기도 했는데 이불이 더러워져 어머니에게 호되게 야단을 맞았었다. 가위눌림도 여러 차례 반복해서 겪다 보니 스스로 이겨내는 법을 자연스럽게 터득했다. 조금만 참고 견뎌내면 금세 풀린다는 것을 알았다.

 어른이 되어 가위 같은 건 잊고 살다가 우연히 그 원리를 알게 되었다. 수면에 관해 설명하는 책이었던가. 그 책에도 가만히 기다리는 수밖에 없다고 쓰여 있었다. 후타는 진정하고 온몸에 힘을 뺐다.

 잠을 잘 때 인간의 뇌는 몸이 쉴 수 있도록 움직이지 말라는 지시를 내린다. 예를 들어, 달리는 꿈을 꿀 때 실제로 몸이 뛰쳐나가지 않도록 방지하는 것이다. 그러나 어디선가 박자가 어긋나면 뇌 일부가 깨어난다. 반면에 몸을 움직이게 하는 뇌의 스위치는 여전히 꺼진 상태다. 따라서 의식은 있지만 몸은 움직일 수 없다. 이것이 바로 가위눌림 현상이다.

책에서 읽은 내용을 되새기던 중에도 몸은 계속 무거워졌다. 아무리 나이를 먹고 원리를 이해했다 한들 두려움의 크기는 달라지지 않았다. 이명인가? 무언가를 휘두를 때 나는 공기를 가르는 소리. 천장에 아지랑이 같은 그림자가 나타나더니 서서히 형태를 갖춰가기 시작했다. 환청도 환각도 이번이 처음이었다.

지금까지 이렇게 오래 가위에 눌린 적은 없었다. 도대체 언제까지 계속되는 것일까. 후타는 공포를 느꼈다. 어디론가 끌려가는 듯한 기분이었다. 이명이 더욱 커졌다. 천장의 아지랑이는 사람의 얼굴로 변해갔다. 란, 미사키, 에미리. 세 사람의 얼굴이었다.

제발 그만. 눈을 다시 감으려 했지만 마음대로 되지 않았다. 소리라도 질러보려 했지만 헛수고였다. 공기를 가르는 소리가 고막을 관통했다. 커다란 음악 소리와 강한 진동. 후타는 몸을 벌떡 일으켰다. 머리맡에서 스마트폰 벨소리가 울리고 있었다. 깊게 숨을 내쉰 다음 잠옷 소매로 이마의 땀을 닦아냈다. 지독한 가위였다. 침을 한번 삼키고 스마트폰을 손에 들었다.

"여보세요, 후타?"

"뭐예요, 어머니세요?"

도야마에 사는 어머니였다.

"무슨 전화를 그렇게 받니? 어디 아프니?"

"네? 왜요?"

설마 가위에 눌린 것을 알고 전화를 하신 걸까. 만약 그런 거라면 엄청난 초능력이다.

"네 블로그 봤어. 휴업한다고 공지를 올렸던데."

후타는 페트병에 든 물을 벌컥벌컥 마셨다.

"뭐 그런 일로 전화까지 하세요."

어젯밤 유키에를 역까지 바래다주고 집으로 돌아왔지만 쉬이 잠들 수 없었다. 동이 틀 무렵에 블로그와 펫 시터 홈페이지에 개인 사정으로 잠시 일을 쉬겠다는 내용의 공지를 올렸다. 무슨 일이 일어난 것인지 알아봐야 했다. 이대로는 도무지 일이 손에 잡힐 것 같지 않았다.

"그런 일이라니. 당연히 걱정되지."

"제 블로그 좀 그만 보세요."

시골에서 아버지와 단둘이 지내면서도 어머니의 자식 간섭은 여전했다. 하나밖에 없는 아들을 늘 걱정하기 바빴다. 어머니의 마음도 이해가 되지만 계속해서 어린애 취급을 받으며 살 수는 없었다.

"지금 하는 강아지 일이 잘 안 되면 여기로 돌아오는 거잖아."

"저는 그런 말 한번도 한 적 없어요."

"이제 신칸센도 개통돼서 여기에도 일자리가 많이 늘었다니까?"

호쿠리쿠 신칸센(도쿄에서 도야마를 지나 오사카까지 가는 고속

철도) 덕에 도야마현의 관광 수익이 늘어난 것도 지역 가치가 높아진 것도 맞는 말이었다. 어머니도 꽤 자주 신칸센을 타고 여행을 다니시는 듯했다.

"친구들도 다 여기 있으니까 슬슬 돌아오면 어떠니?"

어머니의 말에 동창회 참석 여부를 묻는 연락을 받았던 것이 떠올랐다.

"너도 이제 적은 나이는 아니잖니. 어서 제대로 된 일자리를 찾아야지."

"아침 댓바람부터 잔소리 좀 그만하세요."

말이 세게 나왔다. 어머니의 한숨 소리가 들려왔다.

"그래서, 아픈 데는 없는 거고?"

"네, 괜찮아요. 좀 급한 일이 생겨서 그래요. 나갈 준비를 해야 하니 이만 끊을게요. 아버지께도 안부 전해주세요."

전화를 끊자마자 스마트폰 연락처를 켰다. 이불 위에 책상다리를 하고 야마자키의 이름을 찾아 통화 버튼을 눌렀다.

"어, 후타냐?"

전화를 받는 목소리에 이미 웃음이 섞여 있었다. 화면에 뜬 후타의 이름을 확인한 것 같았다. 고등학교 교복을 입은 야마자키의 여드름 가득한 얼굴이 머릿속에 그려졌다.

"오랜만이다. 아침 일찍부터 전화해서 미안해."

"괜찮아. 그나저나 동창회 때 못 봐서 아쉬웠어."

야마자키는 도야마에서 건축 회사에 다녔다. 주위 사람들을 워낙 잘 챙기는 성격이 매번 동창 모임을 주도해왔다.

"미안, 요새 좀 바빴어."

"도쿄에 있으니 어쩔 수 없지."

"다들 잘 지내?"

"응, 잘 지낸대. 다들 중년 다 됐지, 뭐. 애들 데리고 나온 여자애도 있었어. 여자애라고 하기에는 이제 좀 그런가?"

야마자키가 말이 많은 편이라 다행이었다.

"졸업한 지 벌써 15년도 더 됐으니 그럴 나이기는 하지. 연락 안 된 애들도 있지 않아?"

은근슬쩍 물었다.

"18년 됐더라. 외국에서 일하는 애들도 있는데 요즘은 메신저가 있잖아. 우리 반 47명 전원한테 연락받았어."

연락을 받았다면 분명 아무 일 없을 것이다.

"네가 고생이 많다. 여자애들은 결혼하면 성이 바뀌니까 힘들었겠네."

"맞아. 그중에는 벌써 갔다 돌아온 애도 있더라."

야마자키는 "아, 맞다!" 하며 이야기를 이어갔다.

"너랑 사귀었던 하라구치 사오리도 이혼했대. 알고 있었어?"

"몰랐지. 사오리도 왔었어?"

"응, 예전에는 조용한 성격인 줄 알았는데 지금은 많이 밝아졌더라. 처음 인사할 때 자기가 먼저 돌싱이라면서 웃더라니까."

"그랬구나. 다행이다."

"다행이라고?"

"아니, 내 말은 이혼했는데도 밝았다고 하길래."

"응, 그리고 예뻐졌더라. 애도 없는 것 같던데 기회 아니야?"

야마자키의 농담에 후타도 "뭐라는 거야"라며 웃었다.

"바쁠 텐데 시간 뺏어서 미안해. 또 연락할게."

"뭐야? 무슨 일 있어서 전화한 거 아니야?"

"동창회 못 간 게 마음에 걸려서. 다음에 또 하면 연락줘."

"그래. 동창회 아니더라도 가끔 얼굴 좀 보자."

스마트폰을 베개 위로 던져두고 물을 마셨다. 사오리의 소식
은 알아냈다. 그것만으로도 조금은 안심이 되었다. 후타의 전
여자친구들이 전부 다 세상을 떠난 것은 아니었다.

고등학생의 풋풋한 연애였다. 같은 도서부원이 되며 처음 대
화를 나눴다. 좋아하는 책에 관해 이야기하는 시간이 마냥 즐
거웠다. 지금에 와서 돌이켜 보면 책과 사랑에 빠져 있던 두 사
람이 각자 좋아하던 책 내용을 공유하는 것이 좋았던 것 같기
도 했다. 수험 생활이 시작되며 대화하는 시간은 자연스럽게
줄고 후타가 대학에 합격해 도쿄로 가게 되며 사오리가 먼저
이별을 고했다.

그래, 사오리는 잘 지내는구나. 밝게 웃으며 사는구나. 기지
개를 켜던 후타는 천장의 얼룩을 가만히 바라보았다. 위 언저
리에 다시 느껴지는 통증에 두 팔을 내렸다.

세 사람이 사라졌다. 그 사실은 변하지 않았다.

세면대 앞에 섰다. 흉한 몰골이 거울에 비쳤다. 차가운 물로 얼굴을 씻고 이를 닦았다. 비좁은 아파트였다. 이불을 펴지 않은 쪽에는 1년 내내 꺼내놓고 쓰는 고타쓰(온열 장치를 설치한 상에 이불을 덮어 놓은 일본식 난방 기구)와 텔레비전이 덩그러니 놓여 있었다.

강아지 훈련에 필요한 용품들은 전부 벽장에 넣어두었다. 테이블 위에는 노트북과 술병, 메모지가 널브러져 있었다. 어젯밤에는 술을 아무리 마셔도 좀처럼 취기가 올라오지 않았다. 후타가 지금까지 사귀었던 여자친구들에게 이상한 일이 일어나고 있었다. 처음 상중 엽서를 받았을 때만 해도 미사키와의 추억을 떠올리며 차분히 그녀의 죽음을 애도할 생각이었다. 하지만 지금은 그럴 만한 상황이 아니었다.

란의 블로그에는 죽음을 암시하는 내용의 글이 올라왔고 모리는 에미리의 존재 자체를 부정했다. 도무지 이해가 가지 않았다. 술기운이 서서히 돌기 시작하며 술병의 상표가 두 개로 보이기 시작할 무렵 후타는 문득 생각했다.

누군가가 세 사람을 해친 것은 아닐까.

란은 이별을 고하는 글을 써두고 업로드 시점을 매주 미루고 있었다. 갑작스러운 사고가 아니라는 뜻이다. 감금을 당해 곧 살해당할지도 모른다고 생각했던 것은 아닐까. 납치된 사람이 알고 보니 구조 신호를 보내고 있었다는 뉴스를 본 것도 같았다.

모리는 어째서 그렇게 어색한 거짓말을 한 것일까. 에미리에 대한 이야기를 하고 싶지 않아서라고밖에 설명할 수가 없었다. 어쩌면 에미리가 입에 담을 수조차 없는 참혹한 일을 당해서는 아닐까. 에미리의 명예를 지키기 위해 애써 숨기고 있는 것은 아닐까.

그리고 미사키도 자연사가 아니었다면…….

만약 그렇다면 누구의 짓이었을까. 세 사람에게는 아무런 연결고리도 없었다. 어째서 그 세 사람을 노린 것일까. 후타는 취기로 달아오른 얼굴을 두 손으로 감쌌다. 세 사람의 공통점은 후타와 사귀었다는 것뿐이었다.

후타의 짓이다. 그렇게 생각하면 앞뒤가 맞았다. 한밤중에 후타의 웃음소리가 방 안에 울려 퍼졌다.

그러다 생각했다. 후타에게 죄를 뒤집어씌우려는 것은 아닐까. 세 사람이 살해당했다고 한다면 가장 먼저 의심받을 사람은 후타였다. 경찰이 이미 후타 주변을 조사하고 있을지도 몰랐다.

두려움에 사로잡힌 후타는 비틀대며 이불 속으로 파고들었지만 꺼림칙해서 좀처럼 생각을 떨쳐 낼 수 없었다. 결국 가위에 심하게 눌리고 말았다.

대충 준비를 마치고 아파트를 나섰다. 8시를 조금 넘긴 시간이었다. 평소에는 마주칠 일 없는 직장인들과 스쳐 지나갔다. 후타는 세 사람에 대해 알아볼 생각이었다. 미사키의 집을 찾아가 그녀가 죽은 이유를 물을 것이다. 란의 가족을 만나 그 블로그의 의미를 확인할 것이다. 어떻게 해서든 에미리를 찾아낼 것이다. 그리고 만약 란과 에미리가 곤란한 상황에 처해 있다면 반드시 구해낼 것이다.

잠시나마 사귀었던 사이라는 이유만으로 일을 쉬면서까지 매달릴 일인가? 후타는 휴업 공지를 올리며 잠시 생각했다. 하지만 이대로 두고 볼 수만은 없었다. 길지 않은 시간이었지만 세 사람은 후타에게 소중한 인연이었다.

우선 미사키부터였다. 미사키가 살해당한 것이 아니라면 일단 안심할 수 있다. 병에 걸렸던 걸까. 아니면 교통사고라도 당한 것일까. 어쨌든 사인이 후타와 전혀 관계 없고 수상하지 않다는 것만 확인할 수 있으면 됐다. 그리고 만약 집 안에 불단이 마련되어 있다면 향을 피우고 작별 인사라도 할 수 있기를 바랐다.

주머니에서 두 장의 엽서를 꺼냈다. 단 두 줄로 미사키의 죽음을 알린 상중 엽서에는 주소 없이 어머니로 추정되는 미사키와 비슷한 이름만 적혀 있었다. 미사키가 어머니와 둘이 살았다는 것도 후타는 몰랐었다. 미사키는 가족에 관한 이야기를 한 적이 없었다. 요즘은 편부모 가정이 딱히 흠이 되는 시대도 아닌데 말이다.

미사키의 어머니는 딸을 잃고 혼자 남았다. 딸이 받았던 연하장을 찾아 상중 엽서를 보내는 마음이 어땠을지 상상하니 마음이 아팠다. 나머지 한 장은 사귈 당시에 미사키에게 받은 연하장이었다. 코코아의 사진이 들어가 있었다. 귀엽게 잘 나온 사진이라 연하장에 꼭 넣고 싶었다고 말했다. 콧날이 오똑하고 눈이 동그란 코코아의 모습이 아주 예쁘게 담긴 사진이었다.

후타도 강아지가 웃고 있는 사진들을 모아 연하장을 만들어 보냈다. 연인 사이의 이벤트 같은 느낌이었다.

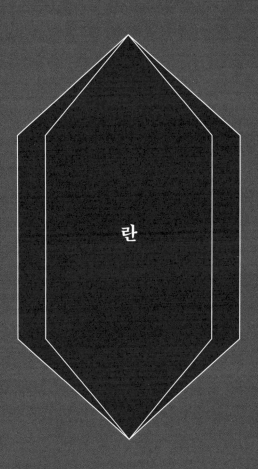

제2장

란

이런 곳을 데이트 장소로 고르다니, 뭔가 이상하다고 생각하지 않을까? 란은 입구로 줄지어 들어가는 사람들의 모습을 바라보았다. 아이들과 함께 온 가족, 팔짱을 낀 젊은 남녀, 중·고등학생쯤 되어 보이는 친구들이었다.

예상했던 분위기였지만 위축되었다. 다행히 서른이 넘어 보이는 커플도 있다. 손을 맞잡고 웃고 있었다. 젊은 사람들 사이에서도 그들은 전혀 어색해 보이지 않았다. 우리도 저런 분위기일까? 조금은 안심이 되었다.

한번도 와본 적 없는 놀이공원이었다. 양산을 비스듬히 젖혀 푸른 하늘을 올려다보니 흰 구름이 두둥실 떠 있었다. 입구 밖에서도 살짝씩 보이는 멋진 성과 아찔한 놀이기구에 가슴이 두근거렸다.

약속 시간까지 아직 여유가 있었다. 란은 서 있던 곳에서 조금 떨어진 입구 끝을 향해 걸었다. 기둥 옆 그늘에 서서 파우치에 넣어 둔 거울을 꺼내 화장이 이상하지는 않을까 얼굴을 확인했다. 벌써 몇 번째 본 건지 알 수 없었다. 얼마 전 발견한 눈가 주름을 가려보려 했지만 희미하게 남아 있었다. 어떤 옷을 입어야 할지도 며칠 전부터 고민했다. 빌려 입은 검은 재킷은 너무 수수해 보일까 걱정이 들었다. 그저 어색한 부분이 없기만을 바랐다.

거울에 입김을 불었다. 풀 죽은 얼굴이 하얀 입김에 가려 사라졌다. 란, 정신 똑바로 차리자. 처음 해보는 데이트라 긴장됐다. 그래, 심호흡. 숨을 깊이 들이마셨다. 단어 선택에 주의할 것. 너무 들뜨지 말 것. 상대에게 질척거리지 말 것. 줄을 설 때는 반드시 양산을 쓸 것…….

주의사항을 한 차례 복습했다. 정해진 규칙은 반드시 지켜야 했다. 오늘은 쓸데없는 말은 하지 않기로 다짐했다. 얼마 전 갑자기 학교 자랑이 튀어나오는 바람에 수습하느라 상당히 곤란했었다. 꼬리를 물고 이어지는 질문에 미소만 지으며 얼버무리는 데에는 한계가 있었다.

오늘 란은 후타에게 힘을 줘야 했다. 후타는 맡아 돌보던 노령견이 병으로 세상을 떠난 뒤 줄곧 속상해했다. 하지만 그건 그의 잘못이 아니었다.

모든 살아 있는 것은 언젠가 죽는다. 운명은 거스를 수 없다.

갑자기 들려온 환호성에 고개를 들었다. 인기 캐릭터가 입장객을 마중 나온 듯했다. 어린아이들이 달려들었다. 란도 인파에 밀려 입구 정면으로 왔다. 어찌 됐든 오늘은 마음껏 즐기자. 란이 어색해하면 후타도 기분 전환을 할 수 없을 것이다. 오랫동안 꿈꾸어 온 순간이다. 사진도 많이 찍고 동생이 좋아할 만한 기념품도 사야지.

그리고 후타가 요즘 살이 너무 많이 빠진 것 같아 맛있는 걸 먹으러 가야 했다. 일단 팝콘을 가장 큰 걸로 사서 함께 걸으면서 먹을 것이다. 점심은 공연을 볼 수 있는 레스토랑으로 미리 예약해두었다. 간식으로는 달콤한 와플이 어떨까? 단것을 싫어한다면 훈제 닭다리도 괜찮을 것 같다. 놀이공원 지도와 명소는 이미 란의 머릿속에 완벽히 입력되어 있었다.

"미안. 오래 기다렸어?"

란이 뒤돌아보니 키다리 후타가 달려오고 있었다.

1

호리키리쇼부엔역 앞에 있던 후타에게 전화가 왔다. 화면에 '해피서클'이라 떠 있었다. 후타가 펫 시터로 소속되어 있는 프랜차이즈 업체였다.

"네, 마키시마입니다."

"나야, 가미무라."

사무국장이다. 지금 가장 통화하고 싶지 않은 상대였다.

"무슨 일이야? 갑자기 말도 없이 쉬면 우리도 곤란하다고."

가미무라는 해피서클의 책임자였다. 그는 기분이 조금이라도 상하면 곧바로 가맹자에게 계약 해지를 통보해 악명이 높았다.

"죄송합니다. 갑자기 급한 일이 생겨서요."

"뭐가 어째? 이 장사는 쉬어가면서 할 수 있는 일이 아니야. 고객들이 자네를 기다려주겠어? 다른 회사로 금세 갈아탄다고. 이건 해피서클의 신용과도 직결된 문제야, 알아?"

어머니의 염려대로 몸이 안 좋다고 말할 걸 그랬나 싶었다.

"이봐, 마키시마. 할 말이 있으니 사무국에 잠간 들러."

"네? 지금이요?"

급한 일이 생겨 일을 쉰다는 후타에게 이게 할 말인가.

"나도 바쁜 사람이야. 기다린다."

가미무라는 혼자 힘으로 프랜차이즈를 창업한 수완가였지만 그만큼 강압적이면서 집요한 구석이 있었다.

"알겠습니다. 지금 바로 가겠습니다."

개찰구를 지나 우에노 방면으로 가는 전철에 올라탔다. 해피서클의 본부는 시부야에 있어 매번 닛포리역에서 전철을 갈아탔다. 해마다 진행하는 재계약과 3개월에 한 번씩 열리는 회의에 참석하느라 후타는 이미 그곳을 여러 차례 방문했었다.

재계약은 형식적인 것에 불과했지만 회의는 달랐다. 고객 설문조사 결과를 분석하고 서비스 개선을 위한 방법을 찾아야 했다. 본부 관리자 옆에 가미무라가 동석하는 날은 계약도 끝이라는 소문이 자자했다.

가미무라가 하려는 말은 과연 무엇일까. 멋대로 휴업 공지를 올린 것이 그렇게 잘못한 일인가. 이 정도는 다른 지역 담당자들 사이에서도 종종 있는 일이었다. 직장 생활을 하던 시절을 떠올리게 하는 통근 지옥에 휘말린 후타는 고개를 가로저었다. 그래도 본부에 안 갈 수는 없었다. 큰돈을 들여 홍보에 집중하는 해피서클의 인지도는 절대적이다. 실적이 전혀 없는 후타도 "해피서클에서 나왔습니다"라고 하면 사람들이 문을 열고 그의 이야기도 들어주었다. 한 지역에서 6년 동안 열심히 해왔어도 해피서클이라는 간판을 내려놓는 순간 고객 대부분을 잃을 것이 분명했다.

미사키의 집에서 가장 가까운 역은 기치조지였다. 집에 가보지는 못했지만 그 근처 이노가시라 공원에서 코코아를 함께 산책시킨 적이 있었다. 시부야에서 이노가시라까지는 전철을 갈아타지 않아도 되니 멀리 돌아가는 것은 아니라며 자신을 타일렀다.

닛포리역에서 갈아탈 열차를 기다리는데 문자메시지가 와 있는 것을 발견했다. 대학 때 친구가 돼 지금도 가끔 얼굴을 보는 히로타 유이치로였다.

블로그 봤어. 어디 안 좋아?

어머니와 똑같은 반응에 웃음이 새어 나왔다. 유이치로는 에이오대학병원에서 근무한다. 의사는 아니고 사무직원이었는데도 연봉이 꽤 높은 듯했다. 종종 밥을 사주거나 아르바이트를 소개해주는 소중한 존재였다.

걱정할 거 없어라고 답장을 치다 보니 자신에게 일어나고 있는 일들을 털어놓고 싶어졌다. 그 어떤 일이라도 유이치로는 오해하지 않고 후타의 말에 귀 기울여 줄 사람이었다. 그만큼 믿을 수 있는 친구였다.

시간 괜찮으면 오늘 저녁 같이 먹을까? 하고 물었다. 만날 장소와 시간을 정하기 위해 메시지를 주고받는 사이 시부야에 도착했다. 잠시나마 다른 생각을 할 수 있게 해준 유이치로에게 고마웠다.

해피서클 본부는 아오야마 거리 한복판에 있는 건물 3층에 있었다. 걸어가는 내내 마치 치과에 가는 것 같은 기분이 들었다.

"안녕하세요."

유리로 된 문을 열고 들어가자 가미무라가 "어, 왔어?"라며 의자에서 일어났다. 키가 160센티미터도 되지 않는 가미무라의 각진 얼굴에 미소가 가득했다.

"커피라도 줄까?"

후타는 경계했다. 화가 나면 얼마나 무서운 사람인지는 익히 알고 있었다. 오래전 후타가 돌보던 노령견이 세상을 떠났을 때 다 죽어가는 개를 맡으면 어쩌자는 거냐며 호되게 나무랐었다.

후타를 올려다보던 핏발이 선 시뻘건 눈을 봤을 때는 이러다 칼이라도 들이대는 게 아닐까 싶을 정도였다. 고객이 불만 제

기라도 했던 것일까. 가미무라는 개가 죽은 것에 대해서는 언급조차 하지 않았다. 다만 해피서클이라는 이름에 먹칠을 했다며 소리를 질러댔다. 그때 란이 없었다면 이 일을 계속하기는커녕 정신병에 걸렸을지도 몰랐다.

가미무라는 커피포트에서 커피를 한 잔 따라 손님용 테이블에 놓아주었다.

"뭐 해? 앉아."

후타는 일단 고개부터 숙였다.

"국장님, 멋대로 쉬겠다고 해서 죄송합니다."

"자네는 이 일을 한 지 얼마나 됐지?"

"6년 됐습니다."

"나는 이 일을 시작한 뒤로 10년 동안 단 하루도 안 쉬었어. 누가 내 일을 뺏어가지는 않을까 무서웠거든."

후타 역시 일이 없는 날에는 단골 고객들에게 안부 전화를 돌리거나 동네 이웃집 우편함에 전단지를 넣으러 다녔다.

"죄송합니다. 얼른 마무리 짓고 내일부터 다시 영업 뛰겠습니다."

"그래, 그래야지."

가미무라는 홀짝홀짝 소리를 내며 커피를 마셨다.

"그나저나 자네, 유기견 보호 활동을 한다며?"

가미무라가 눈을 가늘게 뜨고 물었다. 이것이 본론이었다.

"네. 하지만 펫 시터로 일하는 데 지장은 없습니다."

"우리 고객들한테 입양 이벤트에 참가하라고 권하고 다닌다던데."

어떻게 이런 것까지 알고 있는 것일까. 후타는 가만히 입을 다물었다.

"자네가 소속되어 있는 봉사 단체가 개를 펫 숍에서 사지 말라 한다고 들었어."

멍멍이 수호대에 대해 조사를 한 것 같았다. 유키에를 비롯한 다른 멤버들 모두 그렇게 주장했다.

"그게 혹시 문제가 되나요?"

"유기견을 보호하는 건 아주 훌륭해. 전혀 문제 될 것 없지. 하지만 펫 숍에서 사지 말라고 하는 건 좀 곤란해."

후타는 이해가 가지 않았다.

"여기서 일한 지 6년이나 됐다면서 모르겠어? 펫 숍 연맹이 있는 건 알지?"

"예, 그럼요."

펫 숍 연맹은 반려동물 업계를 아우르는 전국적인 조직이다. 관련 산업 발전을 목표로 정보를 공유하고 관련 행정 절차를 관리하고 있다.

"우리 모회사 사장이 그 연맹 이사장이야."

"그건 몰랐습니다."

"소비자의 선택권을 빼앗아서는 안 돼. 어디서 데려가든 소비자의 자유라고. 여긴 자본주의 사회잖아."

"개가 상품이라는 말씀을 하시는 겁니까?"

"당연하지. 번식업자들도 펫 숍 주인들도 모두 조금이라도 개를 비싸게 팔려고 혈안이 되어 있어."

"하지만…… 인간이 멋대로 번식시켜서 갈 곳이 없어진 개들은 전부 안락사시킨다고요."

가미무라는 후타의 말에 웃음을 터트렸다. 하지만 두 눈은 후타를 똑바로 바라보고 있었다.

"어린애 같은 소리 하지 마. 우리가 매일 먹는 고기도 다 그렇게 처분된 가축에서 나오는 거라고. 조금이라도 더 비싸게 더 많이 팔기 위해 인간이 멋대로 번식시키고 있잖아. 돼지, 소, 말도 똑같이 죽어 나가는데 안 불쌍해? 개랑 고양이는 뭐가 그렇게 다른데?"

"그건……."

"개나 고양이를 먹는 나라는 얼마든지 있어."

"하지만 여기는 아니에요."

"법은 어떤데? 가축이든 개나 고양이든 다 똑같아. 법률로는 물건이야. 인간 이외의 생명체는 전부 인간을 위해 존재할 뿐이라고."

언쟁을 해도 소용없음을 느꼈다.

"이 이야기는 이제 그만하지. 어쨌든 해피서클 소속 펫 시터가 펫 숍에서 개를 사지 말라고 주장하고 다니는 건 용납할 수 없어."

가미무라는 후타에게서 단 한 순간도 눈을 떼지 않았다.

"내 말 이해했지?"

후타는 책상 위에 놓여 있던 소개 책자로 눈을 돌렸다. 가맹 희망자들에게 나누어주는 자료였다. 계약 조건이나 로열티 등이 자세히 나와 있었다.

반려동물 열풍과 경기 회복의 영향으로 해피서클은 최근 가파른 성장세였다. 인지도도 꽤 높아져서 가맹 희망자도 늘어나는 추세였다. 후타를 대신할 사람은 얼마든지 있었다. 후타 같은 말단 가맹자에게 가미무라의 말은 절대적이었다. 조금 더 쉽게 설명하자면 인터넷에서 펫 시터를 검색하면 가장 위에 나오는 검색 결과가 해피서클이었다.

단 한 번의 클릭으로 접속되는 홈페이지에는 각 지역 담당자와 연락처가 기재되어 있었다. 거기에서 후타의 이름이 빠진다면 당장 그날부터 새 일거리는 들어오지 않을 것이다.

"알겠습니다."

2

기치조지역에서 내려 이노가시라 거리를 걸으며 후타는 설명할 수 없는 묘한 기분에 휩싸였다. 먹고살기 위해 무언가를 포기해야 하는 상황은 언제든 닥치기 마련이었다. 하지만 가미무라가 시키는 대로 할 수밖에 없어 분하고 억울했다.

유키에게 이 이야기를 한다면 한 대 얻어맞을지도 모른다. 어젯밤 역으로 돌아가던 길에 유키에는 거의 입을 열지 않았다. 후타가 만났던 여자들에게 일어난 일이 기분 나쁘게 느껴졌을 것이다. 충분히 그럴 만했다.

스마트폰 벨소리가 울렸다. 유키에였다.

"여보세요."

"후타, 뭐 해?"

평소와 다를 바 없는 밝은 목소리였다.

"지금 기치조지에 와 있어. 미사키네 집에 가는 중이야. 어머님이라도 뵐 수 있을까 해서."

"그렇구나. 나도 할 말이 있어. 밤에 잠깐 보자."

"오늘은 유이치로랑 저녁에 약속이 있어."

"아아, 그 잘나가는 유이치로 씨?"

셋이서 밥을 한 번 먹은 적이 있었다.

"나도 끼워 줘. 어차피 그 이야기 하려는 거잖아."

문자로 시간과 장소를 보내라는 말과 함께 전화가 끊겼다. 후타 주변에는 유독 강압적인 사람이 많았다.

큰길을 벗어나자 전혀 다른 풍경이 나타났다. 후타는 천천히 주변을 살펴보았다. 스마트폰 지도에 따르면 미사키의 집은 바로 이 근처였다. 담장이 높고 대문이 따로 있는 단독 주택이 정연하게 늘어서 있었다. 후타가 사는 동네에서는 찾아보기 힘든 형태의 주택가였다. 외제 차와 경비 회사 스티커가 당연한 곳이었다. 감시 카메라가 일제히 후타를 찍고 있는 듯한 기분이 들었다.

한 집 앞에 멈춰 섰다. 그 집에만 볕이 들지 않는 것처럼 쓸쓸한 그늘이 드리워 있었다. 울타리를 대신하던 나무는 제멋대로 자라 있었고 동백 꽃잎은 다 떨어져 마당 한쪽에 쌓여 있었다. 아무도 치워주지 않은 분홍 꽃잎은 갈색으로 변해갔다.

차고에 자동차는 없었고 자전거만 한 대 세워져 있었다. 오랫동안 방치된 것 같았다. 아무도 살고 있지 않다는 것은 한눈에 봐도 알 수 있었다. 문패는 아직 '도오야마'였다. 미사키의 집이다. 이사를 간 것일까. 딸을 잃은 어머니는 이곳을 떠나 새로 시작하고 싶었을지도 몰랐다. 미사키와의 추억이 담긴 집에 혼자 남은 마음이 어땠을지 상상하니 조금은 이해가 갔다.

아무도 살지 않는 집을 다시 둘러보았다. 만약 후타와 미사키가 만남을 이어왔다면 후타는 이 집에 양복을 입고 인사하러 왔을지도 몰랐다. 그랬다면 무언가가 달라졌을까. 이층집의 모든 창문은 마치 후타를 거부하듯 블라인드가 쳐 있었다.

옆집 마당에서 50대로 보이는 여자가 호스로 물을 뿌리며 후타를 보고 있었다.

"실례합니다. 이 집에 볼일이 좀 있어서요."

"거긴 아무도 안 사는데요."

"이사 갔나요?"

"글쎄요. 저도 모르는 사이에 사라져서."

"혹시 연락처를 아시나요?"

여자는 손으로 현관문을 가리켰다.

"교류가 별로 없었어요. 거기 문 앞에 종이 보이시죠?"

후타는 녹슬어 칠이 다 벗겨진 대문으로 다가가 현관을 들여다보았다. 먼지가 묻은 종이에는 부동산 전화번호가 적혀 있었다. 매입자를 위한 것 같았다. 호스를 두고 집으로 들어가려는 여자에게 말을 걸었다.

"저기요, 이 집에서 혹시 사건 같은 건 없었나요?"

여자는 "사건이요?"라며 고개를 갸웃했다.

"아니요, 무슨 일이 있었으면 몰랐을 리가 없는데. 그런데 누구시죠?"

후타는 당황한 표정을 지으며 몸을 살짝 비틀었다. 펫 시터로 일하며 체득한 기술이었다.

"죄송해요. 제가 사람을 찾고 있어서요."

"사람을요?"

여자가 후타의 얼굴을 물끄러미 바라보았다.

후타는 "네"라고 답하며 이번에는 수줍은 듯 웃어 보였다.

"그래요, 힘들겠네."

경계심은 풀린 듯했다. 후타는 여자가 어려웠지만 여자들은 왠지 모르게 후타에게 친절을 베푸는 경우가 많았다.

"저랑 비슷한 나이대의 여성이 살지 않았나요?"

"그렇게 젊은 여자는 없었는데. 마지막에는 저랑 같은 연배의 여성 혼자였어요."

미사키의 어머니를 말하는 것일까.

"마지막이라는 말씀은……."

"예전에는 넷이서 살았던 것 같아요."

여성은 질문에 답하며 후타에게 다가왔다. 문을 사이에 두고 마주 보고 섰다. 말하는 것을 좋아하는 사람 같았다.

"중요한 사람을 찾아요?"

호기심 가득한 두 눈이 반짝였다.

"네, 여자친구였어요. 지금은 헤어졌지만요."

"그랬구나. 왜 헤어졌어요? 성격 차이?"

"그 이야기는 좀……."

"어머나, 미안해요."

여성은 정신이 돌아온 듯 두 볼을 손으로 감싼 채 미사키의 집으로 시선을 돌렸다.

"저 집 말이에요. 한 5년 전까지는 복작복작했어요. 마지막까지 살았던 여성과 그 여성의 동생이 같이 살았던 것 같은데. 초등학생 자매도 있었고요."

"초등학생이요?"

"네, 둘이 사이가 참 좋았어요. 그런데 어느 순간부터 안 보이더라고요. 하여간 들락날락하는 사람이 거의 없었어요."

이 집이 아닌걸까. 하지만 연하장에 적힌 주소는 분명 이곳이었다.

"이 근처에 도오야마라는 성을 가진 분이 또 계신가요?"

여성은 고개를 가로저었다. 후타는 맥이 빠졌다.

"이상하네요. 잠깐일 수도 있지만 분명 이 집에 살았을 텐데요."

"너무 실망하지 말아요. 내가 모르는 게 있을 수도 있으니까요. 최근 2, 3년은 대문도 내내 닫혀 있었어요."

여성이 마지막으로 본 사람은 어느 틈엔가 이 집을 떠났고 그 후에 미사키가 어머니와 함께 살았던 것은 아닐까. 그마저도 옆집 사람이 눈치 못 챌 정도로 아주 조용히. 하지만 쾌활한 미사키의 성격으로 봐서는 상상할 수 없는 일이었다.

"아무도 돌봐주지 않는 저 집 꽃들도 참 불쌍하죠."

여성은 현관 옆에 방치된 화분을 보며 말했다. 후타는 이미 말라버린 가지에 가시가 돋아 있는 것을 발견했다.

"저거 장미 맞죠?"

"맞아요. 예전에는 참 예쁘게도 피어 있었는데."

미사키는 장미를 좋아했다. 이곳은 역시 미사키가 살던 집이 맞았다. 여자가 후타를 위로하듯 말했다.

"이거 아닐까요? 여자친구는 나가서 살았던 거 아니에요? 이 집에는 부모님만 사시고 가끔 들렀던 거죠."

"아, 그럴 수도 있겠네요."

일리 있는 말이었다. 아파트에서는 코코아를 키울 수 없으니

이 집에 맡겼던 것일지도 몰랐다. 이 여성과 동년배인 여자는 미사키의 어머니고 초등학생 자매는 미사키의 조카라고 한다면 말이 됐다.

"하지만……."

"그렇죠? 그러면 남자친구가 몰랐을 리가 없지."

팔짱을 낀 여성은 후타의 머릿속을 꿰뚫어 본 듯했다. 미사키는 왜 말하지 않았을까. 그런 사정이라면 남자친구인 자신에게 비밀로 할 필요는 없지 않은가. 게다가 코코아와 관련된 일을 후타에게 상의하지 않았다는 것도 부자연스러웠다. 역시 이상했다.

"괜찮아요? 얼굴이 창백한데."

여성은 걱정스러운 표정으로 후타를 보고 있었다.

"아, 죄송해요. 말씀 감사했습니다."

돌아가려는 후타를 여성이 붙잡았다.

"집에 맛있는 홍차가 있는데 잠깐 들어왔다 갈래요?"

"괜찮습니다. 이만 가보겠습니다."

여성에게 머리를 숙여 인사하고 왔던 길을 향해 돌아서자 발밑이 흔들리는 것 같았다. 어제 마신 술 때문만은 아니었다.

후타는 에비스역 앞에 멍하니 서 있었다. 기치조지에서 부동산에 전화해봤지만 도오야마라는 사람이 이사를 가게 된 경위는 물론이고 연락처도 개인정보라며 알려주지 않았다. 중요한 일이라 연락처가 꼭 필요하다고 사정해봤지만 담당자는 그럼 경찰을 통해 연락하라고 했다. 그런 짓을 할 수 있을 리가 없었다.

만약 미사키의 죽음에 미심쩍은 부분이 있어 경찰이 수사하는 중이라면 후타가 제 발로 불구덩이에 뛰어들어가는 것이나 다름없었다. 결국 미사키의 죽음에 대해서는 무엇 하나 알아낸 것이 없었다.

에비스역 앞 교차로에 선 후타는 다음으로 찾아갈 곳을 올려다보았다. 해가 지기 시작한 하늘을 향해 우뚝 솟은 고급 맨션은 란이 살던 곳이었다. 에비스 가든 플레이스에서 만나 차를 마시다가 그녀가 저 맨션에 살고 있다는 이야기를 듣고 어안이 벙벙했다. 란은 부모님이 돈이 많을 뿐이라며 웃었지만 대체 얼마나 벌어야 저런 곳에서 살 수 있는지 궁금했다.

소위 부유층에 속하는 사람 중에는 반려동물을 키우는 사람이 많았다. 란이 살던 맨션 안에는 반려견 놀이터까지 있었다. 반려동물을 키울 수 있다는 점을 맨션 홍보에 적극 활용하는 셈이었다.

집에 가보고 싶다고 했지만 단번에 거절당했다. 란은 부끄러워했다. 펫 시터로서 내부 시설을 살펴보고 싶었을 뿐이지만 란을 오해하게 만든 것은 아닌지 반성했다. 란과의 대화 주제는 대부분 강아지에 관한 것이었다. 어디에서 일하는지 물어봤을 때는 생긋 웃는 얼굴로 비밀이라며 얼버무렸다. 그저 잘사는 집 아가씨니 일을 할 필요가 없겠구나 하고 생각했다.

맨션에 들어선 순간 후타는 자신의 수가 얼마나 얄팍했는지 깨달았다. 후타는 건물에 들어서면 입주자 공용 우편함이 있을 것으로 생각했다. 거기에서 란의 성을 찾아 호수를 확인하면 인터폰으로 가족과 대화할 수 있을 줄 알았다.

후타가 펫 시터로 방문하는 동네의 맨션은 거의 다 그런 구조였다. 자동 잠금장치조차 없어 아무나 자유롭게 출입하는 낡은 곳도 많았다. 그러나 이 고급 맨션은 들어서자마자 삼엄한 경비가 가장 먼저 눈에 들어왔다. 경비원 옆에는 카드를 터치하는 기계가 있었다. 입주자나 방문 업자용 출입카드가 따로 있는 것 같았다.

건물 안으로 들어가는 현관은 경비원을 지나 10미터는 더 가야 했다.

"어떻게 오셨나요?"

우두커니 서 있는 후타에게 경비원이 말을 걸어왔다.

"그게, 모토하시 씨 댁에 가고 싶은데요."

"세대주님 성함이나 호수는 아시나요?"

"죄송합니다. 잘 모르겠어요."

경비원은 손에 든 단말기를 살펴보았다.

"그런 성을 가진 분은 안 계십니다."

"네? 그럴 리가 없어요. 분명 여기에 살고 있을 거예요."

건물 현관 앞에 펼쳐진 넓은 정원 한쪽에 마련된 반려견 놀이터에서 시베리안 허스키가 여유롭게 뛰어놀고 있었다.

"잘못 아신 것 아닐까요? 여기는 임대 맨션이라 입주자가 자주 바뀌거든요."

충분히 있을 수 있는 이야기였다. 조금 전 미사키가 이사 간 집을 보고 온 직후였다.

"그럼 혹시 예전에……. 4년 전에 살았던 사람 중에 모토하시라는 사람은 없었나요?"

경비원의 시선이 후타를 머리부터 발끝까지 훑어보았다. 스트라이프 티셔츠에 청바지. 그리고 대형 소매점에서 산 남색 다운 베스트를 걸친 후타는 경비원의 눈에 어떻게 보였을까.

"실례지만, 성함이 어떻게 되시죠?"

후타는 말문이 막혔다. 모토하시 댁의 따님과 사귀었던 마키시마라고 합니다. 따님의 생사를 확인하러 왔습니다. 이렇게 말하면 경비원은 기가 막혀 할 것이 틀림없었다. 후타도 그렇게까지 생각이 없지는 않았다.

쉽게 열리지 않을 것 같던 현관문이 스르륵 열리고 경비원 제복을 입은 남성이 다가왔다. 후타는 문 앞에 설치된 감시카메라가 자신을 향해 있다는 것을 깨달았다. 후타를 수상하게 여겨 지원을 나온 것 같았다.

"조금 더 알아보고 다시 오겠습니다. 실례가 많았습니다."

경비원에게서 등을 돌렸다.

뒤에서 들려오는 날카로운 목소리를 무시하고 역을 향해 달렸다. 주변에 있던 양복 차림의 직장인들은 무슨 일인지 궁금해하는 눈치였다. 숨이 차올라 걸음을 멈췄다. 쫓아오는 발소리는 없었다. 전봇대에 기대어 섰다. 머리를 세게 박고 싶은 기분이었다.

에미리의 친구인 모리, 미사키의 기치조지 집, 그리고 란의 에비스 고급 맨션까지 전부 꽝이었다. 이게 정말 있을 수 있는 일인가.

"하루카, 같이 가!"

중학생 두 명이 후타를 앞질러 뛰어갔다. 체크무늬 치마가 바람에 날렸다. 고개를 돌려 뒤를 보니 붉은 벽돌로 된 문에서 교복 차림의 여학생들이 줄지어 나오고 있었다. 유명 사립대 부속 중학교였다. 이 일대에 초등학교부터 고등학교까지 모두 갖춰져 있었다.

란은 이 학교를 나왔다며 자랑스러운 듯 말했었다. 잘사는 집 아가씨구나 싶었다. 후타는 가까이 다가가 역사가 고스란히 느껴지는 높은 교문을 올려다보았다. 이런 명문 학교라면 동문 연락처를 갖고 있지 않을까.

동문회가 잘 운영되고 있을 것 같았다. 동창회 안내도 하고 기부금 모금도 할 것이다. 그렇다면 란이 이사 간 곳을 들을 수 있을지도 몰랐다. 여학생들의 시선을 한몸에 받으며 학교 안으로 들어섰다.

"학부모님이신가요?"

학교 건물로 향하던 후타에게 젊은 남성이 상냥하게 웃으며 다가왔다. 내가 학부모로 보이는 건가? 중학교 1학년이면 열세 살. 내 나이는 서른여섯. 그렇구나. 충분히 가능한 나이였다.

"아니요, 이 학교 졸업생의 주소를 좀 알고 싶어서요."

교사인지 직원인지 알 수 없는 남성은 웃음기 가신 얼굴로 후타 앞을 막아섰다.

"재학생과 졸업생의 개인정보는 알려드릴 수 없습니다."

"제가 정말 급해서 그러는데 도와주실 수 없나요?"

"어떤 사이신데요?"

후타는 아무 대답도 할 수 없었다.

"딱 한 명이면 됩니다. 꼭 필요해서 그래요."

건물 안으로 들어가려는 후타를 남성이 두 손으로 붙잡았다. 체육 선생님일지도 몰랐다. 뿌리치려 했지만 꼼짝도 하지 않았다. 후타는 키만 컸지 싸움과는 거리가 멀었다.

"놓아주세요!"

남성은 빠져나가려 하는 후타의 왼쪽 손목을 세게 잡았다.

"아, 아파요!"

관절을 잡혔다. 바이스로 조이는 듯한 아픔에 다리에 힘이 풀렸다.

"움직이지 마십시오. 경찰을 부를 겁니다."

남성이 한 손으로 스마트폰을 꺼냈다. 어쩌다 일이 이렇게 된 것일까.

"와키타 선생님, 무슨 일입니까?"

건물에서 중년의 남성이 걸어 나왔다.

"아, 사카가미 선생님. 수상한 녀석이 들어왔어요. 학부모도 아니면서 다짜고짜 졸업생 주소를 알려달랍니다."

후타는 손목에 느껴지는 고통을 참으며 사카가미라고 불린 반백의 남성을 쳐다보았다.

"저는 수상한 사람이 아닙니다! 제 여자친구가 죽어서 그래요!"

엉겁결에 말하고 말았다.

사카가미는 허리를 숙여 후타의 얼굴을 들여다보았다. 사카가미가 쓰고 있는 갈색 안경테를 보니 도야마의 고등학교에서 현대문학을 가르쳤던 선생님의 모습이 떠올랐다.

"참 안타까운 이야기네요."

"이 학교 졸업생이에요. 저는 여자친구 부모님을 만나서 어떻게 된 건지 설명을 듣고 싶을 뿐이고요."

손목을 잡고 있던 와키타의 힘이 조금 약해진 듯한 기분이 들었다.

"와키타 선생님, 팔은 놓아드리죠."

후타는 해방된 손목을 오른손으로 잡고 문질렀다.

"성함이 어떻게 되시죠?"

"마키시마…… 라고 합니다."

"여자친구라고 하셨으니 마키시마 씨와 비슷한 나이시겠군요?"

"올해 서른넷입니다."

사카가미는 손으로 턱을 괴고 말했다.

"그렇게 젊은 졸업생이 세상을 떠났다는 이야기는 듣지 못했는데요."

"사카가미 선생님, 이 사람 말을 믿으시는 거예요?"

"괜찮습니다. 제 노트북을 가져다주시겠어요?"

사카가미는 와키타의 어깨를 가볍게 두드렸다.

"마키시마 씨, 안으로 들어가시죠. 일단 이야기는 듣겠습니다."

"감사합니다!"

후타는 사카가미의 뒤를 따라 실내용 슬리퍼로 갈아 신고 건물 안으로 들어섰다.

"들어오세요."

사카가미는 현관 옆에 위치한 작은 방으로 후타를 안내했다. 4인용 테이블을 사이에 두고 사카가미와 마주 보고 앉으니 진로 상담을 받는 것 같았다.

"사카가미 선생님, 가져왔습니다."

후타가 자신의 주소와 이름을 말하던 차에 와키타가 은색 노트북을 가지고 방으로 들어왔다. 테이블에 노트북을 내려놓고 사카가미 옆에 앉았다.

"자, 그럼 마키시마 씨."

사카가미가 중지로 자판을 두드렸다. 비밀번호를 입력하는 것 같았다. 후타에게는 화면이 보이지 않았다.

"졸업생 명단을 보여드릴 수는 없습니다."

"네?"

후타는 엉거주춤하게 몸을 일으켰다.

"그 정도는 상식이지 않습니까? 다만 여자친구분의 이름을 알려주시면 제가 명단을 보고 본인에게 확인한 뒤 알려드릴 수는 있습니다."

후타는 진정하라며 스스로를 다독였다.

"본인과 연락이 닿지 않으면요?"

사카가미는 온화한 미소를 지으며 "자, 그럼" 하고 말했다. 말버릇인 것 같았다.

"가족에게 확인해보면 되죠. 마키시마라는 분이 연락을 하고 싶어 한다고 전해드리겠습니다."

후타는 딱딱한 의자에 도로 앉았다.

"그래서 성함이요? 바로 검색할 수 있습니다."

"모토하시 란입니다. 란은 꽃 이름의 란이고……."

"가타카나로 검색하니 한자는 알려주지 않으셔도 됩니다."

사카가미는 키보드를 몇 차례 두드리더니 안경을 머리 위에 걸친 채 화면 가까이 얼굴을 들이밀었다.

"모토하시, 모토하시……. 그 성이 틀림없나요?"

"네."

후타는 침을 삼켰다.

"그런 이름을 가진 졸업생은 저희 학교에 없네요."

"그럴 리가 없어요. 분명 이 학교를 나왔다고 했어요."

와키타가 다리를 꼬며 말했다.

"마키시마 씨, 혹시 그분에게 돈을 갖다 바치거나 하지 않으셨어요? 속으신 것 같은데요. 저희 학교는 명문이다 보니 졸업생이라고 속이고 사기 결혼을 하는 경우가……."

후타가 테이블을 내리쳤다.

"아니에요! 그건 절대 아닙니다."

와키타는 "그러세요?"라며 두 팔을 들어 뒷머리를 받쳤다.

"그럼 사카모토 선생님, 성 말고 이름으로 검색해 보시면 어때요? 성이 바뀌었을 가능성도 있잖아요."

후타는 와키타를 노려보았다.

"제 여자친구가 유부녀였다는 말씀을 하고 싶으신 건가요?"

"이미 해봤어요. 란이라는 이름도 없었습니다."

사카가미는 태연한 목소리로 말했다.

"어째서……."

"그래도 아직 젊은 저희 졸업생에게 불행한 일이 생긴 게 아니라 다행이네요."

사카가미가 노트북 화면을 닫았다. 와키타가 자리에서 일어섰다.

"이제 그만 돌아가주시죠, 마키시마 씨."

정신을 차렸을 때 후타는 에비스역 앞에 서 있었다. 진흙길을 걸어온 것 마냥 다리가 무거웠다. 전부 다 포기해버리고 싶은 심정이었다.

나는 대체 무엇을 하고 있는 걸까. 내게 무슨 권리가 있어 세 사람의 인생을 들쑤시고 다니는 걸까. 란의 가족들은 후타를 모를 것이다. 미사키의 어머니도 마찬가지다. 아주 잠깐 만났을 뿐인 남성에게 란과 미사키의 사적인 영역을 조사하고 다닐 권리 따위 있을 리가 없었다.

후타는 조금 전 도망치듯 달려 나온 고급 맨션을 바라보았다. 주황빛으로 물든 하늘은 서서히 선명한 분홍색으로 변해갔다. 매직 아워. 란의 블로그 이름이었다. 짧은 순간에 시시각각으로 색이 변하는 이 하늘을 란은 어느 창문으로 바라보고 있었을까.

이만 안녕. 잘 지내세요.

오른손으로 머리카락을 잡아 세게 당겼다.

란, 도대체 어디로 가버린 거야.

3

"나 왔어. 오래 기다렸어?"

유키에가 가게에 도착한 것은 마침 처음 주문한 고기가 나왔을 때였다. 불판은 적당히 달궈져 있었다. 유이치로가 곧바로 생맥주 한 잔을 추가했다.

"완벽한 타이밍에 등장하셨네요, 유키에 씨."

"유이치로 씨, 오랜만이에요. 뭐야, 아직 안 먹었네? 나 기다린 거야?"

"아니야. 와서 30분이나 줄을 서 있었어."

시나가와의 고깃집은 유명한 만큼이나 대기 시간도 길었다. 겨우 자리에 앉아 주문을 마쳤다.

"후타, 이 쓰러지기 직전의 미라 같은 얼굴은 뭐야?"

유키에의 찰진 비유에 유이치로가 웃음을 터뜨렸다. 안 그래도 처진 눈꼬리가 아래로 더 내려갔다. 서글서글한 성격 덕에 대학 시절에는 모두에게 사랑받는 캐릭터였다. 주변 손님들이 테이블에 앉은 유키에를 힐끔힐끔 쳐다보았다. 자주 있는 일이었다. 오늘은 카레이로 같은 옷을 입고 있었다. 언뜻 봐서는 성별을 알 수 없었지만 남녀 할 것 없이 눈길을 끈다는 점에는 변함이 없었다.

"어제 거의 잠을 못 잤어. 오늘도 아침부터 여기저기 돌아다녔고."

"그럴 때일수록 고기를 먹어줘야 한다니까? 탄시오(소금 양념을 한 소 혀 부위)부터 먹어볼까?"

유이치로가 불판에 선홍빛 고기를 올리기 시작했다. 치익 하고 고기가 맛있게 익는 소리가 났다. 후타는 저도 모르게 입에 가득 고인 침을 삼켰다.

"와, 후타가 먹는 거에 관심을 다 보이네. 진짜 별일이다."

"학생 때부터 고기는 제법 잘 먹었어요. 고기 굽는 냄새가 동물의 식욕 중추를 자극하는 게 분명해요."

"후타가 본능대로 살기는 하죠."

후타는 대화에 끼어들 새 없이 꼬르륵하고 배에서 나는 소리를 막아내기 바빴다.

"자, 다 됐습니다."

유이치로의 신호와 동시에 고기 한 점을 레몬즙에 찍어 입으로 가져갔다.

"응, 맛있다."

유키에와 유이치로가 만족스러운 표정으로 후타를 바라보았다.

"뭐야, 두 사람은 안 먹을 거야?"

"안 먹긴 왜 안 먹어."

유키에는 한번에 두 점을 가져갔다.

"오, 이 집 고기 맛이 괜찮네. 유이치로 씨, 다음은 안창살로 가시죠."

"예, 알겠습니다."

유이치로는 서둘러 집게를 찾아 새 고기를 불판 위에 올렸다. 유이치로는 자신보다 어린 유키에를 받들어 모시며 즐거워하고는 했다. 조만간 유키에는 유이치로에게도 말을 놓지 않을까 싶었다.

"유이치로 씨는 SE라고 하셨죠?"

"맞아요. 병원 내 시스템 네트워크를 관리하고 있어요. 보안 대책도 마련하고요."

"바쁘시겠네요."

"엄청 바쁘죠. 특히 요즘은 환자 수가 크게 늘어서 시스템 확충을 소홀히 하면 바로 문제가 터지거든요."

"왜 그렇게 환자가 늘어난 거예요?"

"대부분 난임 치료를 받으러 오는 분들이에요. 점점 기술이 발전하고 있으니까요."

"체외수정 같은 거요?"

"요즘은 현미수정이 더 많아요. 들어본 적 있으세요?"

"현미경으로 보면서 정자를 난자에 직접 주입하는 그거 맞죠?"

유키에는 이런 주제라도 아무렇지 않게 할 말은 한다는 점이 좋았다.

"이런 느낌인가?"

유키에는 안창살을 젓가락으로 집은 다음 한쪽 눈을 감았다. 그리고 살며시 후타의 앞접시에 올려놓았다.

"나이스 샷!"

가벼운 단어 선택만 어떻게 좀 해주기를 바랐다. 유이치로는 "맞아요, 바로 그거예요"라며 웃었다.

"부부가 함께 오는 경우도 많이 늘었어요. 요즘은 정자 숫자

가 적은 남성들이 많대요. 현미수정은 정자가 단 하나만 있어
도 가능하니까요."

후타는 젓가락질을 멈추고 물었다.

"그럼 그 아르바이트가 더는 필요 없는 건가?"

"수요는 아직 있어. 요새는 기증하려는 사람이 적기도 하고.
근데 아르바이트는 이제 안 돼. 영리 목적으로 제공하는 게 금
지됐거든."

"뭐야, 그렇게 됐구나."

"그거 때문만이 아니더라도 우리는 이제 젊지 않으니까. 아
무래도 씨는 신선해야 하지 않겠어?"

안창살을 삼킨 유키에가 "잠깐, 잠깐" 하고 끼어들었다.

"무슨 이야기를 하는 거예요?"

"정자 기증이에요. 예전에는 남성이 난임의 원인이면 다른
사람의 정자를 써서 임신하는 게 일반적이었거든요. 젊고 건강
한 남성의 정자를 제공받는 거죠."

"후타, 그런 일을 했었어?"

"유이치로가 병원에서 아르바이트할 때 부탁을 받아서 대학
다니면서 잠깐 했었어."

"그럼 유이치로 씨도?"

"물론이죠. 병원의 남직원들은 거의 다 하지 않았을까요? 게다
가 병원에 취직하고 싶어 하던 학생들은 친구를 부지런히 모으
기도 했어요. 기증자를 많이 데려오면 좋은 평가를 받았거든요."

후타는 아르바이트비를 듣고 가벼운 마음으로 응했다. 호기심도 있었다. 번호판이 붙어 있는 좁은 정자 채취실은 마치 인터넷 카페의 개인실 같았다.

순서를 설명해주던 간호사가 빤히 쳐다보는 눈길에 조금 부끄러웠던 기억도 있었다.

"그렇게 쉽게 돈을 벌 수 있는 아르바이트는 그거밖에 없을걸?"

만약 해피서클에서 잘리면 그 아르바이트를 해서 먹고살아야겠다고 잠시 생각했었다. 유키에는 맥주잔을 들어 한 모금 마시며 삐딱한 자세로 후타를 쳐다보았다.

"한심하네."

"그래도 의학에는 공헌했다고 생각해."

"맞아요, 유키에 씨. 저희 덕에 아이를 얻은 부부가 어딘가에 있을지도 모르고요."

유이치로는 눈꼬리를 아래로 내리며 소주를 주문했다.

"바쁜 이유는 또 있어요. 앞으로는 유전자 치료가 본격적으로 도입될 거예요. 저희 병원 경영진은 그렇게 생각하고 있어요. 그렇게 되면 환자 수는 더욱 폭발적으로 늘어날 테고요."

"유전자 치료요?"

"유전자 변형 식품은 들어보셨죠?"

"옥수수나 감자 같은 거요?"

유이치로는 "이번에는 갈빗살로 갈게요"라며 새 고기를 불판에 올렸다.

"지금 상품화되고 있는 건 곡물이 대부분이지만 언젠가는 유전자 조작 기술로 소나 돼지를 변형할 수 있을 거예요. 그러면 저렴하지만 맛있는 고기를 얼마든지 먹을 수 있겠죠?"

"딱히 맛이 있을 것 같지는 않은데요."

"하지만 식량난이 닥치면 순식간에 그 기술이 정착할 거예요."

"그 기술을 인간에게도 사용한다는 거군요?"

"단순히 변형시키는 것에서 그치지 않고 한발 더 나아가 유전자 자체를 편집하는 거예요. 게놈 편집이라고도 하죠."

"게놈도 들어본 적 있어요. 유전 정보를 말하는 거죠?"

유이치로가 가장자리부터 고기를 뒤집었다.

"특히 암 치료에 효과적이에요. 지금까지 고칠 수 없었던 암이 완치되기도 한대요."

"그건 대단하네요."

언제부터였을까. 유명인들이 암에 걸렸다는 소식이 빈번하게 뉴스에 등장하며 후타도 그 심각성은 알고 있었다.

"지나치게 혁신적인 기술이다 보니 세계적으로 기대와 우려가 아직 공존하는 상태예요. 하지만 다양한 규제가 사라지고 나면 유전 병은 단번에 사라질지도 모르죠."

"엄청나네요."

"게다가 의학부 학생이 조금만 훈련을 거치면 편집할 수 있을 정도로 쉽대요. 유키에 씨, 혹시 크리스퍼라고 들어보셨어요?"

"그게 뭐예요? 플리퍼는 들어본 적 있는데."

"그건 돌고래잖아."

어릴 적 외국 드라마인가 영화에서 본 적이 있었다.

"정확히는 크리스퍼 캐스 9이라는 건데 게놈 편집 기술의 이름이에요. 크리스퍼 덕분에 유전자 편집이 훨씬 간단하고 정확해졌어요."

"그렇구나. 유이치로 씨, 뭔가 기뻐 보이네요."

유이치로가 머리를 긁적였다.

"죄송해요. 저도 모르게 신이 나서 혼자 떠들었네요. 어쨌든 이건 지금 전 세계 학자들과 의사들이 푹 빠져 연구하고 있는 분야예요. 노벨상 확정인 주제니까요."

소주 세트가 도착했다. 물수건으로 손을 닦은 유이치로가 부지런히 미즈와리(마시기 수월하게 술에 물을 탄 것)를 만들기 시작했다.

"유이치로, 나는 그냥 얼음만 넣어줘."

독한 술을 마시고 싶은 기분이었다.

"저는 미즈와리요."

유키에가 맥주잔에 남아 있던 술을 마저 마셨다.

"유이치로 씨, 노벨상 이야기가 나와서 말인데요. iPS세포(유도만능줄기세포)는 아직 상용화되지 않았나요?"

교토대학의 야마나카 교수가 노벨상을 받은 지 벌써 몇 년이

지났다.

"자, 주문하신 술 나왔습니다."

유이치로는 선술집 사장님 같은 말투로 유키에에게 먼저 미즈와리를 건넸다.

"바로 그거예요! 저를 바쁘게 만든 가장 큰 이유죠."

"그래요?"

"iPS세포 병동을 새로 개설하거든요."

자랑스러운 표정이었다.

"우와, 병동이 생기는군요."

"아직 임상실험 위주이기는 하지만 조만간 환자를 받기 시작할 거예요."

"iPS세포는 진짜 엄청난 것 같아요. 몸에 문제가 생기면 iPS세포로 만들어서 교체할 수 있는 거잖아요. 눈이든지 간이든지."

"아직 숙제가 몇 가지 남아 있기는 해요. 그래도 꿈같은 이야기죠."

유이치로는 술병을 든 채로 이야기를 이어갔다.

"직원들도 기대하고 있어요. iPS세포를 활용한 재생의학의 상용화가 저희 병원에서 시작되는 거니까요."

"그럼 너는 더 바빠지겠네?"

"아무래도 그렇겠지? 그래도 대학병원에서 일할 수 있어서 기뻐. 최첨단 의료를 직접 내 두 눈으로 목격할 수 있으니까."

어쩐지 친구가 나를 남겨 두고 저 앞으로 나아가버린 듯한 기분이 들었다. 펫 시터와 유명 대학병원의 SE를 비교한다는 것 자체가 말이 안 된다는 것쯤은 알고 있었다. 하지만 오늘만은 그런 생각을 하고 싶지 않았다.

후타는 유이치로가 들고 있던 병을 빼앗았다. 직접 소주를 따르는 사이에 주머니에서 진동이 느껴졌다.

"전화 왔다. 누구지?"

연락처에 등록되어 있지 않은 번호였다.

"네, 마키시마입니다."

"안녕하세요? 저 유코예요."

귀에 꽂히는 카랑카랑한 목소리에 스마트폰을 귀에서 잠시 떼어냈다. 전화 달라고 부탁했던 것을 까맣게 잊고 있었다. 후타는 "에미리랑 아는 사람이야"라고만 간단히 설명했다.

"가게로 전화하셨다고 해서요."

세련된 잡화와 귀여운 문구류로 가득한 장난감 상자 같은 가게의 모습이 떠올랐다.

"아, 죄송해요. 저 기억 못 하시겠죠?"

유코의 쾌활한 웃음소리를 유키에와 유이치로도 듣고 있었다.

"기억해요. 하야시 씨 남자친구잖아요. 진짜 오랜만이네요. 무슨 일 있으세요?"

"그게 사실은 에미리와 연락이 안 돼서요. 유코 씨 가게에는 아직도 가끔 들르는지 해서……."

"어머, 두 사람 헤어졌어요?"

"네? 왜요?"

"하야시 씨는 저희 가게에 안 오신 지 한참 됐어요. 작년 설즈음에 혼자 오셨었는데 사정이 있어서 앞으로 못 올 수도 있다고 하시고는 그 후로 한 번도 안 오셨어요. 저는 이사를 가신건가 했죠."

후타와 헤어지고 얼마 지나지 않았을 때였다.

"그럼 에미리와 연락은……."

"전혀 안 했어요. 실은 조금 서운했어요. 저랑 죽이 잘 맞는다고 생각했는데."

"그랬었죠. 몇 년 동안 그 가게에 자주 갔었다고 들었어요."

잠시 침묵이 이어졌다.

"몇 년이요? 그건 아니에요. 길어봤자 석 달 정도였는데? 그런데도 저희 가게 상품을 자세히 알고 계셔서 놀라기는 했어요."

"예? 그럼 저랑 가게에 갔을 시기잖아요."

"맞아요. 마키시마 씨랑 같이 오신 게 처음이었어요."

이건 또 무슨 소리인가. 그날 에미리는 오랜만에 왔다며 잔뜩 들떠 있었다.

"그랬군요. 알겠습니다. 느닷없이 죄송했어요."

유코의 "네, 다음에 한번 들러주세요"라는 목소리를 마지막으로 통화 종료 버튼을 눌렀다. 스마트폰을 테이블 위에 던져

두고 소주를 한입에 털어 넣었다. 목이 타들어가는 듯했다.

"후타, 유코 씨가 누구야?"

"에미리와 자주 갔던 잡화점 점원이야. 둘이 성격이 잘 맞아서 지금도 연락하고 지내나 싶어 아까 전화했었어."

에미리는 활동적인 타입은 아니었다. 둘이 함께 영화를 보고 유코의 가게에 가는 것이 자주 하던 데이트 코스였다.

"유코 씨 목소리가 좀 들렸는데, 에미리 씨는 그 가게에 예전부터 다닌 게 아니었나 보네?"

"응, 내 착각이었을지도 모르지만."

"너한테는 몇 년이나 단골이었다고 말한 거잖아. 뭔가 묘한 이야기네."

유이치로의 말에 아무런 대답도 없이 잔을 입으로 가져갔다. 취하고 싶었다.

"그럼 결국 에미리라는 사람의 행방도 모르는 거네?"

소주를 마시는 족족 잔을 채웠다. 잔을 들어 올리는 손을 유키에가 막았다.

"후타, 천천히 마셔. 이야기는 지금부터니까."

후타의 잔에 물을 채웠다.

"맞아. 일단 정리 좀 하자. 나 너무 혼란스러운데."

유이치로는 직접 미즈와리를 만들었다.

"맞아. 새로운 정보도 얻었으니 오늘의 성과를 정리해서 보고해봐."

후타는 거의 물이나 다름없이 연해진 술을 한 모금 마셨다.

"성과라도 할 것도 없었어. 미사키와 란의 가족들은 이미 이 사를 갔어. 어디로 갔는지도 모르고. 란이 다녔다고 했던 학교 에도 가봤지만 졸업생 명단에 이름이 없대."

후타는 기치조지와 에비스에서 있었던 일을 대충 설명했다. 유이치로는 잠자코 듣고 있었다. 후타에게 일어나고 있는 일은 아까 가게 앞에서 기다리는 동안 이야기했다.

"왜지? 어째서 다들 내 앞에서 사라지는 거야?"

유키에가 "과거도 사라졌다는 거네"라며 중얼거렸다. 후타는 유키에를 바라보았다.

"후타랑 사귀기 전까지 세 사람은 어디에서 뭘 했던 걸까? 살 던 집도 다녔던 학교도 친했던 친구도 자주 가던 가게 사람도. 어디에 가서 누구에게 묻든 다들 세 사람을 모른다는 거잖아."

"미사키는…… 유키에 너도 만난 적 있잖아."

"그건 마쿠하리 펫 페어 때부터잖아. 너랑 미사키 씨가 처음 만난 날 말이야. 그 이전의 미사키 씨에 대해서는 나도 전혀 몰 라. 코코아를 입양할 때도 가정 방문은 다른 스태프가 가서 집 도 모르고."

후타는 긴 한숨을 내쉬었다.

"후타, 하나씩 생각해보자. 미사키 씨 어머님이 어디로 이사 갔는지는 모르는 거지? 단서가 될 만한 거 없어?"

"어머니 고향이 히로시마라는 이야기는 들은 적 있어."

"히로시마에 사는 도오야마 씨라……. 그것만으로는 찾을 방도가 없네."

유이치로가 "그러게요"라며 맞장구를 쳤다.

"그 란이라는 사람은 왜 다른 학교를 나왔다고 거짓말을 한 걸까?"

"내 앞에서 허세를 부린 거 아닐까."

그 사립대는 후타가 나온 대학과 야구 정기전을 치렀었다. 응원하러 가본 적이 있는지 물었을 때 란은 갑자기 말을 돌렸다. 고등학교 때 무슨 동아리를 했는지, 문과인지 이과인지 물어봐도 미소만 지을 뿐 대화가 이어지지 않았다. 지금 생각해보면 은근슬쩍 얼버무렸던 것도 같았다.

유키에는 입안이 다 들여다보일 정도로 크게 웃었다.

"유이치로 씨랑 사귀는 거면 몰라도 별 볼 일 없는 자영업자인 너한테 허세를 부릴 이유가 뭐지?"

유이치로는 옆에서 쓴웃음을 지었다.

"예, 그래요. 저는 연수입이 300만 엔도 안 되는 펫 시터입니다. 아이고, 제가 잘못 생각했네요."

허세를 부린 것은 후타였다. 작년 수입은 250만 엔이고 거기에서 경비와 로열티를 빼면 실수입은 200만 엔도 되지 않았다. 남자가 평생 할 일은 아니라고 말하는 어머니와 다툰 것이 한두 번이 아니었다.

유키에가 "아, 맞다!" 하며 검지를 치켜들었다.

"이름을 속였을 수는 있겠다."

"가명을 써서 후타와 사귀었다는 건가요?"

"네, 그 학교에 다닌 건 사실이지만 후타에게 진짜 이름을 알려주고 싶지는 않았던 거죠. 그러면 말이 되잖아요."

"무슨 소리를 하는 거야. 나한테 왜 굳이 가명을 써야 하는데?"

유키에는 검지로 턱을 두드렸다. 무언가를 생각할 때 나오는 버릇이었다.

"란 씨가 정말 그 에비스의 고급 맨션에 살았어?"

"그렇다고 했어."

"집에 가본 적은 없잖아. 거짓말을 했을 가능성도 있지."

"뭐 하러 그런 거짓말을 하는데?"

"글쎄, 나도 모르지. 어쨌든 란 씨의 학교든 이름이든 둘 중 하나는 가짜라는 거잖아. 에미리 씨도 그 가게에 대해 거짓말을 했고. 아니야?"

후타는 작게 신음했다. 유키에는 주머니에서 종이를 꺼내 테이블에 올려놓았다.

"후타, 네가 빈칸을 좀 채워봐."

노트를 찢은 종이에 란, 미사키, 에미리의 이름이 적혀 있었다. 평소의 거친 말투와는 달리 단정한 글씨였다.

"왼쪽부터 이름, 후타랑 교제한 연도, 교제 기간, 만난 계기, 죽었거나 행방을 알 수 없어진 시기야. 내가 알고 있는 건 적어놨어."

"뭐야? 이런 건 또 언제 했어."

유키에는 지금까지 함께 고민해준 것이다. 후타는 스마트폰으로 일기 대신 썼던 블로그를 보며 빈칸을 채워갔다.

"란은 블로그로 대화한 것 말고 실제로 처음 만난 날로 적었어."

> 모토하시 란, 2014년 교제 기간 4개월, 후타의 블로그 구독자, 2017년(사망?)
>
> 도오야마 미사키, 2015년 교제 기간 5개월, 펫 페어에서 만남, 2018년(사망)
>
> 하야시 에미리, 2016년 교제 기간 3개월, 모리의 집에서 만남, 2017년(행방불명)

"만난 시기는 안 겹치네."

"바람을 피울 정도로 요령이 좋지는 않으니까."

"맨 끝에 소식란만 없으면 난봉꾼처럼 보이는데."

유이치로가 후타의 잔에 소주를 조금씩 따라주며 말했다.

"저 시기에 우연히 인기가 좀 있었어."

"정말 우연이었을까?"

유키에가 중얼거렸다. 후타는 유키에의 말을 들었지만 가만히 있었다. 대신 유이치로가 말을 꺼냈다.

"아무리 그래도 이렇게 정리해놓고 보니 정말 이상하네. 최근

2년 사이에 세 명이 연달아 죽거나 연락이 끊겼다는 거잖아."

가게 앞에서 처음 이야기했을 때는 "그냥 우연이겠지"라며 웃어넘겼던 유이치로가 이런 말을 하니 상황이 더욱 심각하게 느껴졌다.

"근데 후타는 세 명한테 다 차였다는 거지?"

"에미리와는 싸워서 헤어졌어."

"어쨌든 네가 먼저 헤어지자고 말한 건 아니잖아."

"그건 그렇지만……."

후타는 유키에를 노려보았다.

"그런 건 아무 상관없잖아."

"지금으로서는 그렇지."

유키에는 시치미를 떼는 얼굴을 했다. 후타는 잔을 들어 술을 마셨다.

"나 이상한 소리 하나만 해도 될까?"

"해봐, 후타."

"세 사람이 누군가에게 살해당했거나 납치당한 건 아닐까?"

"에미리 씨는 연락이 안 될 뿐이잖아."

유이치로가 반박했다.

"하지만 지금 상황이 범죄에 연루되었다고 해도 전혀 이상하지 않잖아."

"동기가 뭔데? 세 사람에게 연관성이 전혀 없잖아."

"전혀 없지. 일면식도 없어."

군이 꼽자면 후타와 도쿄에서 만났다는 것, 그리고 나이가 서른 전후라는 것 정도였다.

"누군가가 나한테 죄를 뒤집어씌우려는 건 아닐까?"

유이치로가 소리 내어 웃었다.

"누가 그렇게 번거로운 짓을 하겠어."

"뭐, 경찰이 알면 후타를 의심하기는 하겠지만."

후타는 잔을 단번에 비우고 고개를 숙였다.

"후타, 너무 급하게 마시는 거 아니야?"

후 하고 크게 숨을 내쉬었다.

"저주가 아닐까?"

"뭐?"

"나한테 접근한 사람이 차례로 죽어 나가는 저주야."

"바보 같은 소리 하지 마."

"그게 아니면 설명이 안 되잖아."

고개를 들자 유이치로의 눈빛이 흔들리고 있었다.

"저주가 아니라면 내가 문제 아닐까?"

"뭐가?"

후타는 다시 고개를 숙였다. 몸이 가라앉는 것 같은 착각이 들었다.

"내가 세 사람을 해치고 그 기억을 지워버린 게 아닐까?"

"후타, 그만해."

유키에가 후타의 어깨를 잡고 흔들었다. 자신이 말도 안 되는 소리를 하고 있다는 것도 유이치로와 유키에를 곤란하게 만들었다는 것도 알고 있었다. 그럼에도 후타는 지금 머릿속을 가득 채운 이 생각을 누군가에게 털어놓지 않으면 어떻게 되어 버릴 것만 같았다.

"나랑 헤어진 다음이잖아. 세 사람 다 나랑 헤어지고 나서 죽거나 사라졌다고."

유이치로는 테이블 위에 놓인 종이를 바라보았다.

"그건 그렇지만⋯⋯."

"헤어지자는 말을 들은 내가 화를 참지 못해서 제정신이 아닌 상태로 세 사람을 죽인 게 아닐까? 란이랑 에미리의 시체는 우리 집 마룻바닥에⋯⋯."

찰싹 하는 건조한 소리가 귓가에 울려 퍼졌다.

"후타, 정신 똑바로 차려."

유키에에게 뺨을 맞았다는 것을 뒤늦게 깨달았다.

"내가 생각한 게 있어. 그거라면 세 사람이 차례로 사라진 게 논리적으로 설명이 돼."

유키에를 물끄러미 바라보았다.

"정말이야? 말해봐."

유키에가 아차 싶은 얼굴로 후타의 눈을 피했다.

"조금만 기다려 봐. 아직은 근거가 부족해. 네가 이상한 소리만 안 했어도 아직은 말할 생각이 없었다고."

"그러지 말고 제발⋯⋯."

유키에가 고개를 가로저었다.

"무책임한 말은 하고 싶지 않아. 그 전에 어떻게든 세 사람이 사라진 이유를 알아내고 싶어. 단 한 명이라도 좋으니까."

"한 명이라도?"

"응. 제대로 알고 싶어."

"미사키는 죽었어."

"왜 죽었는지 말이야."

"그러니까 어머님이 이사를 가서 알 수 없다고 했잖아."

후타는 유키에의 팔을 붙잡았다.

"부탁할게. 지금 알려줘. 이대로라면 나 진짜 머리가 어떻게 될 것 같아."

유키에는 잠시 입을 다물었다가 후타의 얼굴을 빤히 바라보았다.

"내 생각에는 후타가 만났던 사람들이 차례로 사라진 게 아니야."

"그게 무슨 말이야?"

"사라질 예정이었던 사람들이 너와 만난 거야."

제3장

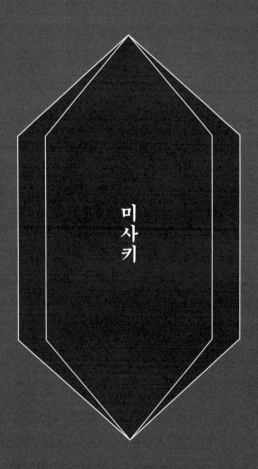

미
사
키

발밑에 수천, 수만 송이의 장미가 만발해 있었다.

"장미바다 위에 떠 있는 것 같아."

"이게 전부 다 장미라는 거지?"

테라스 좌석에 마주 앉은 후타도 이런 광경은 처음인 듯 주위를 둘러보았다.

"후타, 장미가 이렇게 키가 큰 줄 몰랐어. 해바라기 정도 될 것 같지 않아?"

미사키가 매일 안뜰에서 보던 장미는 이곳의 장미와 비교하면 아기 같았다.

"내 키보다도 크네. 정말 장미바다 같아."

"뛰어들고 싶어!"

후타가 한 손을 입 옆에 대고 외쳤다.

"1번 레인, 도오야마 미사키. 도쿄 출신."

"하지 마, 창피하잖아!"

게이세이 장미정원은 마침 장미가 만개하는 시기라 놀러 온 사람이 많았다. 장미를 좋아한다던 미사키의 말을 기억한 후타가 이곳에 데려와 주었다. 미사키는 초등학교에 입학할 무렵 어머니의 고향인 히로시마현 후쿠야마에 놀러 갔었다. 장미의 도시로 불리는 후쿠야마는 마침 축제 기간이었고, 어디를 가도 아름다운 장미가 잔뜩 피어 있었다. 정원 가꾸기가 취미였던 어머니는 장미의 품종이나 이름의 유래를 미사키에게 설명해 주며 즐거워했다. 그 후로 미사키는 장미를 좋아하게 되었다.

후타가 주차장에 렌터카를 세웠을 때부터 가족이나 어르신 관람객이 많이 보였다. 이런 분위기라면 오늘은 무사히 넘어갈 수 있으리라 생각했지만 입장권 판매소 앞에서 '사랑을 외치고 커플 할인'이라고 적힌 포스터를 맞닥뜨리고 말았다.

'저희 사랑하고 있어요!'라고 외치면 입장권을 40퍼센트나 할인받을 수 있었다. 앞에 선 중년 부부가 다투고 있었다. 남편은 하기 싫다며 한참을 버텼지만 결국 아내의 협박에 못 이겨 작은 소리로 정해진 멘트를 외쳤다. 기다리던 사람들 사이에서 박수가 터져 나왔다.

나이 제한도 없고 혼인 여부도 묻지 않았기 때문에 거짓말을 해도 알 수가 없었다. 화제성만을 노린 단순한 이벤트였다. 창구 직원이 후타와 미사키를 보고 "같이 하셔도 돼요"라며 싱긋 웃었다.

40퍼센트 할인은 컸다. 여기까지 오는 데 들었던 톨게이트료 정도는 아낄 수 있지 않을까 하는 마음에 후타와 입을 맞춰 큰 소리로 외쳤다. 그런데 정원에 들어온 뒤로 심장이 계속해서 빠르게 뛰었다. 태어나서 처음 해본 말이었다. 평생 해볼 일이 없는 말이라고 생각했었다.

이 한마디로 후타는 좀 더 진심이 된 듯했다. 장미정원에 들어서자 당연한 듯 손을 잡았다. 전경을 보러 이곳 테라스로 올라오는 내내 미사키의 머릿속에서는 경보음이 울렸다. 후타를 슬쩍 쳐다보았다. 미사키의 걱정은 아는지 모르는지 그저 장미맛 분홍색 소프트 아이스크림을 맛있게 먹고 있었다.

"아, 맞다. 이번 입양도 잘 마무리됐어. 믹스견이고 이름은 구루미야."

"정말 잘됐다! 또 한 건 했네."

후타는 의기양양해 보였다.

"내가 직접 유기견들의 목숨을 구하고 있다고 생각하면 정말 뿌듯해. 내 인생이 활기를 되찾은 것 같다고나 할까."

"후타, 과장이 너무 심한 거 아니야?"

"진심이야. 이게 다 미사키가 유키에를 소개해준 덕분이야. 정말 고마워."

"후타는 성실하고 다정하니까 그 일과 잘 맞을 것 같았어."

두 달쯤 전에 미사키는 후타에게 유키에를 소개했다. 유키에는 유기견을 보호하는 자원봉사 단체에 소속되어 있었다. 펫 페어에서 코코아를 입양할 때 도움을 받았었다.

입양처를 찾지 못해 안락사당하는 강아지의 수를 한 마리도 없게끔 만드는 것. 그 목표를 달성하기 위해 열정적으로 살아가는 유키에에게서 느껴지는 힘이 있었다. 유키에가 어떤 활동을 하고 있는지 이야기를 들으며 나도 같이해보고 싶다는 생각이 들 정도였다. 분명 후타에게도 좋은 자극이 될 것 같았다.

"후타, 강아지들이 슬프게 죽어가는 일이 없게 이 나라를 바꿔줘."

"좋아, 내게 맡겨!"

미사키는 진심을 담아 말했다. 후타가 다양한 사람들을 만나 활약해주기를 바랐다.

"같이 봉사하는 사람들과도 벌써 많이 친해졌어."

"유키에 씨 정말 멋지지 않아? 후타랑도 잘 어울릴 것 같은데."

유키에는 미사키가 보기에도 매력적이었다. 남성 같은 차림을 한 개성 있는 모습에 오히려 더 마음이 끌렸다.

"그런 스타일은 글쎄. 잠깐, 뭐야? 이상한 소리 하지 마. 나는 그러니까……."

후타가 잠시 머뭇거렸다. 묘한 분위기에 미사키는 당황했다.

"와, 무지개야. 진짜 예쁘다."

다급히 의자에서 일어나 아이들이 뛰노는 분수 쪽으로 걸어갔다.

"미사키, 같이 가!"

뒤에서 후타의 목소리가 들려왔다. 며칠 전에는 후타가 집에 놀러오지 않겠냐고 물었다. 그날은 피곤하다며 거절했지만 다음에는 또 어떻게 도망쳐야 할지 고민이었다.

후타와 만난 지 넉 달이 지났다. 초반에는 코코아를 데리고 산책을 하거나 강아지 놀이터가 있는 공원에서 만나 안심이었지만 얼마 지나지 않아 후타는 코코아 없이 둘이서만 만나기를 원했다. 후타는 건강한 성인 남성이었다. 예상은 하고 있었지만 미사키로서는 난처할 수밖에 없었다. 후타를 만나 대화하는 것은 즐거웠지만 그 이상을 원한다면 헤어져야만 했다.

뒤따라 온 후타에게 다시 손을 붙잡혔다.

"곧 이벤트를 한대. 가보자."

후타의 손에 이끌려 장미로 만든 아치를 통과했다. 정원을 따라 걸어가자 맑은 종소리가 울려 퍼졌다.

"저기야!"

웨딩드레스를 입은 여자가 광장에 서 있었다. 하얀 장미에 둘러싸여 행복한 듯 미소를 지었다.

"정말 예쁘다. 새 신부인 거지?"

"가든 웨딩이래. 지금부터 실제로 결혼식을 하는 거야. 여기가 연인들의 성지라고 하더라."

"연인들의 성지?"

"응, 여기서 프로포즈를 하면 영원한 사랑이 이루어진대."

미사키는 두 눈을 깜빡였다.

"신랑 신부가 지금 서 있는 단상이 맹세의 장소야. 우리도 이따가 올라가 보자."

1

"어?"

전철에서 내려 개찰구로 이어지는 계단으로 향하던 후타는 플랫폼에 서 있는 모리를 발견했다. 수많은 통근자에게 휩쓸려 후타가 방금 내린 열차 안으로 사라졌다.

후타는 서둘러 전철에 다시 올라타려 했으나 곧바로 인파에 가로막혔다. 하네다공항 쪽 플랫폼은 언제나 승객들로 붐볐다.

"위험하게 뭐 하시는 거예요!"

"다음 차 타세요!"

인파를 헤치고 열차에 올라타려 하는 후타에게 원성이 쏟아졌다. 아침 출근 시간은 전쟁터나 다름없었다. 다들 살기를 품고 있었다. 후타는 겨우 모리와 같은 칸에 올라탔다.

"죄송합니다."

뚜렷한 대상은 없었지만 작은 목소리로 사과했다. 승차율은 200퍼센트에 가까웠다. 화장, 땀 그리고 희미한 담배 냄새가 승객들로 꽉 찬 열차 안을 메웠다. 모리의 모습을 찾아냈다. 넥타이부대에 가로막혀 있었지만, 후타는 큰 키 덕에 차량 안쪽에 서 있는 모리를 확인할 수 있었다. 이틀 전과 똑같은 반코트 차림이었다. 위치를 기억한 후타는 몸을 웅크렸다.

아직 7시도 되지 않았다. 모리가 이렇게 이른 시간에 출근하리라고는 생각지 못했다. 후타는 모리가 출근하기 전에 잠시 만나 이야기를 들으려 했다. 이틀 전에 만났던 모리의 태도로 봐서는 전화를 해봤자 금방 끊어버릴 것 같았기 때문이다.

모리는 에미리의 연락처를 모른다고 하지 않았다. 에미리라는 사람 자체를 모른다고 했다. 그리고 후타에 대해서도. 물론 후타는 모리가 거짓말하고 있다는 사실을 알고 있었다. 모리는 다 알면서도 시치미를 떼고 있었다.

그렇게까지 하면서 에미리에 대해 숨기는 데에는 그럴 만한 이유가 분명히 있을 것이다. 그 벽을 무너뜨리려면 직접 만나 후타의 사정을 숨김없이 털어놓는 수밖에 없었다. 미사키와 란에 대해 이야기하면 모리의 태도가 바뀌지 않을까. 그렇게 생각한 후타는 일찍 일어나 모리의 집에서 가장 가까운 역에 도착하던 찰나였다.

헛걸음을 하지 않게 되어 다행이었다. 창문 밖으로 스카이트리가 보였지만 너무 가까워서인지 아래쪽밖에 보이지 않았다. 오시아게역을 지나며 전철이 지하로 들어가 그마저도 보이지 않게 되었다.

모리가 어디에서 내릴지 알 수 없지만 이렇게 된 이상 끝까지 따라가기로 했다. 역에서 빠져나간 다음 말을 걸어보자. 분명 모리는 쉽게 상대해주지 않겠지만 회사에 도착할 때까지 부탁해보는 거다. 문득 에미리와 모리가 같은 직장에 다니는 것은 아닐까 하는 생각이 들었다.

업무와 관련된 문제에 연루된 것은 아닐까. 직장에서 받는 스트레스나 인간관계에서 비롯된 갈등으로 괴로워했을 가능성도 있었다. 최근에는 이런 문제들로 우울증에 걸리거나 자살하는 사람이 적지 않다. 그런 이야기를 에미리에게 들은 적이 있던가. 전혀 기억 나지 않았다.

에미리는 회사에 관해 이야기하는 걸 피했었다. 후타 기억에 떠오르는 것은 마지막으로 만난 날 싸웠던 일뿐이었다.

후타가 펫 시터를 그만두겠다고 말한 것이 원인이 되어 심하게 다투었다. 앞으로 어떻게 먹고살려고 그러냐, 일하기 싫어서 도망치려는 게 아니냐며 비난 섞인 말을 들어야 했다. 이제 와서 생각하면 에미리의 솔직한 지적이 참 고마웠다. 펫 시터로 계속 일하는 편이 유기견을 돕는 활동에 도움이 된다는 것을 그때 알게 되었다. 하지만 두 사람의 관계는 그것으로 끝이었다. 당시 후타는 먼저 사과하고 싶은 마음이 없었을뿐더러 생각만 해도 어색했다. 에미리가 먼저 연락하기를 기다리는 동안 후타의 마음도 서서히 식어버렸다.

다음 역은 아사쿠사, 아사쿠사입니다. 내리실 문은……

아직까지 모리에게 움직임은 없었다. 후타는 머릿속이 흐릿했다. 이틀 연속 이어진 과음과 수면 부족 때문이다. 어젯밤 고깃집에서 유키에가 한 말을 떠올렸다. 몇 초 동안은 그 뜻을 이해할 수 없었다. 란, 미사키, 에미리 세 사람이 처음부터 모습을 감추기로 되어 있었고, 그래서 후타를 만났다?

도무지 이해가 가지 않았다. 후타의 망상과 크게 다를 바 없었다. 아니, 오히려 더 말이 안 되는 소리였다. 유이치로마저 곤란한 표정을 지으며 입을 다물고 말았다.

유키에는 후타와 유이치로의 반응이 마음에 들지 않았는지 얼굴을 찌푸렸다. "아무튼 어떻게 해서든지 모리 씨한테 에미리 씨의 정보를 얻어 와" 유키에는 이 말만 남기고 그다음 이야기는 하지 않았다. 후타는 답답했다. 유키에에게 정색하고 덤비려는 후타를 유이치로가 겨우 말렸지만 그대로 흥이 깨져 1차로 마무리되었다.

후타는 아파트로 돌아와 생각을 정리하려 했지만 논리적으로 사고할 수 있을 리가 없었다. 정신을 차려보니 선잠을 자고 있었다. 어젯밤은 가위에 눌리지 않았다. 우선 모리에게서 에미리의 소식을 알아낸다. 후타도 그럴 생각이었다. 사실상 남은 단서는 이제 모리뿐이었다. 고개를 빼고 모리의 위치를 확인했다. 모리가 문 쪽으로 갔다. 다음에 내리려는 것 같았다.

아사쿠사바시에서 소부선으로 갈아탔다. 하마터면 몸집이 작은 모리를 놓칠 뻔했다. 누군가의 뒤를 쫓는 일은 태어나서 처음이었다. 어제는 사람을 찾고 오늘은 사람을 쫓고. 대체 무엇을 하고 있는 것일까.

노란 열차에 올라탄 모리는 한 손으로 손잡이를 잡고 휴대전화를 보기 시작했다. 당분간은 내리지 않을 것 같았다. 후타도 주머니에서 스마트폰을 꺼냈다. 펫 시터 일은 다행히 들어오지 않았다. 가미무라의 지시대로 휴업 공지는 지웠다. 오늘은 그저 일이 들어오지 않는 영업일인 셈이다. 자랑할 만한 일은 아니지만 가미무라에게 잔소리를 들을 일은 없었다. 게다가 모리는 고객이기도 했다. 해피서클 활동 보고서에는 '고객 지원'이라고 써야겠다고 생각했다.

모리가 휴대전화를 넣었다. 다른 사람들과 뒤섞여 열차에서 내렸다. 후타는 두 칸 떨어진 문으로 나왔다. 시나노마치역이었다. 모리의 뒤를 쫓아 개찰구를 나와서야 예전에도 이곳에서 내린 적이 있었다는 사실을 어렴풋이 기억해냈다.

교차로 건너편의 건물을 본 적이 있었다.

에이오대학병원.

파란 하늘을 배경으로 높게 솟은 흰 건물을 올려다보았다. 유이치로가 근무하는 병원이었다. 후타가 아르바이트를 하러 왔던 것은 갓 스물 되던 해였으니 16년 전이었다. 신호가 금방 파란불로 바뀌었다. 모리는 교차로의 인파에 휩쓸려갔다. "어!" 하는 소리가 저도 모르게 튀어나왔다. 좌측이나 우측으로 꺾어질 것이라 예상했던 모리는 곧장 병원으로 들어갔다. 오늘은 출근이 아니라 치료나 진료를 받으러 온 건가. 재빠르게 뒤따라가던 후타는 병원 정문 앞에서 멈춰 섰다. 환자용 유리문은 아직 닫혀 있었다. 아마 9시에 열리는 것 같았다.

직원으로 보이는 사람들이 차례로 옆문을 통해 건물 안으로 빨려들어 갔다. 경기장에나 있을 법한 출입구에 카드키를 찍고 들어가는 직원 전용 입구였다. 후타는 문 바로 앞에서 모리의 뒷모습을 바라볼 수밖에 없었다. 모리는 환자가 아니었다.

병원은 에이오대학 의학부 캠퍼스와 붙어 있었다. 에이오대학은 대규모 사립대로 의학부가 가장 유명했다. 소속된 학생도 교직원도 터무니없이 많았다. 그런 에이오대학의 부속 병원이니 아마 일하는 직원도 1,000명은 족히 넘을 터였다. 에미리의 친구와 후타의 친구가 같은 곳에서 일하는 것이 그렇게까지 부자연스러운 일은 아니었다.

모리는 의사일까, 간호사일까, 사무직원일까. 아니면 병원 안쪽에서 연결되는 의학부 교직원일까. 유이치로처럼 시스템 관련 직원일지도 몰랐다. 후타는 왠지 모를 찝찝함을 느끼며 유이치로에게 전화를 걸었다.

"후타, 좋은 아침. 어제는 잘 들어갔어?"

"나 지금 시나노마치야. 병원 앞에 있어."

"어? 무슨 일이야? 어디 아파?"

유이치로가 놀란 목소리로 물었다.

"잠깐 볼 수 있어?"

"그래. 나 지금 병원 근처 스타벅스에 있어. 안 보이려나? 여기로 와."

2

유이치로는 카페 입구 쪽 자리에 앉아 있었다. 후타는 기도하듯 손을 모아 인사를 건넨 뒤 카운터로 가서 커피를 주문했다. 유이치로는 재미있다는 듯 그 모습을 바라보았다.

"아침 일찍부터 미안해."

"네가 멀리서 왔지, 나는 아무것도 안 했잖아. 그나저나 무슨 일이야?"

"일단 좀 앉을게."

병원에서부터 뛰어 온 후타는 의자에 앉아 호흡을 정돈했다. 유이치로가 테이블 위 태블릿을 옆으로 치웠다.

"정신없어 보이네. 15분 후에는 나가려고 했는데 엇갈리지 않아 다행이야."

"응, 내가 운이 좋았다."

"사무실 컴퓨터를 켜면 이메일 처리 배틀이 시작돼서 다른 일은 아무것도 할 수가 없다니까."

유이치로는 태블릿으로 뉴스를 확인하고 있었다. 명품 같아 보이는 정장을 갖춰 입은 유이치로는 잘나가는 회사원 같았다.

"이거 먹어."

유이치로가 도넛이 담긴 접시를 후타 앞으로 밀었다.

"됐어, 네 거잖아."

"나는 하나 먹었어. 아침 안 먹었을 거 아니야."

"그럼 받을게. 미안하다."

어제 고기를 양껏 먹었으니 오늘은 굶어도 상관없었지만 먹지 못할 이유도 없었다.

"매일 여기에 오는 거야?"

"응, 일종의 루틴 같은 거지. 여기서는 간단히 커피를 마시면서 뉴스만 봐. 집중력을 끌어모은 다음 사무실로 출동하는 거야."

유이치로는 경력으로 따지면 중견사원에 불과했지만 큰 책임이 따르는 자리에 발탁된 듯했다. 대형 병원의 시스템을 총괄하는 직책이 얼마나 막중한지 후타로서는 알 수 없었지만 집중하지 않으면 감당하기 힘든 자리라는 것 정도는 예상이 갔다.

"그래서?" 커피를 한 모금 마신 유이치로가 물었다.

"여기서 뭐 하고 있었는지 물어봐도 돼?"

"어제 이야기했던 모리 씨, 혹시 기억해?"

"응, 유키에 씨가 알아보라고 명령했잖아."

"그 모리 씨가 너희 병원으로 들어갔어. 그것도 직원 전용 입구로."

유이치로의 처진 눈꼬리에 변화는 없었지만 알고 지낸 세월덕에 그가 놀랐다는 것을 알 수 있었다.

"우리 병원 직원이구나. 이런 우연이 다 있네."

"혹시 들어봤어? 이름이 모리 미도리인데."

이번에도 이렇다 할 변화는 없었지만 웃고 있었다.

"우리 병원 직원이 몇 명인 줄 알아? 3,000명은 될 걸?"

"그렇구나. 그렇겠지."

멋쩍음에 목덜미를 한 번 긁은 다음 도넛을 베어 물었다. 달지만 맛있었다. 커피와 퍽 잘 어울렸다. 드립 커피를 음미하는 후타를 바라보며 유이치로는 태블릿에 손을 뻗었다.

"한번 찾아볼까?"

"찾을 수 있어?"

"찾고 싶어서 나한테 전화한 거 아니었어?"

후타는 또다시 뒷머리를 긁적였다. 시스템 관련 일을 하는 유이치로라면 찾을 수 있지 않을까 생각한 것은 사실이었다. 유이치로는 "비밀이야"라며 태블릿을 몇 번 터치했다.

"일단 의사는 아니네."

리스트가 여러 개 있는 듯했다.

"그럼 교원인가? 아니면 직원?"

"아, 찾았다. 간호사네."

모리는 간호사였던 것인가.

"과는…… 생식의학센터야."

"생식의학?"

"어제 이야기했잖아. 고도의 난임 치료를 전문으로 하는 곳이야. 현미수정을 한다거나 수정란을 냉동 보관한다거나."

"그렇구나. 환자인 척하고 만날 수 있는 과는 아니네. 내과나 외과였으면 좋았을 텐데."

"그렇게 만날 생각을 했던 거야? 간호사만 해도 1,000명이 넘는다고."

"그럼 병원 안에서 만나는 건 무리겠구나."

모리가 퇴근할 때까지 마냥 기다리고 있을 수는 없었다. 지금은 한발 물러설 때였다.

"혹시 하야시 에미리도 찾아봐 줄 수 있어?"

유이치로는 "가능성 있겠네"라며 곧바로 이름을 입력했다.

후타는 도넛을 먹으며 지켜보았다.

"안 나온다. 에이오대학병원 직원은 아닌가 봐."

"그렇구나."

다시 원점으로 돌아왔다. 아니, 애초에 조금도 나아가지 못했다.

"네가 이런 스타일인 줄은 몰랐어."

"뭐, 뭐가?"

"후타, 너 스토커는 아니지? 헤어진 여자친구들을 몰래 따라다닌다거나……."

"아니야! 맹세코 단 한 발자국도 따라간 적 없다고."

유키에도 같은 말을 했었다. 객관적으로 따지면 그렇게 보이는 상황일지도 몰랐다. 후타의 강한 부정에 머쓱해진 유이치로는 넥타이를 정돈했다.

"그나저나 세 사람 다 너한테서 도망치려던 것 같지 않아? 이사를 한다거나 이것저것 거짓말을 해서 일부러 찾을 수 없게 만들어놓은 것 같잖아."

"그건 그렇지만……. 아니, 아무리 그래도 옛날 일까지 숨길 필요는 없지 않아? 다녔던 학교라든가 마음에 드는 가게 같은 건 거짓말을 해서 뭐 하겠어."

"그건 네 말이 맞네."

유이치로는 남색에 은색 줄무늬가 들어간 넥타이를 펄럭이며 가지고 놀았다. 후타는 남은 도넛을 입안으로 밀어 넣었다.

"유키에 씨랑은 무슨 사이야?"

갑작스러운 질문에 사레가 들렸다. 옆에 앉은 손님이 무슨 일인가 쳐다보았다. 커피를 급하게 들이켰다.

"무슨 사이냐니? 보면 알잖아. 그냥 동료지."

"유키에 씨가 남자처럼 하고 다니기는 해도, 그러니까…… 다르지 않잖아?"

"다르지 않다고?"

"그러니까 내 말은 이성애자 아니냐고."

이번에는 커피를 뱉을 뻔했다.

"그, 그건 나도 모르지. 물어본 적 없어. 물어볼 수 있는 문제도 아니고."

그럴 용기는 없었다. 만용을 부려 물어보더라도 대답 대신 카운터펀치 한 방이 날아올 것이 분명했다.

"네가 유키에한테 관심이 있는 줄은 몰랐네?"

이른 아침부터 친구의 연애 상담을 들어주고 있다니, 갑자기 생기가 도는 느낌이었다.

"그런 거 아니야. 물론 예쁘다고 생각하긴 하지만."

"그럼 뭔데?"

"유키에 씨가 너한테 특별한 감정을 갖고 있는 건 아닌가 해서."

"뭐? 말도 안 돼. 그 녀석은 나를 남자로 인정해주지도 않는다고."

유이치로의 얼굴이 퍽 진지해 보였다.

"갑자기 뭐야? 무슨 맥락에서 나온 건데?"

"나도 어제 집에 가면서 생각을 해봤어. 네가 그랬잖아. 누군가가 세 사람을 해친 게 아니겠냐고."

"응, 그랬지."

"무슨 헛소리인가 싶었지만 그거 말고는 세 사람이 차례로 사라질 만한 다른 이유가 마땅히 떠오르지 않더라. 그런데……."

"그런데?"

"너를 좋아하는 누군가가 질투심 때문에 네 여자친구들을 죽인 거라면?"

후타는 아무 말도 할 수 없었다.

"그랬을 가능성은 없을까?"

"있잖아, 내 주위에 그럴 만한 사람은 전혀 없어."

"그건 나도 알지. 네가 연애에 소질이 없는 건 사실이니까."

"소질 없어서 미안하게 됐다."

"근데 나도 모르게 세 명이나 만났다는 거잖아. 사실 처음 들었을 때는 조금 놀랐어."

"나도 놀랐어. 내가 의외로 좀 괜찮나?"

"아이고, 어련하시겠어요. 아무튼 그래서 유키에 씨도 너한테 호감이 있는 게 아닐까 싶었지."

"야, 너 지금!"

큰 소리가 튀어나왔다. 또다시 옆 테이블 손님의 따가운 시선이 느껴졌다.

"유키에를 의심하는 거야?"

유이치로의 눈꼬리가 미묘하게 내려갔다. 이번에는 어떤 표정인지 도무지 읽을 수가 없었다. 삐빅 하는 전자음이 울렸다. 유이치로가 스마트폰을 확인했다.

"벌써 시간이 다 됐네. 그럼 난 간다. 또 연락해!"

"그래, 고생해라."

유이치로는 숄더백에 태블릿을 넣고 빠른 걸음으로 가게를 빠져나갔다. 병원으로 향하는 유이치로의 뒷모습을 보며 후타는 의자 등받이에 체중을 실었다. 갑작스레 피로가 몰려왔다. 말도 안 되는 소리를 들은 탓이다. 누군가가 질투에 눈이 멀어 세 사람을 죽였다니. 이미 헤어진 사람을 죽일 이유는 또 뭐라는 말인가.

게다가 그 범인이 유키에라고? 후타는 쓴웃음을 지으며 스마트폰을 꺼냈다. 모리에 대해 알아낸 것을 지금 당장 유키에에게 보고하지 않으면 나중에 또 잔소리를 들을 것이 뻔했다.

"여보세요, 어떻게 됐어?"

기다렸다는 듯 빠르게 전화를 받은 유키에에게 상황을 간략히 설명했다. 모리와 직접 대화를 나눈 것은 아니라 별다른 정보는 없었다. 물론 유이치로의 터무니없는 가설은 이야기하지 않았다.

"모리 씨가 유이치로 씨네 병원 간호사라고?"

유키에가 떨리는 목소리로 되물었다.

"제법 놀라운 우연이지."

이번에는 침묵이 이어졌다. 대신 개 짖는 소리가 들려왔다.

"하여튼 일단은 이 정도야. 다음에 얼굴 보고 더 자세히 말해줄게."

유키에가 "다음에?"라며 의아한 듯 물었다.

"후타, 너 오늘 일 잊어버린 거 아니지?"

"오늘? 오늘 뭐 있었나? 아, 입양 이벤트!"

"말도 안 돼. 심지어 네 고객이 오기로 한 날이라고. 네가 없으면 진행이 되겠어?"

자리를 박차고 일어나 카페를 나섰다.

"알았어. 금방 갈게!"

"가나마치에서 10시부터야. 늦으면 죽는다!"

3

개장 시간에 맞춰 아슬아슬하게 도착했다. 후타는 땀을 닦으며 주위를 둘러보았다. 열 곳 정도 되는 유기견 보호단체가 부스를 준비하고 있었다. 새로운 보호자를 기다리는 강아지들은 캐리어에서 얌전히 기다렸다.

사카키야마가 후타를 발견하고 두 손을 흔들었다.

"어서 와, 후타. 곧 손님들이 들어올 거야."

살짝 통통한 체격의 사카키야마는 멍멍이 수호대의 창립 멤버였다. 곧 환갑을 앞둔 나이로, 다정한 이웃집 아주머니 같은 인상의 그녀는 동물병원에서 간호사로 일했었다.

"준비할 때 못 도와드려서 죄송해요."

"신경 쓰지 마. 늦을 거라고 유키에가 미리 말해줬어."

멍멍이 수호대는 마음 넓은 사카키야마와 적극적인 유키에 덕분에 유지되는 것이나 다름없다. 다른 스태프와 회의하고 있던 유키에와 잠깐 눈이 마주쳤다. 바빠 보였다.

"오늘도 입양처가 많이 결정되면 좋겠네요."

"그러게. 오늘도 잘 부탁할게. 우리 단체의 득점왕이잖아. 솔직히 말하면 후타가 이렇게까지 열심일 줄은 몰랐어."

"저 잘하고 있나요? 기쁘네요."

후타는 고객들에게 둘째는 유기견을 입양해보면 어떻겠냐고 제안했다. 에미리와 다투면서 들었던 말이 계기가 되어 일과 연계하는 방법을 찾은 것이다. 이 방법으로 올해에만 벌써 다섯 마리가 입양되었다.

"아무래도 후타가 데려가려는 집에 대해 잘 알고 있으니까 결정이 빠른 것 같아."

유기견을 입양 보내기 위해서는 책임을 갖고 키워줄 수 있는 사람인지 아닌지를 판단하는 것이 무엇보다 중요했다. 데려간다 하더라도 강아지를 제대로 키울 수 있는 경제력과 환경이 갖춰져 있지 않으면 강아지만 불쌍해지기 때문이다.

후타가 추천하는 사람들은 당연한 말이지만 입양처로 적합하다고 판단된 가정이므로 사카키야마나 다른 스태프가 가정 방문을 통해 일일이 확인해야 하는 수고로움을 덜 수 있었다.

"이제 개장하나 봐."

문이 열렸다. 안에서 기다리고 있던 스태프들이 일제히 박수를 쳤다. 아이를 데려온 부부가 깜짝 놀라 꾸벅하고 고개를 숙였다. 그 뒤로 사람들의 입장이 줄줄이 이어졌다. 다들 상기된 얼굴이었다.

"어서 오세요. 이쪽으로 들어오세요."

사카키야마가 만면에 미소를 띠며 사람들에게 다가갔다. 다른 부스에서도 안내 담당이 달려 나왔다.

"어서 오세요."

"안녕하세요."

각 단체에서 나온 스태프들의 목소리와 강아지들이 짖어대는 소리가 장내를 가득 채우며 활기가 돌았다. 실내 온도가 1, 2도는 올라간 것 같았다. 요즘 들어 TV 프로그램을 통해 유기견 보호에 대한 내용이 자주 소개되어서 그런지 입양 이벤트를 찾는 사람들이 날로 늘어났다.

입양처를 찾지 못하면 안락사당하는 유기견들을 구하고 싶다는 굳은 의지는 없더라도 거금을 들여 강아지를 데려오기 전에 입양 행사에 가보려는 사람들이 오늘 이곳에 모였다.

"마키시마 씨, 안녕하세요."

웰시코기를 데리고 멍멍이 수호대 부스를 찾아온 여자가 작게 손을 흔들며 인사를 건넸다.

"아아, 사사키 씨."

사사키의 경우에는 다른 의도도 조금 섞여 있는 듯했다.

"와주셔서 감사합니다."

"마키시마 씨도 고생이 많으시네요."

럭키가 후타의 다리를 공격해왔다.

"이야, 럭키도 같이 왔구나."

"역시 럭키랑 죽이 잘 맞네요."

후타가 가슴께를 긁어주자 정신없이 꼬리를 흔들어 댔다.

"그러게요. 친구 해야겠어요. 그날 다른 증상은 없었나요?"

사사키가 볼을 붉히며 "네" 하고 답했다. 와인과 식사를 권하던 사사키의 모습이 떠올라 후타도 조금 쑥스러웠다.

"마키시마 씨, 이거 받으세요."

사사키가 작은 가방을 내밀었다.

"샌드위치 좀 만들어 왔어요. 홍차도 같이 넣었고요. 식사도 못 하셨을 것 같아서……."

"고맙습니다. 받아도 되나요?"

이쯤 되면 사사키가 후타에게 호감을 갖고 있다는 것은 의심할 여지가 없었다.

저랑 사귀면 사라지실 거예요.

사사키에게 이 말을 하면 어떤 반응을 보일까.

"어머, 후타! 도시락이야? 평소에 제대로 안 챙겨 먹고 다니는데 잘됐네."

야자와 아주머니가 놀리듯 말했다.

"그럼 사사키 씨, 바로 만나보시겠어요?"

디근 자 형태로 배치된 테이블 위에 이동 장이 나란히 놓여 있었다. 가장 앞쪽 캐리어로 사사키를 안내했다.

"어서 오세요. 사사키 씨 맞으시죠? 후타한테 이야기 많이 들었어요."

유키에가 영업용 미소로 사사키를 맞이했다. 멍멍이 수호대의 로고가 들어간 앞치마를 두르고 있었다. 오늘은 충분히 성별을 가늠할 수 있을 터인데, 사사키는 넋을 놓고 유키에를 바라보았다. 스타일은 정반대지만 두 사람 다 미인이었다. 둘이 서 있는 곳에만 밝은 빛이 쏟아져 들어오는 듯했다.

"저희 부스에는 총 18마리가 있어요. 우선 한 바퀴 둘러보시겠어요?"

"네, 그렇게 할게요."

사사키는 "너무 귀여워요!", "방금 웃었어요!" 하고 호들갑을 떨며 강아지들을 살펴보았고 후타는 럭키의 리드줄을 잡고 뒤따랐다. 그러다 중간쯤 놓여 있던 캐리어 앞에서 까아 하고 목소리를 높이며 멈춰 섰다.

"천사 같아요. 포메는 눈코입이 오밀조밀한 매력이 있어서 좋아해요."

이동 장에 앞발을 걸치고 헥헥거리며 어리광을 부리는 포메라니안에게 사사키는 얼굴을 가까이 들이밀었다. 캐리어의 강아지들은 미용까지 마친 상태였다. 머리에는 작은 리본도 달고 있었다. 애견미용사였던 야자와 아주머니의 작품이었다.

"다들 이렇게 예쁜데 임시보호견이에요?"

"네, 전부 유기견 보호센터에서 데려온 아이들이에요."

"그럼 입양처를 찾지 못하면……."

"안락사당하겠죠."

사사키가 눈썹을 찌푸렸다.

"이렇게 귀여운데도 버리는 사람들이 있군요."

"이기적인 사람이 너무 많아요. 싫증나면 제대로 돌봐주지도 않고요."

반려견 방치도 엄연한 학대였다. 굶어 죽기 직전까지 갔던 강아지들도 있었다.

"병이나 위생은 걱정 안 하셔도 돼요. 저희가 데려온 후로 꼼꼼히 관리해주었어요."

"네, 그렇게 불쌍한 처지였다는 게 전혀 믿기지 않을 정도예요."

"수의사 선생님께 진료도 받았고 예방접종도 마쳤어요. 광견병은 특히 위험하니까요."

"해외에서 물리고 들어와도 알 수 없다면서요?"

"맞아요."

전직 동물병원 간호사였던 사카키야마가 뒤에서 말을 걸었다.

"잠복 기간이 제법 길어요. 경우에 따라서는 몇 년 후에 증상이 나타나는 사람도 있대요."

"사망률이 100퍼센트라고 들었어요. 정말 무서워요."

의외로 사사키도 잘 알고 있는 듯했다.

"그리고 마이크로칩도 삽입했어요."

유키에는 손을 내밀어 엄지와 검지로 좁은 틈을 만들었다.

"갑자기 실종되거나 했을 때 강아지의 신원을 알 수 있게 도와주는 조그마한 칩이에요."

"칩에 등록번호가 저장되어 있는 거죠? 럭키도 갖고 있어요."

사사키가 고개를 끄덕이며 말했다.

"럭키는 몇 살이에요?"

"이제 할아버지가 다 됐어요. 12살이거든요."

"아직 건강해 보이는걸요?"

"그래도 수명은 정해져 있는 거잖아요. 아마 유전자에 전부 기록되어 있겠죠."

사사키는 럭키의 머리를 쓰다듬었다.

"오래 같이 살면 좋을 텐데요. 럭키가 떠나고 나면 저보다 아버지가 더 속상해하실 것 같아요."

반려동물을 잃은 상실감을 극복하기 위해 둘째를 들이는 사람도 많았다. 사사키도 크게 다르지 않은 듯했다.

"그러면 럭키도 아버님도 힘이 나게 해줄 강아지가 좋겠네요. 후타에게 소형견을 원하신다고 들었어요."

"아버지가 큰 강아지는 산책시키기 힘들다고 하셔서요. 아직 59세인데 말이에요."

"어머나, 그럼 아직 한창이죠! 저랑 동갑이시네요."

사카키야마가 웃었다.

"그러니까요. 강아지를 그렇게 좋아하시면서 또 귀찮아하세요."

사사키가 후타의 소매를 살짝 잡으며 말했다.

"그래도 괜찮아요. 아버지가 못하시겠다고 하면 마키시마 씨를 부르려고요."

"그거 괜찮네요."

유키에가 후타를 보며 히죽 웃어 보였다.

4

사사키는 처음 관심을 보였던 포메라니안을 희망했다.

"그럼 럭키랑 인사를 시켜볼까요?"

유키에가 포메라니안을 캐리어에서 꺼내 바닥에 살짝 내려 놓았다.

"럭키, 새 친구야. 인사해야지."

포메가 입꼬리를 올리며 다가갔다. 럭키는 잠시 경계하는 듯 했지만 이내 서로의 냄새를 맡기 시작했다. 벌써부터 사이가 제법 좋아 보였다.

"문제없을 것 같네요."

두 마리의 모습을 지켜본 사카키야마가 확신에 찬 말투로 말 했다.

"이 아이로 부탁드릴게요."

사사키의 말에 스태프 전원이 박수를 보냈다.

"그럼 사사키 씨, 얼른 이쪽으로 오셔서 신청서를 작성해주 세요."

유키에의 독촉에 사사키가 의자에 앉았다. 이제부터는 신청 서 작성, 가정 방문, 계약 확정의 절차를 거치게 된다. 후타는 이렇게 또 한 마리의 목숨을 구했다는 성취감에 살짝 취해 있 었다.

그때 갑자기 입구에서 말다툼하는 소리가 들려왔다. 저지하는 스태프의 손을 뿌리치고 남성 두 명이 행사장 안으로 들어왔다. 두 사람은 똑같이 생긴 얇은 점퍼를 입고 있었다. 앞서 걷던 남성이 날카로운 눈빛으로 장내를 둘러보았다. 갈색 염색 머리에 나이는 후타와 비슷해 보였다. 오른손에는 정체 모를 종이를 들고 있었다.

"여기 책임자 좀 만납시다."

남성의 목소리가 멀리까지 울려 퍼졌다.

"무슨 일이야?"

"저 사람들 누구야?"

스태프들이 제각기 목소리를 높여 말했다. 심상치 않은 분위기에 겁을 먹은 강아지들이 짖어대기 시작했다.

"점장님, 저 녀석이에요."

장내를 둘러보던 갈색 머리 남성이 뒤따르던 40대 정도 되어 보이는 남성을 돌아보며 말했다. 후타가 있는 멍멍이 수호대 부스를 가리키고 있었다.

"저 짧은 머리 한…… 여자?"

유키에를 말하는 것 같았다.

"아, 설마……."

카운터에 앉아 있던 유키에가 고개를 내밀었다.

"유키에, 너 무슨 짓 했어?"

두 사람이 다가왔다. 점퍼 안에 받쳐 입은 노란색 티셔츠에 강아지와 고양이가 프린트되어 있었다. 한눈에 봐도 반려동물

관련 업계 종사자임을 알 수 있었다. 갈색 머리가 A4 종이를 앞으로 쓱 내밀었다.

"당신이 가게 앞에서 이 전단지 뿌린 사람이지? 우리랑 이야기 좀 합시다."

유키에가 혀를 찼다. 후타는 전단지에 적힌 문구를 보았다.

펫 숍에서 사지 말고 입양합시다.

빨갛고 커다란 서체와 강아지들이 눈물을 흘리는 일러스트가 눈길을 사로잡았다. 그 밑에는 오늘 열린 입양 이벤트의 장소와 시간이 적혀 있었다.

"책임자는 따로 없나?"

당황한 기색이 역력한 사카키야마가 갈색 머리 앞에 섰다.

"이 부스의 책임자는 저입니다만."

"점장님, 어서 따끔하게 한마디 하세요."

"어, 그래."

점장이라고 불린 남성은 갈색 머리에게 등 떠밀려 앞으로 나왔다. 사람 좋아 보이는 얼굴을 잔뜩 찌푸리며 사카키야마를 바라보았다.

"전단지를 돌리는 건 그쪽 지시였나요?"

"네? 그게 무슨……."

"저희 가게에 무슨 원한이라도 있으십니까?"

"자, 잠시만요."

사카키야마가 놀라 비틀거렸다. 유키에가 달려와 사카키야마를 부축해 옆에 놓인 의자에 앉혔다.

"대장님, 죄송해요. 저한테 할 얘기가 있나 봐요."

"유키에."

"이 근처 펫 숍 앞에서 이벤트 전단지를 나눠줬을 뿐이지만요."

"유키에, 그래도 그건⋯⋯."

후타는 깊은 한숨을 내쉬었다. 유키에다웠으나 도가 지나쳤다. 앞치마 차림의 유키에가 두 남성 앞에 섰다.

"당신이 멋대로 했나 보군요. 저는 그 가게 점장인 야마구치라고 합니다. 이쪽은 저희 직원인 다케우치고요. 저는 여러 가게를 관리해야 해서 평소에 그 가게는 주로 다케우치가 맡고 있습니다."

"점장님, 그런 설명은 필요 없어요."

야마구치는 다케우치의 말에 민망한 듯 헛기침을 했다. 두 사람의 실제 권력 구조가 엿보였다.

"당신이 뿌린 전단지 때문에 손님들이 가게에 오지를 않아요. 젊은 사람이 너무 생각 없이 행동하는 거 아닙니까?"

야마구치가 평정심을 유지하고 있어 다행이었다. 이쪽에서 사과하고 원만히 넘어가는 편이 좋아 보였다.

"당장 무릎 꿇고 사과해!"

뒤에서 다케우치가 소리쳤다. 이 사람은 다혈질인 듯했다. 사실 다혈질이 아니더라도 자기가 맡은 가게 앞에서 누가 그런 전단지를 뿌렸다면 후타라도 화가 날 것 같았다. 하지만 아무리 그래도 무릎까지 꿇으라는 것은 조금 심하다는 생각이 들었다. 유키에가 그렇게까지 하게 놔둘 수는 없었다.

"아, 귀청 떨어지겠네."

유키에가 팔짱을 끼며 말했다.

"뭐라고?"

다케우치가 더 큰 소리로 말했다.

"항의하러 올 정도로 기개가 있으실 줄은 몰랐어요."

후타는 유키에의 이름을 작게 읊조렸다. 유키에는 무릎을 꿇기는커녕 사과할 생각이 전혀 없어 보였다. 이미 전투 태세였다. 야마구치가 놀란 표정을 지었다.

"지금 당신이 무슨 짓을 한 건지 알고는 있어요? 저희도 사활을 걸고 하는 일입니다. 이런 짓을 당하고 가만히 있을 수는 없다고요."

"사활? 당신들같이 매정한 인간들한테 돈 벌어다 주기 위해 얼마나 많은 강아지가 죽어 나가는지 알기는 하세요?"

다른 부스의 손님들과 자원봉사자들이 모여들기 시작했다. 멍멍이 수호대 부스 주위를 몇십 명이 둘러쌌다. 야마구치는 몰려든 사람들을 슬쩍 쳐다보고는 심호흡을 했다.

"지금 해보자는 겁니까?"

감정을 억누른 목소리였다.

"당신들이 펫 숍에서 계속 강아지를 파니까 번식업자들이 활개를 치고 다니는 겁니다. 결국 주인을 찾지 못한 강아지들이 어떻게 되는지 모른다고 하시진 않겠죠?"

야마구치가 곤란한 얼굴을 했다.

"유통 과정에 다소 문제가 있다는 점은 알고 있습니다. 하지만 가게에서도 강아지들을 소중히 다루고 있어요."

"다소라고요? 비싼 돈 주고 사들이는 펫 숍이 있으니까 강아지들이 남아돌 정도로 태어나는 거라고요. 제 말이 틀렸나요?"

유키에는 도발하듯 말했다.

"그렇게 따지면 강아지를 버리는 사람들도 문제 아닌가요? 키우는 사람에게는 책임을 갖고 돌볼 의무가 있다고요."

그것도 맞는 말이라고 후타는 생각했다.

"보호 단체도 할 말은 없죠. 상당히 열악한 환경에서 사육하는 곳들도 있다고 들었습니다. 그러니 펫 숍만 악역 취급하지는 말아주시죠."

유키에는 팔짱을 낀 채로 야마구치를 바라보기만 했다.

"저희는 강아지와 함께 살고 싶은 사람들이 있으니 그 요구에 응할 뿐입니다. 펫 숍에서 일하는 사람들도 전부 애정을 갖고 강아지를 돌보다가 고객의 가정으로 보낸다고요. 펫 숍은 고객에게 꿈을 팔고 있는 겁니다."

옆에서 다케우치가 "맞아!" 하고 소리쳤다. 그 눈이 제법 진지했다.

"그게 다예요?"

"뭐?"

다케우치가 되물었다.

"그건 팔지 않더라도 할 수 있는 일이잖아요. 입양 보내면 되죠."

"지금 당신은 철없는 소리를 하는 겁니다. 이건 비즈니스예요."

"비즈니스면 다 용납이 되나요? 돈벌이를 위해 강아지를 희생해도 되고요?"

"적당히 좀 하지?"

다케우치가 주먹을 쥐고 앞으로 나섰다. 야마구치는 기다려 보라며 손으로 막아섰다.

"저희는 합법적인 비즈니스를 하고 있는 겁니다. 물론 반려동물을 판매할 수 있는 자격도 갖췄고요. 위생 관리나 사후 관리도 철저하고 직원 교육에도 공을 들입니다. 그리고 소중한 강아지들이 모두 새 가족을 찾을 수 있게 충분한 노력을 기울이고 있어요."

야마구치와 유키에의 의견 차는 좀처럼 좁혀지지 않았다.

"점장님, 그만하시죠. 아무리 설명해도 아예 말이 안 통해요. 우리 가게는 영업 방해를 당한 거라고요. 점장님도 본사에서 매출 목표 달성하라고 엄청 쪼아대서 힘들다면서요."

다케우치는 다시 한 걸음 앞으로 나왔다.

"그렇게 나온다면 손해배상을 청구해서 한 푼도 빠짐없이 받아내는 수밖에 없어."

손해배상이라고? 얼마를 요구할 생각인 것일까. 펫 숍에서 판매하고 있는 강아지는 기본 20, 30만 엔은 했다. 후타는 유키에를 바라보았다.

유키에의 한숨 소리가 순간 고요해진 장내를 메웠다.

"진짜 쪼잔하네."

순간 다케우치의 눈빛이 변했다.

"하고 싶은 대로 하세요. 그딴 방법으로 우리가 하는 이 위대한 활동을 막을 수 있을 것 같아요?"

"뭐가 위대하다는 거야? 유기견 보호 활동이라고 해봤자 한가한 사람들끼리 모여서 착한 사람인 양 행세하고 다닐 뿐이잖아."

다케우치의 폭언에 자원봉사 스태프들의 몸이 움찔했다.

"맞아요."

"뭐?"

"당연히 착한 사람들이죠. 불쌍한 강아지들을 구하고 있으니까요. 우리는 정의의 사도예요."

유키에는 딱 잘라 말했다. 그 말에 후타의 가슴이 뜨거워졌다.

"맞아, 말 잘했다!"

박수가 터져 나왔지만 다케우치의 따가운 시선에 금세 사그라졌다.

"나는 장난할 기분 아닌데?"

다케우치의 어깨가 떨리고 있었다. 아아, 큰일 났다.

"장난치는 거 아닌데요. 여기에 있는 사람은 전부 강아지들 편입니다. 그리고 당신들은 강아지들의 적이고요. 비열한 인간의 대표주자죠. 어서 여기서 나가세요."

"점잖게 말하니까 말귀를 못 알아듣네?"

차갑게 식은 표정으로 다가오는 다케우치를 본 유키에가 두 주먹을 턱 밑으로 들어 올려 싸울 태세를 갖췄다.

"유키에, 이제 그만해."

여기서 때리면 지는 것이다. 다리가 저도 모르게 움직였다. 정신을 차린 순간 후타는 이미 두 사람 사이에 서 있었다. 눈앞에는 울그락불그락 달아오른 다케우치의 얼굴이 있었다.

"진정하세요. 폭력은 쓰지 맙시다."

두 손을 든 채 다케우치를 향해 말했지만 뒤에 있던 유키에에게 하는 말이기도 했다.

"뭐야, 넌? 빠져 있어."

이런 일에 휘말리고 싶지 않았다. 학창 시절부터 다툼이 일어나면 불똥이 튀지 않도록 언제나 한발 물러나 있었다. 그런 내가 지금 어째서 이런 순간에 나선 것일까.

"빠지라는 말 안 들려?"

거친 숨이 얼굴에 닿았다.

"자, 잠깐만, 다케우치."

야마구치가 걱정스러운 듯 말렸지만 다케우치는 이미 격앙

된 상태였다. 무슨 말이라도 해야 했다.

미사키의 얼굴이 문득 떠올랐다. 미사키가 장미꽃 앞에서 미소 지으며 말했다.

"후타, 강아지들이 슬프게 죽어가는 일이 없게 이 나라를 바꿔줘."

후타는 다케우치를 정면으로 바라보았다. 앞에서 보니 시바견을 조금 닮은 것 같기도 했다.

"저는…… 저는 펫 숍만 잘못했다고는 생각하지 않습니다."

"후타!"

유키에가 뒤에서 소리쳤다.

"이 나라의 구조 자체가 잘못된 겁니다."

다케우치의 얼굴이 흉하게 일그러졌다.

"애초에 반려동물의 판매 행위가 허용되는 것부터가 잘못된 겁니다. 금지하는 법을 만들어야 해요."

다케우치는 할 말을 잃은 듯했다.

"법을 재검토할 필요는 분명 있어요. 저도 매일 모순을 느끼고 있습니다."

야마구치가 옆에서 조용히 말했다.

"점장님, 지금 무슨 말씀을 하는 거예요!"

다케우치가 눈을 부릅뜨며 말했다. 펫 숍 점장의 예상치 못한 지지 발언에 후타는 더욱 자신감을 얻었다.

"점장님도 느끼시죠? 반려동물을 인간의 소유물로 취급하는 법률을 개정하면 이건 금방 해결될 문제예요. 인간과 동등한 위치로 끌어올리는 거죠."

"그런 헛된 기대를……."

다케우치가 말을 끊으려 했지만 후타는 멈추지 않았다.

"지자체 차원에서 시작해도 좋고 특구를 지정하는 것도 좋을 겁니다."

다케우치는 물어뜯을 준비를 하는 듯했다.

"반려견을 인간과 동등하게 대우한다면 펫 숍에서 판매하는 일도 안락사를 시키는 일도 없을 거예요. 법률 위반이니까요. 물론 강아지들도 일을 해야 할 겁니다. 함께 살 인간을 만나지 못하는 강아지들은 노약자들과 살며 도움을 줄 수도 있고요. 저는 펫 시터라 반려견이 얼마나 인간에게 힘이 되는지 잘 알고 있습니다. 학교, 병원, 요양원은 물론이고 조금만 고민해보면 더 많은 곳에서 강아지와 함께 생활할 수 있어요. 이것이 실현되면 지금은 펫 숍에서 일하고 있는 분들도 강아지들을 위해, 그리고 우리 사회를 위해 다른 가치를 실현할 수 있는 일을 찾을 수 있겠지요."

말하면서 후타는 점차 흥분되었다. 제법 멋진 말을 하고 있는 것 같았다.

"강아지들을 죽일 필요 없이 인간과 함께 평화롭게 공존하는 새로운 사회 구조를 만들면……."

"그딴 말로 어물쩍 넘어갈 생각 하지 마, 이 자식아!"

다케우치가 후타의 어깨를 세게 밀쳤다.

중심을 잃은 후타가 옆에 세워져 있던 수레의 핸들로 손을 뻗었다. 하지만 고정 장치가 걸려 있지 않았던 수레가 스르르 움직였다.

"후타!"

비명이 들렸다. 충격으로 눈앞이 하얘졌다.

5

"아, 깼다! 후타, 괜찮아?"

사카키야마의 얼굴이 보였다.

"뭐지, 저……."

황급히 몸을 일으켰다. 수많은 얼굴이 후타를 내려다보고 있었다. 일어서려 하자 유키에가 어깨를 살짝 누르며 찬 수건을 이마에 올려주었다.

"조금 더 앉아 있어. 자, 물 마시고."

페트병을 내밀었다.

"어떻게 된 거야?"

"넘어질 때 탁자 다리에 머리를 부딪쳤어."

그래서 의식을 잃은 거였구나. 주위를 둘러봤다.

"유키에, 그 사람들은?"

"응? 돌아갔어."

야자와 아주머니가 두 손을 스피커처럼 입 앞에 가져다 댔다.

"돌아가라고 다 함께 소리쳐서 쫓아냈어. 둘 다 하얗게 질려서 계속 사과하더라. 점장은 무슨 일 있으면 연락하라고 명함도 놓고 갔어."

"그랬군요."

사카키야마가 유키에의 등을 토닥였다.

"유키에, 네 마음은 알겠지만 이번 일은 심했어."

유키에는 어린아이처럼 입을 삐죽댔다. 두 사람은 마치 부모 자식처럼 사이가 좋았다.

"아, 아파."

유키에의 손가락이 후타의 머리 위에서 움직였다.

"혹이 제대로 생겼네. 자, 이거 몇 개?"

유키에가 얼굴 앞에 내민 손가락을 세웠다.

"두 개, 네 개, 한 개."

"눈은 멀쩡하네."

이렇게 가까이에서 유키에의 얼굴을 보는 건 처음이었다. 커다란 눈동자에 빨려 들어갈 것 같아 심장이 빠르게 뛰었다.

"저기, 구급차를 부르는 게 좋지 않을까요?"

사사키도 바닥에 무릎을 꿇고 앉아 걱정스러운 얼굴을 하고 있었다.

"아니에요. 저 아무렇지도 않아요."

유키에가 고개를 끄덕였다.

"말도 잘하고, 가벼운 뇌진탕인 것 같네요."

"그렇겠지?"

사카키야마가 가슴을 쓸어내렸다.

"저 체육관에서 복싱하다가 쓰러지는 거 자주 봤거든요."

"큰일은 아니라 다행이네요."

다른 부스의 책임자로 보이는 남성이 짝 하고 손뼉을 치며 말했다.

"자, 그럼 다시 시작할까요?"

"알겠습니다", "부스로 돌아갑시다" 하는 목소리가 이어졌다. 다른 단체 사람들까지 후타를 걱정해주고 있었다.

"소란을 피워 죄송합니다."

사카키야마와 유키에가 고개를 숙였다.

"아니에요. 좋은 구경 했어요."

"후타 씨, 멋있었어요."

"저 감동했잖아요."

"다음에 한잔해요."

다른 봉사자들이 부스로 돌아가기 전 후타에게 악수를 청했다. 후타의 가슴 속에 뜨거운 무언가가 복받쳐 올랐다. 쑥스러웠지만 그들의 손을 단단히 맞잡았다.

"럭키, 안 돼!"

럭키가 달려들어 후타의 얼굴을 핥았다.

"죄송해요."

사사키가 럭키의 리드줄을 잡아당기자 멍 하고 짖으며 무릎에서 내려갔다. 사람들의 웃음소리가 터져 나왔다.

"마키시마 씨, 저는 일이 있어서 이제 가봐야 하는데 정말 괜찮으세요?"

"그럼요. 오늘 와주셔서 감사해요."

"몸조리 잘하세요. 마시키마 씨, 덕분에 저 오늘 정말 중요한 걸 배웠어요."

"배우셨다고요?"

사사키가 생긋 웃어 보였다.

"아무것도 아니에요. 가정 방문 때는 마키시마 씨도 꼭 오세요."

"네, 알겠습니다."

사사키는 몇 번이나 뒤를 돌아보며 건물을 빠져나갔다.

"후타, 저 아가씨 괜찮아 보이는데?"

야자와 아주머니가 히죽거렸다.

"그냥 고객이에요. 제 서비스가 마음에 드셨을 뿐이고요."

"네, 그러시겠죠."

머리에 난 혹은 조금 아팠지만 펫 숍에서 온 두 사람에게 맞서 유키에를 지켜냈다. 언제나 방관자였는데, 이번에는 직접 상황을 수습했다. 후타는 평소와 달리 조금 들떠 있었다.

"그럼 후타, 가볼까?"

유키에가 팔을 붙잡았다.

"어디를?"

"대장님, 근처 병원 좀 다녀올게요."

"응, 그렇게 해. CT나 MRI 한번 찍어달라고 해."

"유키에, 난 괜찮아."

황급히 일어나려 했다. 머리에 난 혹이 욱신욱신했다.

"뇌진탕은 시간이 한참 지나고 나서 문제가 될 수도 있어. 혹시 모르니까 가자."

진찰을 마치고 나온 후타는 대합실 의자에 앉아서 기다리던 유키에에게 팔을 들어 보였다.

"걱정 안 해도 된대."

굳어 있던 유키에의 얼굴이 풀어졌다.

"다행이다. 이제 안심해도 되겠네."

생긋 미소 지었다.

"어, 으응."

아무래도 정상은 아닌 듯했다.

"돌아갈까?"

약을 받아서 병원을 빠져나왔다. 앞장서서 걸어가는 유키에에게서 불길한 기운이 느껴졌다.

"그럼 먼저 들어가. 나는 잠깐 볼일이 있어서."

"볼일? 아직 입양 이벤트가 한창인데?"

"금방 돌아가겠다고 대장님한테 전해줘."

유키에의 딱딱한 얼굴을 보니 무슨 속셈인지 바로 알 수 있었다.

"기다려봐. 너 아까 그 펫 숍에 가려는 거지?"

"아니야. 거길 뭐 하러 가."

입술 끝이 실룩거렸다. 거짓말을 못 하는 녀석이었다. 후타는 유키에 앞을 막아섰다.

"절대 안 돼. 겨우 수습됐는데 왜 또 일을 키우려고 해?"

"그럼 이렇게 당하고만 있자고?"

"거봐, 역시 한바탕하러 가려는 거였네."

유키에는 눈을 피했다.

"무슨 생각을 하는 거야? 네가 영업 방해를 한 거랑 내가 다친 거 둘 다 없었던 일이 됐잖아. 여기서 다시 갈등을 빚으면 다른 사람들한테도 폐를 끼치게 될 거야. 그래도 괜찮아?"

유키에는 납득할 수 없다는 표정이었다. 혼자 두면 결국 찾아갈 것이 뻔했다. 안정시킬 필요가 있었다. 후타는 근처로 눈을 돌렸다. 패밀리 레스토랑 간판이 보였다. 식사는 교대로 돌아가며 하기로 되어 있었다.

"마침 잘됐다. 저기서 점심 먹고 가자. 나 배고파. 배고프면 머리가 안 돌아간다며."

유키에가 웃음을 터뜨렸다.

"너한테 그런 소리를 듣게 될 줄은 몰랐네."

두 사람은 성큼성큼 패밀리 레스토랑으로 들어갔다.

"오늘은 내가 살게."

"오, 잘됐다."

이 정도는 얻어먹어도 괜찮지 않을까. 벌써 오후 2시가 다 된 시간이라 가게 안에 손님이 많지는 않았다. 유키에는 파스타 런치 세트, 후타는 햄버그 스테이크 세트를 주문했다.

"머리 안 아파?"

"노 프라블럼."

"나 때문에 괜히…… 미안해."

"그건 됐어. 그나저나 왜 그렇게 일을 키워?"

"그러니까 미안하다고."

"미안하다고 될 일이냐?"

유키에는 멋쩍은 듯 혀를 살짝 내밀었다.

"후타, 그래도 좋은 말 하더라."

"그랬나? 정신이 없어서 뭐라고 했는지 기억도 안 나."

"다케우치한테는 불에 기름을 들이부은 꼴이었지만 말이야."

유키에는 테이블에 놓인 물을 단숨에 들이켜고는 남아 있던 얼음을 씹어먹었다. 이 이야기는 이제 그만해야 할 것 같았다.

"나 요새 좀 잘 먹고 다니는 것 같아. 어제는 고기 먹었지, 오늘은 아침부터 도넛 먹었어."

"도넛? 안 먹던 걸 먹었네."

"유이치로가 줬어. 아, 저녁에는 사사키 씨가 준 샌드위치 먹으면 되겠다."

"뭔가 너 지금 강아지 같아. 배고프다고 강아지 간식 같은 거 먹는 건 아니지?"

"응, 그건 잘 안 먹어."

유키에의 어깨에서 서서히 힘이 빠져나갔다.

유키에가 "아, 맞다" 하며 몸을 앞으로 내밀었다.

"모리 씨가 에이오대학병원 간호사였다면서."

"응, 나도 놀랐어."

"혹시 에미리 씨도 간호사였던 거 아닐까?"

"유이치로가 찾아봤는데 아니었어."

주문한 식사가 테이블 위에 차려졌다. 생각에 잠긴 유키에는 먹을 생각이 없어 보였다.

"먹자."

햄버그 스테이크를 네 조각으로 나눴다. 육즙이 흘러나오며 맛있는 냄새가 났다.

"후타, 유이치로 씨는 어떤 사람이야?"

"어떤 사람이냐니? 대학 때부터 친구였어. 주변 사람들 잘 챙기고 괜찮은 녀석이야."

"후타의 든든한 지원군이겠네?"

햄버그 스테이크를 입에 넣으려다 멈칫했다.

"무슨 말을 하고 싶은 건데?"

"유이치로 씨랑 관계있는 건 아니겠지?"

유키에는 손에 든 포크 끝을 응시했다. 두 사람은 서로를 의심하고 있었다. 한번 대결시켜볼까 하고 진지하게 생각했다.

"어제 세 사람의 이름을 신문사 데이터베이스에서 검색해봤어. 교통사고나 범죄 피해자라면 신문 기사에서 찾을 수 있지 않을까 해서."

이번에는 후타가 몸을 앞으로 내밀었다.

"그랬더니?"

"세 사람 다 그런 흔적은 하나도 없었어. 경찰이 개입한 사건도 마찬가지고."

"그렇구나……."

후타가 야후와 구글에서 이름을 검색했을 때도 아무것도 나오지 않았다.

"역시 미사키 씨는 병에 걸린 게 아니었을까 싶어."

"그게 제일 그럴듯하지."

"근데 사라져버린 에미리 씨의 친구가 간호사였다는 거잖아. 게다가 후타의 친구인 유이치로 씨가 같은 병원에서 근무하고 있어."

파스타를 포크로 돌돌 말며 말했다.

"조금 이상하지 않아?"

"우연이겠지."

"필연일지도 몰라."

"사라질 예정이었던 사람들이 너와 만난 거야." 유키에가 고깃집에서 했던 말을 되뇌었다.

햄버그 스테이크의 맛이 더는 느껴지지 않았다. 미사키의 소식을 처음 들었을 때부터 며칠 내내 이상했다.

"어쨌든 네 말대로 나랑 헤어진 다음에 에미리가 어떻게 지냈는지 알아보는 수밖에 없겠어."

"오늘 모리 씨랑 대화는 못 한 거지?"

"응. 그래도 모레가 쉬는 날이잖아. 병원도 쉴 테니 집으로 다시 가볼까 해."

유키에가 파스타를 급히 삼키고 말했다.

"나도 같이 갈래. 하지만 그 전에……."

유키에가 스마트폰을 내밀었다.

"이거 봐. 미사키 씨 이름을 검색하다가 발견했어."

화면에는 옅은 라벤더색 장미가 떠 있었다.

"장미?"

"사진 아래를 봐."

"어디 보자. 후쿠야마 장미 사진 콘테스트? 이게 뭐야?"

도오야마 미사토(후쿠야마시) 입상이라는 글자를 본 후타는 자리에서 벌떡 일어났다.

"응? 아, 뭐야. 비슷하긴 한데 아니잖아. 미사토가 아니라 미사키라고."

유키에가 혀를 끌끌 차며 검지를 흔들었다.

"이건 올해 5월에 열린 콘테스트야. 미사키 씨 어머니 고향이 히로시마라고 하지 않았어? 후쿠야마시가 히로시마현에 있어. 이 사람이 미사키 씨의 어머니가 아닐까?"

후타는 아무 말 없이 점퍼 주머니를 뒤졌다. 미사키의 상중 엽서를 꺼내 테이블에 내팽개치듯 올려놓았다. 미사키와 미사키 어머니의 이름은 한 글자 차이였던 것으로 기억했다.

"맞네, 틀림없어. 도오야마 미사토. 미사키의 어머니야."

"빙고! 어머니는 후쿠야마로 가신 거였네. 서 있지 말고 좀 앉아, 후타."

"으응."

후타는 끙끙대며 다시 소파에 앉았다.

"이 콘테스트를 주최한 곳에 물어보면 어머님 연락처를 알려주지 않을까?"

"어어!"

"개인정보이기는 하지만 직접 가서 사정을 설명하면 어떻게든 될 거야."

"그래, 어머님을 만나면 이번에야말로 미사키의 죽음에 대해 이야기를 들을 수 있겠어."

"후타, 가서 만나고 와."

"당연히 가야지! 내일 다녀올게."

후타는 스마트폰을 꺼냈다.

"후쿠야마까지 얼마나 걸릴까?"

지도 앱을 켜서 후쿠야마를 입력했다.

"도쿄역에서 신칸센을 타면 한 번에 가네? 하루 만에 다녀올 수 있겠다. 어?"

"왜 그래, 후타?"

"그게, 내가 돈이……."

자유석으로 사도 왕복 3만 엔 이상이 필요했다.

"하는 수 없지. 내가 빌려줄게."

"미안하다. 도움 좀 받을게."

"대신 코코아에 대해서도 제대로 물어보고 와. 나 계속 걱정됐어. 어머님이 후쿠야마로 데려가셨을 것 같기는 하지만……."

"알았어. 맡겨만 줘!"

햄버그 스테이크에 포크를 내리꽂았다. 드디어 길이 보이기 시작하는 듯했다.

제4장

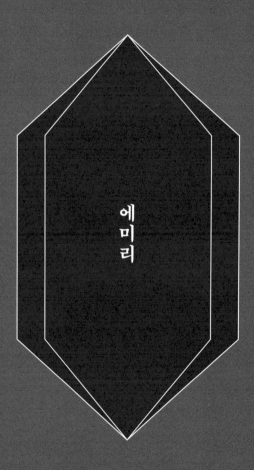

에
미
리

맛있는 냄새에 침이 고였다. 점원들의 우렁찬 목소리. 육즙이 떨어지며 숯에서 나는 치이익 소리. 손님들의 활기 넘치는 웃음소리.

에미리는 꼬치구이 가게의 카운터에 처음 앉아보았다. 흰 앞치마를 두른 점원이 일일이 이름을 알려주며 앞접시에 놓아주는 꼬치를 두 개째 맛보려던 참이었다.

처음 나온 와사비를 곁들인 닭가슴살 맛에 놀란 에미리는 두 번째로 나온 간 꼬치를 보며 입맛을 다셨다. 옆자리에 앉아 있던 후타는 전화를 받으러 잠시 가게 밖으로 나갔다. 펫 시터 고객인 것 같았다. 혼자 있자니 조금 어색했지만 에미리는 다음으로 나올 꼬치를 기대하고 있었다.

"자, 특제 쓰쿠네(일본식 닭고기 완자) 나왔습니다. 뜨거우니까 조심해서 드세요. 이 양념을 살짝 뿌려 드셔도 맛있어요."

젊은 점원의 말에 고개를 끄덕이고는 곧바로 꼬치를 들어 완

자 한 알을 입에 넣었다. 뜨거워, 맛있어 하지만 뜨거워. 혀를
데일 것 같았다. 엉겁결에 후타의 자리에 놓인 맥주를 마셔버
렸다. 쓰지만 시원한 느낌이 기분 좋았다. 꿀꺽 삼킨 다음 후우
하고 숨을 내뱉었다. 왠지 중년의 아저씨가 된 기분이었다. 에
미리는 혼자 웃음을 터트렸다. 조금은 마셔도 괜찮지 않을까.

"여기 쓰쿠네 진짜 맛있지?"

돌아온 후타가 에미리의 어깨를 살짝 두드리며 말했다.

"여자친구를 혼자 두고 나가는 게 어딨어?"

입을 비쭉 내밀었다.

"미안, 미안."

요즘 들어 에미리는 후타에게 짜증을 내는 일이 잦았다. 펫
시터인 후타를 만난 지도 벌써 석 달이나 지났다. 데이트를 거
듭하며 후타가 편해졌기 때문만은 아니었다. 다정한 사람이지
만 앞으로 어떻게 살아가려는 걸까 궁금했다. 대부분의 사람들
이 일을 하는 평일 낮에 데이트를 할 때마다 에미리는 불안해
졌다.

오늘도 티셔츠에 청바지 차림이었다. 티셔츠에는 둘이 함께
보러 갔던 영화 캐릭터가 그려져 있었다. 편한 것도 좋지만 조
금 더 신경 써서 차려입은 모습도 보고 싶었다. 개인으로 일하
는 펫 시터는 고객 의뢰가 없으면 일을 할 수가 없다. 불안정하
고 수입이 많지 않은 직업이라는 것을 에미리도 알아차리기 시
작했다. 하지만 후타는 늘 태평했다. 미래를 고민하는 시늉조

차 하지 않았다.

에미리는 조바심이 났다. 그가 조금 더 일에 욕심을 내주기 바랐다.

"별일도 아닌 것 갖고 자꾸 전화하네."

자리에 앉은 후타가 "어?" 하며 놀란 듯 에미리를 바라보았다.

"내 맥주 마셨어?"

"마시면 안 돼?"

"아니야, 그럴 리가. 여기 생맥주 한 잔 더 주세요!"

후타가 잔을 들어 보이며 말했다. "예, 알겠습니다!" 하는 우렁찬 목소리가 돌아왔다.

"에미리, 술 못 마신다고 하지 않았어? 지금까지 같이 술 마신 적도 없었고."

"술이라도 안 마시면 인생에 무슨 재미가 있겠어?"

"뭐야? 또 왜 이렇게 까칠하실까?"

후타는 웃으며 쓰쿠네를 한입 베어먹은 다음 새로 나온 맥주를 마셨다.

"나한테 할 이야기가 있다고 하지 않았어?"

후타는 "아, 맞아!"라고 말한 뒤 한동안 가만히 맥주잔을 바라보았다.

"나, 펫 시터 그만둘까 생각 중이야."

"갑자기 왜?"

"손님들 갑질에 너무 지쳤어. 결국 회사에 다니든 자영업을 하든 머리 숙여야 하는 건 다르지 않더라."

"다시 회사로 돌아가려고?"

"유기견 보호 활동에만 전념하면 어떨까 싶어."

후타가 유기견을 구하는 활동에 진지하게 임하고 있다는 것은 알고 있었다.

"하지만 그건 자원봉사잖아. 그럼 수입이 없는 거 아니야?"

"모아 둔 돈이 조금 있어. 그리고 요즘 경기도 좋잖아. 아르바이트는 얼마든지 찾을 수 있을 거야."

"하지만 펫 시터로 계속 일하는 편이 보호 활동에도 도움이 되지 않을까?"

후타는 허를 찔린듯한 표정을 짓더니 허허 웃었다.

"과연 그럴까?"

단지 일을 하기 싫어졌을 뿐이었다.

"자, 허벅지살 나왔습니다."

접시에 네 개의 꼬치가 놓였다. 후타는 튼튼해 보이는 앞니로 꼬치를 베어 물더니 맛있다며 신음했다.

"후타, 그걸로 생활이 되겠어?"

"솔직히 쉽지는 않겠지만 어떻게든 되겠지."

에미리는 얼굴이 달아오르는 것을 느꼈다. 맥주를 마셔서인지 화가 나서인지 알 수 없었다.

"남한테 머리를 숙이는 게 싫어서 그래?"

"그것도 그렇지만 나는 의미 있는 일을 하고 싶어."

"도망치는 것으로밖에 안 보여."

"에미리, 무슨 말을 그렇게 해?"

"아무리 힘들어도 재미가 없어도 사람들은 다 먹고살기 위해 일을 해. 좋아하는 일만 하고 살면 즐겁기는 하겠지만 평생 그렇게 살 수는 없다고."

"목소리가 너무 커."

후타는 옆자리 손님이 신경 쓰였다.

"나는 그런 평범한 인생에는 흥미가 없어. 지금 내 삶에 충실하면 그걸로 된 거야. 돈을 벌기 위해 악착같이 살며 내 에너지를 소모하고 싶지는 않아. 열심히 하다 보면 잘 풀리겠지."

에미리는 자신도 모르게 접시 위 꼬치를 잡아 후타에게 던졌다.

"아! 지금 뭐 하는 거야?"

꼬치가 후타의 티셔츠에 얼룩을 남기고 바닥으로 떨어졌다.

"왜 미래에 대해 착실히 고민하지 않는 거야? 그러다가는 평생 결혼도 못 하고 아이도 못 낳을 거라고!"

"도대체 왜 그래?"

후타가 창백해진 얼굴로 에미리를 노려보았다. 떠들썩하던 가게 안이 순식간에 고요해졌다.

1

"차까지 태워주시고, 뭔가 죄송하네요."

"아니에요. 저도 가는 길인걸요."

장미의 도시, 후쿠야마의 홍보 담당인 시게타는 핸들을 잡으며 싹싹하게 웃었다. 시청 소유의 자동차는 구름 한 점 없는 화창한 가을 날씨의 후쿠야마 시내를 달렸다. 생각보다 일이 잘 풀린 탓에 후타는 오히려 불안해졌다.

후쿠야마 시청을 방문해 장미 사진 콘테스트 담당자를 문의하자 곧바로 담당 부서가 있는 층으로 안내를 받았다. 도쿄에서 왔다고 말하는 순간 데스크 안쪽에 앉아 있던 시게타가 "어서 오세요. 취재하러 오셨죠?"라며 달려 나왔다.

후타는 부정하지 않고 스마트폰을 꺼내 미사키의 어머니가 콘테스트에서 입상한 장미 사진을 내밀었다. "이 장미에 관심이 있어서요"라고 말했다. 이 라벤더색 장미는 '후쿠야마'라는 이름이 붙은 희귀 품종이었다. 다짜고짜 도오야마 미사토 씨를 만나고 싶다고 했다가 쫓겨나는 일이 없게 후쿠야마로 오는 내내 어떻게 이야기를 꺼낼지 고민했다.

"그 장미는 니콜라이 버그만 후쿠야마 로즈라는 올해 나온 새 품종이에요. 실물을 보러 가시겠어요? 수상자이신 도오야마 씨와 인터뷰도 해주세요."

만면에 미소를 띤 시게타가 말했다. 당장이라도 만세를 부르고 싶은 심정이었지만 애써 참았다. 지난 사흘 동안 발품을 팔며 이곳저곳을 다녔지만 가는 곳마다 나는 모른다, 사람을 잘못 보았다는 말만 들은 후타로서는 믿을 수 없는 전개였다.

"후쿠야마 성은 혹시 보셨나요?"

창밖으로 웅장한 천수각(일본 성곽의 가운데 높은 누각)이 보였다.

"아니요, 아직 못 봤습니다."

"이따가 꼭 보고 가세요. 시간이 되시면 도모노우라(후쿠야마 시에 위치한 작은 항구 마을)에도 들렀다 가시고요. 이번에 일본 유산으로 지정되었거든요. 경치가 정말 멋져요. 제가 팸플릿도 챙겨드릴게요."

"감사합니다. 너무 친절하셔서 제가 몸 둘 바를 모르겠네요."

시게타는 아니라며 왼손으로 목덜미를 가볍게 두드렸다.

"도쿄에서 여기까지 찾아와주셔서 정말 기뻐요. 후쿠야마를 알리는 게 저희의 일이니까요. 2024년에는 세계 장미 회의가 이곳에서 열릴 예정이에요."

"대단하네요."

"그렇죠? 국제회의니까요. 세계 각지의 많은 사람이 후쿠야마를 방문할 거예요."

시게타의 설명은 끝이 없었다. 창밖으로 보이는 시내 곳곳에 장미화단이 있었다. 그 때문인지 바깥 풍경이 밝고 따뜻한 느낌을 주었다. 이곳 사람들 모두가 힘을 합쳐 장미를 소중히 기르는 것을 알 수 있었다.

"저 앞을 봐주세요. 저기가 장미공원이에요. 장미축제를 할 때 메인 장소 중 하나로 쓰이는 곳이에요."

빨간불에 멈춰 선 시게타가 전방을 가리켰다. 넓은 공원에 장미가 가득 넘쳐 흐르는 것 같았다. 후타는 갑자기 긴장되기 시작했다.

"저기에 도오야마 씨가 계신 건가요?"

"네. 공원 안에 있는 건물 보이시죠? 저곳에서 장미 재배 강습이 있어 참가하고 계시거든요. 굉장히 열심이세요. 콘테스트에서 입상하기 전부터 매주 다니셨대요."

두 사람은 공원 주차장에 차를 세우고 내렸다.

"우와, 장미가 정말 많네요."

가까이에서 보니 정말 장미바다에 와 있는 것 같았다. 후타는 미사키와 데이트를 했던 지바현의 장미정원을 떠올렸다.

"이곳에 있는 장미만 무려 5,500송이예요. 그중에 후쿠야마라는 이름이 붙은 장미가 몇 종류 있어요. 제가 안내해드릴게요."

"아, 혹시 가능하다면 장미를 보기 전에 도오야마 씨와 이야기를 나누고 싶은데요."

"그럼 그렇게 하시죠. 어디 보자, 도오야마 씨가……."

시게타는 기분이 상한 기색 없이 공원을 둘러보았다.

"저기에 계시네요. 도오야마 씨, 손님이에요!"

덩굴장미 앞에 선 여자가 돌아섰다.

"저는 저쪽 판매소에서 기다리고 있을 테니 끝나면 말씀해주세요."

시케타는 장미화분을 구경하고 있는 사람들 쪽으로 걸어갔다. 후타는 감사 인사를 전하고 원예용 가위를 든 여자에게 다가갔다. 가슴이 빠르게 뛰었다. 드디어 만났다. 여자는 의아한 표정을 지었다. 후타의 어머니와 비슷한 또래인 것 같았다.

"도오야마 씨 맞으신가요?

"네, 무슨 일이세요?"

입매가 미사키와 꼭 닮았다. 후타는 확신했다.

"저기, 미사키 씨 어머님이시죠?"

미사토의 표정이 일순간 사라졌다.

"왜 오신 거죠?"

환영받지 못하는 손님이라는 것은 분명했다. 하지만 여기까지 와서 물러설 수는 없었다.

"미사키 씨가 어쩌다 세상을 떠난 건지 여쭙고 싶어서 도쿄에서 왔습니다."

후타는 단숨에 말했다. 미사토의 눈빛이 매섭게 변했다.

"기자이신가요?"

"아니요, 아닙니다. 저는 그러니까…… 미사키 씨의 친구예요."

"미사키의 친구라고요?"

미사토가 눈을 위로 크게 치켜떴다. 후타는 주머니에서 엽서

두 장을 서둘러 꺼냈다.

"이걸 봐주세요."

연하장과 상중 엽서를 받아든 미사토의 손이 심하게 떨렸다. 엽서가 공원 잔디 위로 떨어졌다.

"이, 이런 것까지 어디서 구하신 거죠?"

비명과도 같은 날카로운 목소리였다.

"구하다니요? 제가 받은 거예요."

후타는 받는 사람의 이름을 보여주기 위해 무릎을 꿇어 엽서를 주웠다.

"미사키에게 당신 같은 친구가 있었을 리가 없어요."

고개를 든 후타는 "네?"라고밖에 할 말이 없었다. 미사토가 들고 있던 뾰족한 가위 끝이 후타를 향하고 있었다. 입술을 파르르 떠는 미사토는 괴물과도 같은 형상이었다.

"역시 상중 엽서 따위 보내는 게 아니었어요. 여기까지 따라오다니요!"

패닉 상태였다. 후타는 천천히 일어나 날카로운 가위를 주시하며 한 걸음 뒤로 물러섰다.

"어머님! 일단 진정하세요. 저는 정말로 미사키 씨의……."

"그 아이의 이름을 부르지 마세요!"

냅다 소리를 내지른 미사토는 갑자기 뒤로 돌아 도망쳤다.

"잠시만요!"

미사토는 공원 가장자리로 달려가 세워두었던 자전거를 꺼냈다. 후타는 영문도 모른 채 뒤쫓았다.

"기다려주세요!"

미사토는 그대로 자전거에 올라타 도망쳤다. 앓는 듯한 울음소리가 들려왔다. 후타는 그 자리에 망연히 서 있을 수밖에 없었다.

2

잠시 후 신고베역에 도착합니다. 내리실 문은 왼쪽입니다.

후타는 신칸센 안내 방송에 퍼뜩 정신이 들었다. 머리가 무거웠다. 지칠 대로 지쳤다. 공원에서 후쿠야마역까지 어떻게 갔는지 알 수 없었다. 후타는 미사토가 도망친 후부터 신칸센을 탈 때까지의 기억이 흐릿했다.

미사토의 매정한 태도에 사고 기능이 멈춘 듯했다. 공원을 빠져나오기 전 시게타가 말을 걸었던 것 같기도 했다. 후쿠야마역까지 버스를 탔는지 걸어갔는지도 확실치 않았다.

열차에 올라 좌석에 앉은 뒤로 꼼짝도 하지 않은 건지 허리가 아팠다. 몸을 살짝 비틀자 삐걱대는 소리가 났다. 어제 머리를 부딪쳐 생긴 혹이 욱신욱신했다.

도대체 왜일까. 어째서 다들 나를 거부하는 것일까. 어째서 세 사람에 대해 감추려 하는 것일까. 어째서 알려주지 않는 것일까.

후타는 문득 생각했다. 어쩌면 세 사람은 나에게서 도망치려고 했던 것은 아닐까. 그래서 미사키의 어머니도, 에미리의 친구도 나에게서 세 사람을 떨어트리려 하는 것은 아닐까. 후타는 무릎을 탁 하고 내리쳤다.

도대체 내가 뭘 잘못했다고 이러는 것인가. 그대로 무릎을 꽉 쥐었다. 아니, 무언가 잘못을 한 게 틀림없다. 그렇지 않고서야 이런 이상한 일들이 일어날 리가 없었다.

내가 무언가를 했다. 그녀들에게 무언가 잘못을 한 것이다.

느릿하게 스마트폰을 꺼내 들었다. 란의 블로그에 들어가 메시지를 다시 한 번 천천히 보았다.

이만 안녕. 잘 지내세요.

란이 남긴 이 마지막 말은 그녀가 죽었다고 믿게끔 만들었다. 두 번 다시 자신을 찾지 말라는 뜻이기도 했다. 죽음은 영원한 안녕이다. 하지만 이렇게까지 번거롭게 할 필요가 있었을까.

후타는 란이 썼던 글들을 하나씩 신중하게 읽어 내려갔다. 후타와 나눈 대화, 강아지에 관한 이야기, 간단한 메모 같은 일기들로 가득했다. 단서는 무엇 하나 찾을 수 없었다.

나고야에서 올라탄 승객이 후타 옆에 앉았다. 포기하고 스마트폰을 끄려던 순간 멈칫했다. 후타와 헤어진 후 올라온 글 맨 아래에 사진 한 장이 있었다. 아무런 캡션도 달려 있지 않아 지금까지 발견하지 못했다. 주의 깊게 보지 않으면 광고로 오해할 만했다.

사랑스러운 여자아이. 란이었다. 아직 어린 모습이었지만 이목구비가 분명 란이었다. 두세 살쯤 되어 보였다. 크리스마스 일루미네이션 앞에서 가슴을 쫙 펴고 서 있었다. 배경이 된 높은 빌딩은 한번도 가본 적 없었지만 롯폰기 힐즈라는 것을 알 수 있었다.

사진에 찍힌 많은 사람은 크리스마스를 즐기는 모습이었다. 란은 손으로 브이를 그렸다. 부모님이 찍어주신 것일까. 란의 얼굴을 빤히 바라보던 후타는 두 눈을 꼭 감았다. 후타는 란이 자신과 사귀기 전까지 어떻게 살아왔는지 전혀 알지 못했다. 다니던 학교도, 살았던 동네도.

블로그를 통해 처음 알게 되어 실제로 만나게 된 것은 4년 전이었다. 마치 안개 속에서 빠져나와 후타 앞에 나타난 것 같았다. 란의 사진을 다시 바라보았다. 꼬마 란이 예쁘게 미소 짓고 있었다.

란, 도대체 어디에 있는 거야. 나를 만나기 전까지 어디서 무얼 하고 있었던 거야.

3

거울에 비친 후타의 얼굴은 볼이 움푹 파인 밀랍인형 같았다. 나흘 동안 다듬지 않은 턱수염을 멍하니 만지는 사이 초인

종이 울렸다. 택배라도 왔나 싶어 문을 열었다. 긴 머리의 여성이 문 앞에 서 있었다.

"쉬시는데 죄송해요."

여성은 상냥하게 웃으며 말했다. 새로 이사라도 온 것일까.

"저는 여기에서 나왔습니다."

후타에게 내민 책자는 예전에도 한 번 우편함에 꽂혀 있었다. 후타는 짧게 "네"라고 답하며 턱수염을 계속해서 만졌다. 종교 권유였다.

"죄송하지만 저는 됐습니다."

"그러시군요. 실례가 많았습니다."

여성은 실망한 표정으로 고개를 숙여 인사했다. 문을 닫고 들어오자 조금 미안한 마음이 들었다. 저렇게 젊고 예쁜 여성이 종교를 권유하러 다닐 거라고는 생각지도 못했다.

혹시나 나쁜 마음을 먹은 남성이 이야기를 듣겠다며 집으로 들어오라고 한다면 과연 저 여성은 어떻게 할까. 신앙을 위해 몸을 기꺼이 바치는 것일까. 못된 상상이지만 매력적인 여성이 눈앞에 나타난다면 남성은 착각할 수밖에 없었다.

그 순간 생각했다. 후타도 무언가 커다란 착각을 하고 있던 것은 아닐까.

개 짖는 소리가 들렸다. 스마트폰 알람이었다. 또 지각해서 유키에에게 혼나지 않으려고 재알람 설정까지 해두었다. 집을 나서야 할 시간이었다.

역을 빠져나오자 쾌청한 가을 하늘이 펼쳐졌다. 높은 하늘이 미사키의 어머니가 살고 있는 후쿠야마와 이어져 있을 것만 같았다.

"후타!"

유키에가 개찰구 옆에 서서 담배가 끼워진 손을 흔들었다. 오늘은 건축 현장에서나 볼 법한 작업복 차림이었다. 유키에의 패션 센스는 늘 난해하면서도 나름의 멋이 있었다.

"잘 잤어? 후쿠야마 다녀오느라 고생했어."

"별 소득은 없었지만……."

밝게 답하려 애썼다. 유키에에게는 어제 미사키 어머니와의 대화를 전화로 이야기했다. 후타의 말이 푸념처럼 들렸던 걸까. 유키에는 "야, 힘내!" 하고 후타를 격려했다.

"머리는 어때?"

"신경 안 써도 돼. 혹도 다 들어갔어."

사실은 아직도 조금 욱신욱신했다.

"좋아, 그럼 가볼까?"

유키에와의 약속 시간은 10시였다. 공휴일이라 출근은 안 하겠지만 약속이 있을지도 모르니 오전 중에 모리를 찾아가기로 했다. 상점가로 들어서자마자 후타의 전화가 울렸다.

"누구지? 아, 사사키 씨네."

유키에에게 양해를 구한 뒤 통화 버튼을 눌렀다.

"네, 마키시마입니다. 입양 이벤트에 와주셔서 감사했어요."

"안녕하세요. 머리는 좀 괜찮으세요?"

"네, 완벽히 나았어요. 걱정 끼쳐드린 것 같아 죄송하네요. 아, 샌드위치도 정말 맛있었어요."

"다행이네요. 저기, 마키시마 씨…… 혹시 해피서클 그만두셨어요?"

"네?"

걸음을 멈췄다.

"홈페이지에 담당자 변경 공지가 올라왔는데 마키시마 씨 이름이 없더라고요."

"그럴 리가요."

앞서 걸어가던 유키에가 뒤를 돌아보았다.

"바로 확인해볼게요. 네, 끊겠습니다."

"무슨 일이야?"

"펫 시터 명단에 내 이름이 빠져 있대."

유키에에게 간략히 설명하며 스마트폰으로 해피서클 홈페이지에 접속했다.

"괜찮아, 천천히 해."

유키에는 편의점 앞에 마련된 재떨이로 다가가 담배를 꺼내 물었다. 스마트폰 화면에 **조토 지역 스태프 변경 안내**라는 창이 떴다. 카스가라고 하는 처음 보는 남자가 새 담당자로 소개되어 있었다. 펫 시터 명단 페이지로 들어갔다.

조토 지역 스태프들의 사진과 이름, 주소, 프로필이 나왔다.

고객들은 이 중 자신의 집에서 가장 가까이에 사는 스태프를 골라 일을 의뢰하는 것이 일반적이었다. 후타의 이름은 어디에도 없었다.

"어떻게 된 거지?"

곧바로 사무국으로 전화를 걸었다. 가미무라가 받았다.

"국장님, 스태프 변경이라니 어떻게 된 거죠?"

"굳이 설명해줘야 아나? 자네 나랑 약속했잖아. 그래놓고 입양 이벤트에서 펫 숍 직원이랑 싸움을 해?"

후타는 숨을 들이마셨다. 어떻게 알았을까. 누군가 후타를 감시하고 있었던 것일까.

"그건……."

"내 충고가 소용없었나 봐?"

"지금 그 일로 저를 해고하시는 건가요?"

스마트폰을 쥔 손에 힘이 들어갔다.

"계약 해지 서류 보내놨어. 빠르게 마무리하자고."

"잠시만요, 국장님! 이렇게 갑자기……."

"난 더 할 말 없어."

전화가 끊겼다.

"해고라고 하는 것 같던데, 무슨 일 있어?"

유키에가 손가락으로 담뱃재를 털며 물었다.

"어? 그게…… 내가 문제를 좀 일으켜서."

사실대로 말하면 유키에가 마음을 쓸 것이 분명했다. 게다가

173

가미무라와의 약속을 어기고 입양 이벤트에 참가했으니 책임은 후타에게 있었다.

"설마 사사키 씨한테 집적댄 게 걸린 거야?"

"그런 거 아니야. 그리고 집적댄 적 없어."

"생활비 괜찮겠어?"

"응, 괜찮아. 어떻게든 되겠지."

통장 잔고가 얼마나 되더라. 다음 달 월세까지는 괜찮을 것 같았다.

"아!"

"뭐야, 놀랐잖아."

"다음 달에 아파트 재계약해야 되네. 재계약금 나가겠다."

"그건 내야지. 그 정도 여윳돈은 있지 않아?"

"아아!"

"이번에는 또 뭔데?"

"해피서클에 로열티를 안 내고 있었어. 나중에 내겠다고 했었거든. 계약 해지되면 바로 청구할 텐데……."

그 비용까지 나가면 위험했다.

"신칸센 표값은 기다려줄게."

"그래 주면 고맙지."

"그래도 내년에는 갚아라."

후타는 못 들은 척하며 "이렇게 된 이상!" 하고 목소리를 높였다.

"해피서클 이름 없이 혼자 하면 되지!"

"오, 힘이 제대로 들어갔네."

"지금까지 만났던 고객들한테 해피서클을 통하지 않고 일을 달라고 부탁해봐야겠어."

블로그를 보고 일을 의뢰하는 고객들도 간혹 있었다. 모리를 만나고 돌아가는 대로 영업을 뛰어야겠다고 다짐했다. 고객의 집을 방문하는 김에 그 자리에서 바로 산책 서비스를 1회 무료로 제공해도 괜찮을 것 같았다. 한시라도 빨리 고객들을 붙잡아야 했다. 카스가라고 하는 새로 온 담당자의 사진을 노려보았다. 우물쭈물하다가는 이 녀석에게 기반을 송두리째 빼앗길 위기였다.

어찌 되었든 아르바이트라도 하지 않으면 올해를 넘기기 힘들다는 것은 분명했다. 편의점 선반에 꽂힌 구인정보지가 눈길을 끌었다.

"그걸로 해결이 되겠어?"

물어오는 유키에의 얼굴 위로 다른 얼굴 하나가 겹쳐졌다.

"그걸로 생활이 되겠어?"

에미리의 목소리가 머릿속에 울려 퍼졌다. 해피서클 일을 그만두고 싶다고 말했을 때 후타에게 했던 말이었다.

"그때 그만뒀으면 이렇게 됐겠네."

"응? 뭐라고?"

"아무것도 아니야. 가자."

후타는 다시 모리의 집을 향해 걸었지만 유키에의 인기척이 느껴지지 않았다. 뒤를 돌아보니 그 자리에 가만히 서서 담배에 불을 붙이고 있었다.

"후타, 지금 이러고 있을 때가 아닌 걸까?"

삐쭉 내민 입술 사이로 담배 연기가 빠져 나왔다.

"후타가 사귀었던 사람들의 개인 사정을 파헤쳐서 뭐 하나 싶네. 누가 부탁한 것도 아니잖아."

"유키에……."

"너무 말도 안 되는 상황이니까 호기심이 동하기는 했지만 조사해봤자 세 사람은 전혀 기뻐하지 않을 거야."

"그건 그렇지. 미사키는 심지어 죽었고."

후타는 자신이 입에서 나온 냉정한 말에 소름이 끼쳤다.

"이건 결국 우리의 마음이 어떠냐의 문제인 거지."

유키에의 말이 맞았다. 무엇을 한들 미사키는 살아 돌아오지 않는다. 란과 에미리의 행방을 알아내더라도 관계를 되돌릴 수는 없었다. 그저 먼발치에서 가슴을 쓸어내리며 안도하는 것이 후타가 할 수 있는 일의 전부였다.

게다가 졸지에 백수가 된 후타는 하루빨리 돈을 벌 방법을 찾지 않으면 굶어 죽을 판이었다. 어머니는 기뻐할지 모르지만 이런 이유로 고향에 돌아가고 싶지는 않았다.

"그래도 나는 알고 싶어."

유키에가 눈을 빠르게 깜빡였다.

"긴 시간은 아니었지만 그래도 내가 좋아했던 사람들이 사라졌어."

란, 미사키, 그리고 에미리.

"전부 사라졌다고."

코끝이 찡했다.

"어째서 사라진 건지 이유라도 알아야겠어."

"왜? 이제 아무 사이도 아니잖아."

"나는 지금도 가끔 세 사람과의 추억을 떠올려. 내가 지금 이렇게 열심히 살고 있는 건 그녀들 덕분이기도 해. 그냥 평범한 전 여자친구가 아니야. 진심으로 감사하고 있어. 그런 내가 그녀들의 일에 무관심해서는 안 되는 거잖아. 이대로 모르는 척 넘어간다면 나중에 분명 후회할 거야."

마음속에 담아두었던 말을 단숨에 내뱉었다. 따르릉, 어린아이가 탄 자전거가 두 사람 옆을 지나쳐 갔다.

"알았어. 잠시 네 마음을 시험해봤어. 나도 도울게."

4

낮에 보니 모리의 집이 한층 작아 보였다. 화단에 핀 하얀 팬지가 바람에 흔들렸다. 후타는 문 앞 초인종을 눌렀다. 잠시 기다렸지만 대답이 없었다. 발소리도 들리지 않았다.

"뭐야, 집에 없나 보네."

"벌써 외출을 한 건가? 아니면 잠깐 나갔나?"

"졸려서 나오기 싫은 걸 수도 있지."

후타는 깨달았다.

"개 짖는 소리가 안 들려."

"그렇네! 전에 왔을 때 두 마리 있었잖아. 강아지들은 없는 척 못 하겠다."

"산책 나갔나 봐. 그럼 이쪽이야, 유키에."

2년쯤 전에 모리가 고에몬을 데리고 걸었던 길을 되새겼다. 그날 후타는 모리를 뒤따라 걸었다. 그리고 그 옆에는 에미리가 있었다.

"후타, 미용이나 병원에 갔을 수도 있지 않을까?"

"쉬는 날밖에 산책을 못 한다고 속상해했었어. 오늘 날씨도 좋잖아. 산책이야, 산책!"

저 멀리 길 끝에 고에몬의 산책 훈련을 도와줬던 공원이 보였다. 단풍이 곱게 물든 나무들 사이로 아이들이 정글짐을 타며 놀고 있었다. 시내에 있는 공원치고는 제법 넓은 편이었다.

"후타, 찾았어?"

"아니, 안 보이네. 안쪽에 잔디밭이 있으니까 더 들어가 보자."

낙엽이 쌓인 샛길을 지나자 조깅을 하는 사람들이 스쳐 지나갔다. 강아지를 데리고 산책하는 사람들이 보이기 시작했다.

"아, 저기야!"

유키에가 소리쳤다. 모리가 강아지 두 마리와 함께 걷고 있었다. 프렌치 불독과 미니어처 닥스훈트였다.

"유키에, 뛰자!"

한참을 뛴 끝에 두 사람은 모리를 겨우 따라잡았다.

"모리 씨."

남색 점퍼를 걸치고 앞서가던 모리를 불러세웠다. 뒤돌아본 모리의 눈이 동그래졌다. 그리고 이내 표정이 눈에 띄게 굳어졌다.

"안녕하세요, 모리 씨."

숨이 찼다.

"저기, 아무래도, 에미리에 대해서……."

"이 닥스 설마!"

유키에가 뒤집힐 듯한 목소리를 내더니 닥스훈트 앞에 무릎을 꿇고 앉았다.

"코코아야! 코코아 맞지?"

"코코아라고? 설마……."

그럴 리가 없었다. 닥스훈트가 유키에 앞에 드러누워 배를 까뒤집었다. 정말이었다. 미사키가 한눈에 반했던 코코아의 모습과 많이 닮았다.

"모리 씨, 이 강아지 코코아 맞죠? 미사키 씨가 키우던 코코아요."

모리는 손으로 입을 가리며 말했다.

"무슨 말씀을 하시는 거예요? 아니에요. 닥스훈트를 키우는 사람은 많잖아요. 다 비슷하게 생겼고요."

"임시보호 기간 동안 제가 코코아를 데리고 있었어요. 미사키 씨에게 입양 보낸 게 저라고요."

모리의 얼굴에서 핏기가 사라졌다. 후타는 웅크리고 앉아 닥스훈트의 얼굴을 양손으로 감쌌다. 성견이 된 닥스훈트와 마주 보았다. 미사키와 사귈 당시 코코아는 아직 어렸었다. 닥스훈트는 코를 실룩이며 멍 하고 짖더니 고개를 흔들며 후타의 손가락을 핥기 시작했다.

"잠시만."

미사키에게 받았던 연하장을 주머니에서 꺼냈다. 엽서의 코코아와 눈앞의 닥스훈트를 비교했다.

"닮았어. 코코아야!"

"아니라고 했잖아요."

"모리 씨, 그럼 이 강아지 이름이 뭔데요?"

모리는 유키에의 질문에 답하지 못했다.

"코코아잖아요."

이 닥스훈트가 정말 코코아라면 도대체 어떻게 된 일일까. 유키에가 일어섰다.

"계속 시치미를 떼시면 마이크로칩으로 확인하는 수밖에 없죠."

모리의 눈꺼풀이 파르르 떨렸다.

"코코아의 마이크로칩 코드와 비교해보면 바로 답이 나올 거예요."

"제발 그만 좀 하세요."

모리가 고개를 떨구었다. 고에몬이 후타와 유키에를 향해 짖어댔다. 모리를 지키려는 것 같았다.

"어째서 모리 씨가 미사키 씨의 강아지를 키우고 계신 거죠?"

모리의 두 눈동자가 빠르게 흔들렸다.

"미사키 씨는 제가 담당했던 환자니까요."

후타는 마른침을 삼켰다. 유키에가 크게 숨을 들이마셨다.

퍼즐 조각들이 이제야 하나로 맞춰지는 것 같았다. 모리는 에미리의 친구이자 미사키의 담당 간호사였다.

"미사키 씨가 더는 코코아를 돌볼 수 없다고 해서 제가 데려왔어요."

후타는 깜짝 놀랐다.

"에미리 씨도 환자였나요?"

모리의 볼이 부풀어 올랐다. 이를 악물고 있는 듯했다. 후타가 유키에 앞을 가로막고 섰다.

"모리 씨, 에미리를 모른다고 거짓말하신 이유가 뭐죠? 에미리가 어디에 있는지 알고 계신 거죠? 제발 에미리를 만나게 해주세요."

"만나게 해드릴 수 없어요."

"왜죠?"

모리는 후타의 두 눈을 똑바로 바라보며 말했다.

"에미리는…… 에미리는 죽었어요. 스스로 죽음을 택했다고
요."

온몸에 전기가 오른 듯했다. 유키에가 얕은 숨을 내쉬었다.
그 숨과 함께 후타의 발바닥에서 모든 힘이 빠져나갔다. 침묵
이 흘렀다. 어린아이의 웃음소리만이 먼발치에서 작게 들려왔
다. 유키에가 모리의 이름을 나직이 부르며 물었다.

"모토하시 란이라는 분도 아시죠?"

"아!"

후타를 세게 밀쳐낸 모리는 두 사람 사이를 빠져나가 빠르게
달렸다.

"모리 씨!"

고에몬과 코코아가 모리의 양옆을 지키듯 함께 달렸다.

"후타, 안 쫓아갈 거야?"

후타는 그대로 풀밭에 주저앉았다. 유키에는 후타와 모리의
뒷모습을 번갈아 보았다.

"유키에, 모리 씨가 란이랑도 아는 사이라고 생각해?"

억양 없는 자신의 목소리가 마치 다른 사람의 것처럼 들렸다.

"응, 아마도."

유키에가 후타 옆에 책상다리를 하고 앉아 담배를 꺼냈다.

"란 씨의 블로그 기억나?"

"제가 하늘의 부름을 받아 세상을 떠나면, 이었나? 이제 외울 지경이야."

"란 씨가 매주 예약 시간을 다시 설정했다고 했잖아."

"일주일씩 날짜를 미룰 때마다 제가 아직 살아 있다는 게 감사해요, 라고 쓰여 있었어."

"병으로 죽을 날이 얼마 남지 않았다고 생각하면 자연스럽지 않아? 세 사람이 같은 시기에 입원했던 게 아닌가 싶어서. 모리 씨가 그 세 사람을 담당했던 거고. 방금 전 모리 씨의 반응으로 봐서는 틀림없어."

"그러네."

"그리고 저 사람, 에미리 씨랑 친구 할 나이는 아니지 않아? 전에는 어두워서 몰랐는데 오늘 보니 마흔은 족히 넘었을 것 같던데."

모리가 무엇을 숨기고 있는지는 알 수 없었다. 하지만 미사키, 에미리, 란이 에이오대학병원에 입원했었다는 것은 이제 부정할 수 없게 되었다. 그리고 미사키와 에미리가 죽었고 아마 란도 다르지 않으리라는 것도 말이다.

후타가 좋아했던 세 사람. 머릿속을 맴돌던 세 얼굴이 하나로 포개졌다. 후타는 두 손으로 자신의 얼굴을 가렸다. 밝은 공원의 풍경이 눈앞에서 사라졌다.

믿을 수 없었다. 하지만 피할 수도 없었다.

"짐작은 하고 있었어."

머리를 쥐어뜯으려다 혹이 만져져 고통에 신음했다.

"세 사람 다 이미 죽은 게 아닐까 하고 말이야."

두 무릎 사이로 고개를 숙였다. 푸른 잔디 위로 떨어지는 눈물을 그대로 내버려 두었다.

눈을 뜨자 얼굴 바로 아래에 휴대용 티슈가 놓여 있었다. 작은 광고면에 '취미 복싱 회원 모집'이라고 적혀 있었다.

"땡큐."

후타는 티슈를 꺼내 코를 세게 풀었다.

"있잖아, 유키에"

유키에는 두 번째 담배에 불을 붙이며 후타를 바라보았다.

"내가 좋아한 사람들이 왜 죄다 병에 걸린 걸까?"

후타는 자신의 양 손바닥을 멍하니 들여다보았다.

"감염된 건가? 내가 무슨 균 같은 걸 갖고 있어서 나랑 접촉한 사람들이 옮은 거 아닐까?"

"후타, 말도 안 되는 소리 하지 마."

유키에가 후타의 말을 가로막았다.

"그럼 어째서 나랑 헤어지고 차례로 죽은 거지? 아⋯⋯."

갑자기 무서운 생각이 들었다.

"모리 씨가 세 사람을 죽인 건가?"

이거라면 수상할 정도로 크게 동요하던 모리의 반응도 설명이 됐다.

"간호사의 범행이라고?"

간호사가 링거액에 무언가를 섞어 여러 명의 환자를 죽였다는 뉴스를 TV에서 본 기억이 있었다.

"모리 씨가 세 사람을 죽일 이유가 뭔데?"

"그건…… 내 여자친구였으니까?"

"냉정하게 생각해봐, 라고 말해도 무리겠지. 병원에 입원한 미사키 씨나 란 씨가 마키시마 후타라는 남자와 사귀던 사이였다는 걸 간호사인 모리 씨가 어떻게 알겠어?"

후타는 반론할 수 없었다.

"애초에 세 사람이 너랑 헤어진 뒤에 마치 짜기라도 한 듯 같은 병원에 갔다는 게 말이 안 돼."

"하지만 실제로 그렇게 된 거잖아. 다들 에이오대학병원에 갔고 모리 씨와 아는 사이였어."

"아니, 순서가 반대인 거야. 내가 했던 말 기억해?"

유키에가 담배 연기를 내뱉었다.

"사라질 예정이었던 사람들이 너와 만난 거라고 말했었잖아. 세 사람은 네 앞에 나타나기 전에 에이오대학병원의 환자였던 거야."

"또 그 소리야? 말도 안 되는 소리 좀 그만하라니까."

유키에는 어째서 이 가설에 집착하는 것일까.

"환자라고 하기에는 세 사람 다 건강했어. 너도 펫 페어에서 미사키를 만났잖아. 그때 미사키는 멀쩡했다고."

"맞아, 그랬지."

"전혀 아픈 사람 같지 않았어. 지금 말이 안 되는 소리를 하고 있는 건 너야."

유키에는 그대로 입을 다물었다.

"진짜 건강했어. 죽을 이유가 없지 않아?"

후타의 입에서 웃음이 새어 나왔다. 한번 터진 웃음은 멈추지 않았다.

"웃기지 않아, 유키에? 진짜 이상하지 않냐고."

유키에가 후타의 등을 세게 내려쳤다.

"후타, 정신 차려!"

웃음 발작이 멎었다.

"미안."

크게 심호흡을 했다.

"후타, 셋 다 플라토닉한 만남이었잖아. 맞지?"

단정 짓는 듯한 말투가 마음에 들지 않았지만 사실이었다.

"그런 깊은 사이가 되기 전에 헤어졌으니까."

"역시 그랬구나. 그럴 것 같았어."

"역시라니? 무슨 말이 하고 싶은 건데?"

눈이 부셨다. 어느새 강한 햇빛이 쏟아지고 있었다. 눈꺼풀을 세게 문지르자 눈동자에 열감이 느껴졌다.

"그거네. 내가 진도를 빨리 안 나가서 다들 정나미가 떨어졌다고 말하고 싶은 거지?"

"이 멍청아."

유키에는 휴대용 재떨이에 담배를 비벼 껐다.

"그런 농담을 하는 걸 보니 이제 좀 괜찮은가 보네. 후타, 유이치로 씨한테 어서 전화해."

"전화해서 뭐라고 하는데?"

"뭐라고 하긴, 진료 기록을 보여달라고 해야지. 그것만 있으면 다 밝혀질 거야."

5

유이치로가 말한 약속 장소는 에이오대학병원 본관 바로 옆 동이었다. 유리문을 지나 건물 안에서 유이치로를 기다렸다.

"오늘도 고생이 많네, 후타."

눈꼬리가 처져 있었지만 웃는 얼굴은 아니었다. 후타의 전화를 받은 유이치로는 휴일 근무라 마침 병원에 있었다. 모리에게 들은 이야기를 전화로 짧게 설명했다.

"바쁠 텐데 미안해."

"괜찮아. 들어가자. 유키에 씨도 들어오세요."

뻥 뚫린 로비를 지나 안쪽으로 걸어 들어갔다. 공휴일이라 그런지 접수처는 물론 다른 직원들도 보이지 않았다.

"입양 이벤트에서 제대로 한판 했다며?"

길을 안내하던 유이치로가 후타의 머리를 쳐다보며 말했다.

후타는 유키에와 시선을 교환했다.

"머리 부딪힌 데는 괜찮아?"

"내가 너한테 그 이야기를 했었나?"

"네 블로그에서 봤어."

유이치로가 스마트폰을 꺼내 보여주었다. 후타는 들어오는 일을 일일이 거절하는 것이 번거로워 어제부터 블로그를 일절 보지 않고 있었다.

"이벤트에 참가했던 사람들이 쓴 댓글인데 너에 대한 칭찬이 자자해. 특히 여기, 이 럭키라는 사람."

"사사키 씨야, 후타."

후타의 블로그에는 입양 이벤트에서 있었던 일에 관한 장문의 댓글이 달려 있었다. 사사키는 마지막에 '마키시마 씨에게' 하고 인사말까지 덧붙였다.

강아지들을 지키려는 마키시마 씨의 진심에 펫 숍 사람들도 쩔쩔매던걸요. 소신 있게 자신의 생각을 밝히던 마키시마 씨는 정말 멋졌어요.

"이 럭키라는 사람은 너 잘되라고 쓴 거 맞지?"

한숨이 나왔다. 가미무라가 이 글을 본 것이 분명했다.

"그러네. 아주 잘됐네."

"자, 이쪽으로."

유이치로는 두 사람을 응접실로 안내했다.

"이왕 온 김에 사무실도 보여주고 싶은데 2층부터는 직원 외

출입금지라서.”

“보안 때문이잖아. 신경 안 써도 돼.”

“유이치로 씨가 오늘 출근해서 다행이에요.”

소파에 앉은 유키에가 방 안을 둘러보며 말했다.

“유키에 씨, 커피 좀 드릴까요? 자판기 커피이기는 하지만요.”

“커피보다 미사키 씨의 진료 기록을 좀 보여주셨으면 해요.”

유이치로는 당황한 듯 뒤로 살짝 물러섰다.

“미사키 씨가 이 병원 환자였다는 이야기는 들었어요. 하지만 외부인에게 진료 기록을 보여드리는 건 말도 안 돼요. 병원 입장에서는 그게 가장 중요한 개인정보니까요.”

“유이치로 씨도 궁금하지 않아요? 미사키 씨의 병명이 무엇이었는지만 알면 모든 비밀이 풀린다고요.”

유이치로가 고개를 저었다.

“아무리 두 사람의 부탁이라고 해도 절대 안 돼요. 직원 명단을 훔쳐보는 것과는 차원이 다른 문제예요. 만약 미사키 씨가 이 병원에서 사망했다면 진료 기록을 보기 위해서는 미사키 씨의 가족이라는 걸 증명해야 할 뿐만 아니라 진료 기록 열람 청구서랑 호적 등본이랑…….”

“유이치로 씨!”

유키에가 날카로운 목소리로 말을 끊었다.

“저희는 지금 정식 절차를 밟으려는 게 아니에요.”

유이치로의 시선이 유키에의 눈치를 살폈다.

"이 병원 환자가 연달아 세 명이나 죽었어요. 다들 후타랑 평범하게 사귀었을 정도로 건강했고요."

"미사키 씨는 이 병원 환자였다 치더라도 다른 두 사람은 아직 확실하지 않잖아요."

"저기요, 유이치로 씨."

유키에는 담아두었던 말을 천천히 입 밖으로 밀어냈다.

"세 사람의 죽음에 이 병원의 누군가가 관계되어 있어요. 어쩌면 범죄일지도 모르죠."

후타는 저도 모르게 유키에 쪽으로 고개를 돌렸다. 대체 무슨 생각을 하고 있는 것일까.

"유키에 씨, 그건 억측에 불과해요. 이건 병원의 명예와 직결된 문제입니다. 말씀을 조심해주세요."

"억측인지 아닌지는 진료 기록을 보면 알 수 있겠죠."

"그 간호사의 말 한마디만 믿고 에이오대학병원을 모함하시는 건가요?"

"여긴 일류 대학병원이라 지금 제가 가진 정보만으로도 언론은 관심을 보이며 달려들 거예요."

"지금 협박하시는 겁니까?"

미사키의 어머니가 후타에게 기자냐고 물었던 것이 떠올랐다. 역시 무언가 사건에 휘말렸던 것일까. 유키에가 몸을 앞으로 내밀며 말했다.

"유이치로 씨, 부정한 행위가 있었다는 걸 알게 되더라도 저랑 후타는 병원을 협박한다거나 일을 크게 만들 생각이 전혀 없어요. 저희는 그저 사실을 알고 싶을 뿐이에요."

유키에가 옆에 앉아 있던 후타를 바라보았다.

"내 말이 맞지, 후타?"

"나는 이 병원에서 무슨 일이 있었는지는 관심 없어."

유이치로의 눈을 똑바로 바라보았다.

"나는 미사키, 란, 에미리가 죽은 이유를 알고 싶어. 그것뿐이야. 너까지 나한테 숨기려고 하지는 말아줘."

유이치로는 후타의 눈을 피하며 팔짱을 꼈다.

"나는 진료 기록 데이터베이스에 접근할 수 있는 권한이 없어."

"유이치로 씨는 SE잖아요. 보안 대책 담당이면 어떻게든 할 수 있지 않아요?"

매사에 무덤덤하던 유이치로가 갈등에 신음했다.

"할 수 있을지 없을지는 저도 몰라요."

"그래도 해보겠다는 거죠?"

유이치로의 눈꼬리가 파르르 떨렸다.

"성공하더라도 자료를 드릴 수는 없어요. 여기서 보기만 하세요."

두 사람은 유이치로에게 고개를 끄덕여 보였다.

"그리고 본 것에 대해서는 일체 함구하겠다고 약속을 해줘야……."

"알겠어!"

"고마워요, 유이치로 씨."

노트북 자판을 두드리는 소리가 응접실 안에 울려 퍼졌다.

"두 사람은 앞에 벽을 봐."

고개를 들자 한 장의 일러스트가 벽을 꽉 채우고 있었다. 형형색색의 장미가 그려진 그림이었다. 장미정원인 것 같았다.

에이오대학병원 오더 엔트리 시스템이라고 왼쪽 아래에 적혀 있었다.

"이건……."

"노트북 화면을 빔프로젝터로 연결한 거야."

유이치로가 검지로 위쪽을 가리켰다.

천장에 설치된 작은 상자에 달린 렌즈가 빛을 내고 있었다. 상담할 때 쓰이는 장비 같았다.

"직원들이 평소에 사용하는 병원 시스템 화면이야. 의사가 진찰을 마치고 처방을 내리면 결제까지 이어지는 시스템인데 외래나 입원 환자들의 정보도 연결되어 있어."

화면이 바뀌었다. 까만 화면에 초록색 알파벳과 기호가 나열됐다. 처음 보는 장면이었다.

"이건 프로그램 화면이야. 여기서 진료 기록에 접근해볼게. 정공법으로는 진료 기록 시스템에 들어갈 수 없거든. 후타, 미사키 씨의 성이 뭐였지?"

"도오야마. 도오야마 미사키야."

빠르게 다음 줄로 넘어가는 초록색 문자들을 지켜보았다.

"혹시 진료 기록을 나중에 변경할 수도 있어?"

위험을 무릅쓰고 진료 기록을 확인한다 한들 수정되어 있으면 의미가 없었다.

"그건 불가능해. 수정하지 않는 것을 전제로 하거든. 삭제도 당연히 안 되고. 그리고 수정하면 반드시 수정하기 전 이력이 남아."

벽에 비친 화면이 다시 장미정원으로 바뀌었다.

"아, 로그아웃 됐어. 유이치로, 다시 시작 화면으로 돌아갔는데?"

"이상하네. 시스템에서 튕겨 나왔어."

유이치로의 손가락이 맹렬한 속도로 움직였다. 암호 입력 화면이 몇 차례나 반복되어 나왔다. 유이치로가 손을 멈추었다. 까만 화면은 그대로였다.

"아무리 해봐도 진료 기록 데이터베이스에 접근하기 직전에 튕겨."

"유이치로 씨라도 안 되는 거군요."

화면을 뚫어져라 바라보던 유이치로의 입술이 살짝 움직였다. "이 녀석인가"라고 읊조리듯 말했다.

"보안 수준이 최대로 설정되어 있어요. 바뀐 지 얼마 안 된 것 같은데 누구지? 잠시만요. 바로 확인해볼게요."

후타가 유키에의 얼굴을 바라보았다.

"얼마 안 됐다면……."

"우리가 조사하기 시작해서 그런 거 아니야?"

"말도 안 돼. 시니어 매니저야."

유이치로가 손가락으로 미간을 톡톡 쳤다.

"시니어 매니저?"

"내 상사야. 시스템 총괄부장."

"그렇게 높은 사람이?"

"실무 책임자인 나를 차단하다니 한번 해보자는 거야, 뭐야? 대체 얼마나 높은 인간이 개입되었길래 이러지?"

유이치로가 이렇게 흥분한 모습은 처음 보았다.

"모든 진료 기록의 보안 수준이 다 같은 거예요?"

"아니요, 극히 일부만이에요. 전부 다 이 정도로 높게 설정해두면 시스템에 과부하가 걸리거든요."

노트북 화면에서 눈을 떼고 고개를 들었다.

"특정 진료 기록을 감추려고 하는 건 분명하네요."

"어쨌든 미사키 씨의 진료 기록에는 접근할 수 없다는 거죠?"

"잠시만요."

재킷을 벗어 소파에 던지듯 내려놓고 다시 한번 시작 화면을 불러왔다.

"이 오더 엔트리 시스템에는 진료 기록을 기입한 담당 의사 정보가 숨겨져 있어요. 환자의 진료 예약을 담당 의사 스케줄과 연결해야 하니까요."

"그렇군요. 미사키 씨를 담당했던 의사가 누군지 알 수 있겠네요?"

"이것도 원래는 못 보는 거지만요."

유이치로가 답하며 리드미컬하게 키보드를 두드렸다. 그에 따라 화면이 바르게 바뀌었다.

"담당 의사를 알아내면 이야기를 들을 수 있을 거야."

"괜찮겠어, 유이치로?"

"내가 만든 시스템을 멋대로 만져놨어. 가만둘 수 없지. 이렇게까지 한다는 건 보통 일이 아니라는 거니까. 누가 관계되어 있는 건지 알아내야겠어."

유키에가 휘파람을 불었다.

"유이치로 씨, 멋있어요!"

환자 이름: 도오야마 미사키라는 글자가 위쪽에 표시되었고 그 밑으로 여덟 자리 숫자 두 줄이 나타났다.

"미사키 씨를 담당했던 병원 스태프의 아이디예요. 바로 조회해볼게요."

바로 옆에 새 창을 켰다. 아이디 관리 화면이라는 타이틀이었다. 아이디 기입란에 첫 번째 숫자를 붙여넣었다. 숫자 옆 네모난 박스에 검색 중이라고 표시되었다.

후타는 숨을 멈추고 빙글빙글 돌아가는 모래시계 아이콘을 지켜보았다.

모리 미도리 – 생식의학센터 주임간호사

입술 사이로 긴 숨이 빠져나왔다.

"다음이 담당 의사일 거예요."

두 번째 숫자가 검색 중으로 바뀌었다. 후타는 침을 삼켰다.

하시모토 히로토 – 생식의학센터장

"뭐라고?"

유이치로가 벌떡 일어섰다.

"유이치로, 누군데?"

"범접할 수 없는 사람이야. 센터장이 직접 환자를 담당한다
는 이야기는 들어본 적이 없어. 센터장은 보통 연구 활동이나
병원 경영과 관련된 일만 담당하거든. 아래 의사들이 조언을
구하는 정도라면 몰라도."

유이치로가 불안한 듯 응접실을 서성였다.

"어지간히…… 뭐랄까. 특수한 케이스였던 걸까? 아니면 특
별한 치료를 받고 있었다던가."

"그리고 그걸 숨겨야 했다는 거잖아."

미사키는 도대체 이 병원에서 무슨 일을 당한 것일까.

"생식의학센터는 난임 치료 같은 걸 하는 곳이잖아. 그렇게
특별한 케이스가 있을까?"

유이치로가 다시 노트북 앞에 앉았다. 에이오대학병원 홈페
이지를 화면에 띄웠다.

"얼마 전에도 말했듯이 이 분야는 엄청난 속도로 발전하고

있어. 게다가 여러 분야가 복잡하게 얽혀 있지. 의사가 아닌 나로서는 이 이상 전문적인 건 잘 몰라."

유이치로가 키보드를 누르자 생식의학센터 페이지로 들어갔다.

"어디 보자, 생식의학센터에서는……."

유키에가 읽어내려갔다.

"일반적인 난임 치료 및 고도의 생식 보조 의료를 제공합니다. 인공수정, 체외수정, 배이식, 현미수정, 난세포질내 정자주입술, 고배율 현미경을 이용한 양호정자 판별……. 안 되겠어. 발음도 제대로 못 할 정도야."

"양호 정자라……. 유이치로랑 내 정자도 여기에 쓰였겠구나."

"벌써 10년도 더 됐지만 말이야."

유이치로가 웃었다.

"그리고 양호했을지 아닐지도 모르잖아. 샬레 안에서 부적격으로 판명 나서 실험이 중단됐을지도 모르지."

유이치로가 스크롤을 내렸다. 전문 외래에 관하여라고 적힌 설명문이 이어졌다.

"와, 전문용어밖에 없어. 어디 보자, 난소기능부전 외래, 난임 외래, 생식의학 상담 외래, 유전 상담 외래, 갱년기 외래……. 이런 것도 있구나."

"전혀 감이 안 오네. 이 중의 하나이기는 할 텐데."

다른 페이지를 클릭했다. 시설 사진이 소개되어 있었다. 대형 현미경이나 수정란을 보관하는 인큐베이터, 냉동보존용 액체 질소 탱크 등이었다.

"아, 잠깐만. 거기 스태프 소개 페이지 좀 보여줘."

가장 위에 한 남자의 사진이 떴다. 하시모토 히로토 – 생식의학센터장이라고 설명이 덧붙여져 있었다.

"이 사람이 센터장이구나."

이름을 클릭하자 센터장 인사말 페이지가 떴다.

"뭔가 후타랑 닮았는데. 친척인 줄 알았어."

"아니야! 이런 아저씨랑 어디가 닮았다는 거야?"

유이치로가 웃었다.

"에이오대학병원의 신의 손도 너한테는 그냥 아저씨구나? 이분은 우리 병원의 스타야. 여러 학회에서 주목받는 신예였대. 지금은 벌써 48세지만 말이야."

에이오대학 의학부를 졸업한 이후의 화려한 경력과 수많은 자격사항이 나와 있었다. 그 밑으로는 센터의 연혁과 목표 소개가 이어졌다.

전문 용어가 많아 후타는 거의 알아들을 수 없었지만 선진적인 치료에 임하고 있다는 것은 확실했다.

"어?"

화면이 멈췄다.

"뭐지? 로그아웃 됐어."

유이치로가 노트북 앞으로 달려들어 다급히 키보드를 두드렸다. 후타는 유키에와 시선을 교환했다.

"안 되겠어. 내 아이디로는 이제 접속이 안 돼."

유키에가 "설마 누가 이미 다 알고……"라며 읊조리듯 말했다.

"그런 것 같아요. 미리 프로그램을 설치해두었을 수도 있고요."

화면에서 눈을 뗀 유이치로는 후타를 바라보며 고개를 가로 저었다.

"컴퓨터를 못 쓰면 더는 할 수 있는 게 없어."

엉거주춤한 자세로 앉아 있던 유키에가 가죽 소파에 깊숙이 몸을 묻었다.

"여기까지인가. 거의 다 왔다고 생각했는데."

"그래도 센터장이 관련되어 있다는 사실은 알아냈잖아. 유이치로한테는 미안하지만 역시 이 병원에 무언가 비밀이 있다는 거네."

"나도 궁금해졌어."

유키에가 다리를 꼬며 물었다.

"후타, 세 사람에 대해 아는 거 더 없어? 지병이 있었다거나 어릴 때 크게 아팠다거나."

후타는 고개를 갸웃했다.

"이미 말했잖아. 사귀기 전 일은 전혀 모른다니까."

"그래. 그나마 아는 것도 전부 거짓말이었지."

후타는 번뜩 떠오른 생각에 무릎을 탁 쳤다.

"란의 어릴 적 사진을 찾았어."

"진짜? 보여줘봐."

스마트폰을 테이블 위에 올려놓았다.

"란의 블로그에 있었어. 얼굴이 그대로야."

어제 열어두었던 창이 바로 화면에 떴다. 유키에가 몸을 앞으로 내밀었다.

"엄청 어릴 때 사진이네."

"두 살 정도이지 않을까? 이목구비가 그대로 자랐어."

란은 하늘색 다운 점퍼를 입고 웃고 있었다.

"크리스마스였나 보네. 정말 귀엽다."

후타는 유이치로에게 "그치? 귀엽지?"라며 자랑하듯 말했다.

"뭐야!"

유키에가 갑자기 소리쳤다.

"왜 그래?"

유키에가 움직임을 멈추고 사진을 응시했다.

"이건 란 씨가 아니야."

후타는 헛웃음을 쳤다.

"뭐라는 거야? 너는 란이랑 만난 적도 없잖아."

"잘 봐. 여기 롯폰기 힐즈잖아."

"그 정도는 나도 알아. 그래서? 그게 어때서?"

"이 바보야. 란 씨가 이렇게 어렸을 때 롯폰기 힐즈가 있었을 리가 없잖아."

"어?"

무슨 말인지 이해가 되지 않았다.

"맞아! 그렇네, 후타! 힐즈는 올해로 15주년을 맞이했어. 처음 지어졌을 때 찍었다고 해도 이 아이는 아직 17살 정도일 거야."

유이치로가 후타의 어깨를 잡고 흔들었다. 후타는 번개를 맞은 듯 몸을 움직일 수 없었다.

유키에가 "아!" 하고 소리를 질렀다. 눈을 감고 검지로 턱을 두드렸다.

"유키에 씨, 왜 그래요? 어디 안 좋으세요?"

드디어 유키에가 눈을 떴다. 눈가가 빨개졌다.

"알았어. 이제 전부 알았어."

6

"유키에, 알았다니 무슨 말이야. 이 사진 얘기야?"

유키에는 소파에 앉은 채 엉뚱한 곳을 바라보며 혼자 고개를 끄덕였다.

"어? 응. 근데 잠깐만 기다려봐. 이게 말이 되는지 생각해봐야 하니까."

"또 그 소리야? 됐으니까 빨리 말해봐."

유키에의 어깨를 붙잡았다.

"후타, 기다려!"

반사적으로 손을 놓아버렸다.

"내가 강아지야? 부탁이니까 힌트라도 좀 줘."

후타의 스마트폰이 울렸다.

"누구야, 지금 전화 받을 정신이 아닌데."

화면을 보았다.

"모리 씨야."

"후타, 스피커폰으로 받아."

"어? 어떻게 하는 거지?"

유키에가 스마트폰을 낚아챘다. 화면을 몇 번 터치하더니 테이블에 올려놓았다. 후타에게 눈으로 신호를 보냈다.

"네, 마키시마입니다."

"모리입니다. 아까는 죄송했어요."

공원에서 도망치듯 달려가던 뒷모습이 떠올랐다.

"저야말로 연락도 없이 갑자기 찾아봬서 죄송해요. 하지만 어떻게 된 건지 정말 알고 싶어요."

"두 분이 알고 싶어 하시는 걸 전부 다 말씀드릴게요."

유키에가 입을 다문 채 주먹을 쥐어 보였다.

"내일 아침 9시에 병원으로 와주실 수 있나요? 정문 근처에서 기다릴게요."

"9시라고 하셨죠? 알겠습니다. 가겠습니다."

토요일이니 병원도 내일은 쉴 터였다.

"병원 시스템을 담당하시는 히로타 씨도 지금 함께 계시죠?"

유이치로의 눈이 커졌다. 스마트폰에서 몸을 멀찍이 떨어트렸다.

"병원 상대로 무언가를 하는 건 제 이야기를 듣고 난 다음이어도 늦지 않다고 전해주세요."

"네, 알겠습니다."

전화가 끊겼다.

"유이치로 씨, 모리 씨랑 아는 사이였어요?"

유이치로가 손을 저었다.

"아니요, 몰라요. 방금 저도 정말 놀랐어요."

"모르는데 도대체 어떻게……."

유키에는 유이치로를 의심하는 눈치였다. 후타는 소파에서 일어나 응접실을 둘러보았다.

"어디서 보고 있나?"

방 안에 감시 카메라라도 달려 있는 것은 아닐까 생각했다.

"아마 이것 때문일 거야."

유이치로는 노트북을 닫았다.

"내가 시스템에 몰래 들어간 걸 누군가가 알아챈 것 같아. 그래서 내 아이디도 사용 정지된 거고."

"누군가라니, 모리 씨일까?"

"간호사는 아닐 거야. 이런 일을 할 수 있는 건 내 상사 정도는 되어야 해. 아까 말한 시스템 총괄부장 말이야."

"역시 병원이 한패라는 거네."

"누가 시켜서 한 일이지 않을까요? 시스템 부서 사람이 특정 환자의 진료 기록을 숨길 이유는 딱히 없으니까요."

유이치로가 유키에의 말에 납득한 듯 이마에 손을 올렸다.

"미사키 씨의 진료 기록에 누군가 접속하려 하면 알림이 가도록 설정되어 있었어. 그 알림을 받은 부장이 연락한 거지."

"누구한테?"

"센터장 아닐까?"

"몰래 우리를 도와준 게 들켜서 너 문제 되는 거 아니야?"

"유이치로 씨, 이런 일에 끌어들여서 죄송해요."

유이치로의 눈꼬리가 한층 더 아래로 내려갔다.

"이제 더는 병원이 그랬을 리 없다고 우길 수가 없네요."

유이치로가 노트북을 들고 일어섰다.

"일단 여기서 나가죠. 감시 카메라로 보고 있을지도 모르니까요."

세 사람은 유리문을 얼른 빠져나왔다. 병원 주변은 인기척이 거의 없었다.

"나는 볼일이 좀 있어서."

유키에가 손을 들며 말했다.

"뭐? 기다려봐! 뭘 알았다는 건지 말해주고 가야지! 나는 이제 진짜 머리 터질 것 같단 말이야."

"내일 모리 씨 만날 거잖아. 당사자한테 듣는 게 제일 좋지.

그럼 난 간다!"

"잠깐만!"

유키에는 시나노마치역 쪽으로 걸어갔다. 짧은 머리 아래 드러난 목덜미가 추워 보였다.

후타는 지푸라기라도 잡는 심정으로 유이치로를 돌아보았다.

"너는 알겠어?"

"나도 전혀 모르겠어."

"그 사진 속 여자아이는 대체 누구지?"

"어? 그건 란 씨의 친척 아닐까? 닮았다며. 크리스마스에 조카를 데리고 놀러 나가서 찍어줬나 보지."

"그렇구나. 조카일 수도 있겠네."

"너 지금 머리가 전혀 안 돌아가는구나?"

"근데 그러면 설명을 덧붙이면 될 것을 사진만 달랑 올리는 건 조금 이상하지 않아?"

"글쎄, 나한테 묻지 마."

"유키에의 반응도 이상하지 않았어? 저 녀석 도대체 뭘 알았다는 거지?"

"나한테 묻지 말라니까. 나도 지금 오리무중이라고. 그보다 나는 병원 사람들이 이 일에 얽혀 있다는 게 더 충격적이야."

유이치로의 입장이 곤란해지지 않기를 바랐다. 나는 지금 열어서는 안 되는 상자를 들여다보고 있는 것일까.

"그래도 유키에 씨에 대한 의심은 사라졌어."

"너 정말 말도 안 되는 소리를 했던 거 알지?"

유이치로는 유키에가 질투심에 세 사람을 살해한 것이 아닐까 의심하고 있었다.

"유키에도 너랑 같은 생각이었어."

"그게 무슨 말이야?"

"이제 됐어. 어쨌든 이 병원에서 결정적인 무언가가 일어난 건 틀림없어."

"내가 할 수 있는 일이 없을까? 병원 윤리위원회에 문의라도 해볼까?"

"내일 모리 씨 이야기를 먼저 들어보고 결정해. 아직 증거는 하나도 없잖아."

스스로에게 하는 말이기도 했다.

"그건 그렇지. 그래야겠다."

유이치로가 스마트폰을 확인했다.

"벌써 시간이 이렇게 됐네. 후타, 배 안 고파?"

"별로 생각이 없네. 나는 머리가 좀 아파서 그냥 들어갈게."

이제 와서 무슨 의미가 있겠냐만 한시라도 빨리 이곳을 떠나주는 편이 유이치로에게 좋을 것 같았다.

"그리고 너 일하다 나온 거잖아."

"내 아이디 막혀서 어차피 일도 못 할 텐데. 그래도 서류들 그대로 꺼내놓고 나왔으니 일단 들어가 볼게."

"그래, 내일 9시에 여기서 보자."

유이치로가 "오케이"라고 외치며 건물 안으로 다시 들어갔다. 후타는 혼자가 되었다. 어쩐지 담배를 피워보고 싶은 기분이었다. 팔을 뻗어 스트레칭을 했다. 머리가 쿡쿡 쑤셨다.

핑계가 아니라 실제로 머리가 아프기 시작했다. 머리를 많이 써서 생긴 두통인지 다쳐서 그런 건지 알 수 없었다. 집에 돌아가면 열을 내려주는 시트를 붙여야겠다고 생각했다. 머리에 손을 올린 채 역을 향해 걸었다.

소부선 열차의 좌석에 앉아 스마트폰을 꺼냈다. 병원에서 있었던 일은 떠올려봤자 머리만 아프니 블로그를 확인해야겠다고 생각했다. 사사키의 칭찬 댓글을 읽으면 기분이 조금은 나아질지도 몰랐다.

후타의 블로그에는 댓글이 16개나 달려 있었다. 란이나 미사키와 댓글을 주고받던 시절에는 하루에 여러 건 댓글이 달리기도 했지만, 이런 적은 처음이었다. 가장 오래된 것부터 정렬된 댓글은 전부 입양 이벤트에서 있었던 일에 관한 것이었다. 그 장소에 있던 자원봉사자들과 방문객들이 쓴 것 같았다.

후타의 블로그 댓글은 전체공개로 설정되어 있었다. 블로그를 방문하는 사람이라면 누구나 모든 댓글을 볼 수 있었다.

자원봉사자들의 마음을 대변해주셔서 감사합니다.

저도 더욱 진지하게 이 활동에 임해야겠다고 생각했습니다. 다음에 만나면 조금 더 이야기를 나누고 싶어요!

마키시마 씨는 오늘 머리에 충격을 받으셨지만 저는 마키시마 씨의 말에 큰 충격을 받았습니다.

후타에게 호의적인 댓글이 이어졌다. 칭찬은 기분 좋았다. 오랜만에 힘을 얻은 후타는 스크롤을 내리며 자세를 고쳐 앉았다. 조금 내려가자 아까 본 사사키의 댓글에 이어 갑자기 논쟁이 시작되었다.

펫 숍은 옳은가 그른가. 이 주제로 여럿이 의견을 나누고 있었다. 후타가 그날 야마구치와 다케우치에게 한 말을 두고 과격한 논쟁이 이어졌다.

모두 닉네임을 사용했지만 사사키와 야마구치, 멍멍이 수호대의 사카키야마는 곧바로 알 수 있었다. 그리고 또 한 명. 펫 숍을 옹호하며 사카키야마를 사정없이 헐뜯는 사람이 있었다. 독선적인 내용과 신랄한 말투. 후타는 해피서클의 가미무라가 틀림없다고 생각했다. 가미무라는 후타의 블로그를 계속해서 체크하고 있었던 것일까.

"큰일났네."

저도 모르게 중얼거렸다. 논쟁은 사카키야마가 일방적으로 비난을 받은 댓글에서 끝나 있었다. 아니, 이대로라면 계속 이어질 것이 분명했다. 가미무라가 한 손에 커피를 들고 검지로 댓글을 입력하는 모습이 눈앞에 선했다. 입술을 핥는 혀는 뱀처럼 두 갈래로 갈라져 있을 것 같았다.

사람 좋은 사카키야마가 상대하기에 가미무라는 너무 악질이었다. 후타도 무언가 댓글을 달아볼까 고민했지만 그냥 블로그 댓글창을 비공개로 돌리고 닫아버렸다. 사카키야마에게 얼마나 큰 상처가 되었을까. 전화든 문자든 일단 사과부터 해야겠다고 생각했다.

다음 역은 료고쿠. 료고쿠입니다.

아사쿠사바시 근처를 지나고 있었다. 여기까지 왔으니 신코이와역에서 내려 버스를 타는 편이 빨랐다. 마침 잘됐다. 멍멍이 수호대의 본부, 즉 사카키야마의 집은 신코이와에 있었다.

사카키야마의 집은 역에서 걸으면 10분 정도 되는 거리였다. 몇 번인가 가본 적이 있었다. '사카키야마'라고 적힌 문패 옆에 '멍멍이 수호대 본부'의 간판이 걸려 있었다.

강아지들이 짖으면 이웃집에서 항의가 들어올 우려가 있어 사카키야마의 집에는 초인종이 없었다. 마당이 딸린 지극히 평범한 단독주택이었지만 집 안에는 늘 20마리가 넘는 강아지가 함께 살았다.

"안녕하세요. 실례합니다."

후타는 항상 열려 있는 대문을 지나 현관으로 향했다. 도둑이 들지는 않을까 걱정도 되었지만 강아지들이 있을뿐더러 자원봉사자들도 자주 들락날락했기 때문에 괜찮을 것 같았다.

"어머, 후타. 어쩐 일이야?"

마당에서 사카키야마가 빨래를 널고 있었다. 멍멍이 수호대 앞치마를 한 사카키야마의 발밑에 시츄 두 마리가 꼭 달라붙어 있었다.

"안녕하세요. 그저께는 걱정 끼쳐서 죄송해요."

"아니야. 머리는 이제 안 아파?"

"네. 그리고…… 블로그도 봤어요."

"아, 읽었구나. 미안해. 후타 블로그를 망쳐놓은 것 같아서."

"그런 말씀 마세요. 이거 도와드릴게요."

옆에 놓인 바구니에 강아지용 수건이 가득 담겨 있었다. 후타는 몇 장을 꺼내어 빨래건조대에 걸었다.

"어머, 고마워. 널기 전에 한 번씩 털어줘. 근데 그거 때문에 일부러 온 거야?"

"네. 블로그에서 사카키야마 씨와 다투던 사람이 아마 제가 등록되어 있던 프랜차이즈 본부의 책임자일 거예요."

시츄가 후타의 발에 앞발을 올렸다. 혀를 내밀고 후타를 올려다보는 얼굴을 톡 두드렸다.

"해피서클이지? 블로그를 본 지인이 전화해서 알려줬어. 내용을 보고 바로 알았나 봐. 거기 사무국장이 문제가 많다며?"

"맞아요. 죄송해요."

"네가 뭐가 죄송해. 후타야말로 잘린 거 아니야?"

"그건 그렇지만…… 어쨌든 엮이지 않는 게 좋을 거예요."

사카키야마가 웃으며 다른 바구니를 가지고 나왔다. 이번에는 옷가지가 들어있었다. 물론 강아지 옷이었다.

"네가 걱정할 일은 아니야."

"하지만 무슨 짓을 할지 몰라요. 댓글을 보면 아시잖아요."

"하긴. 그나저나 사사키 씨도 화가 많이 났더라. 전화로 이야기했는데 뭐라고 해야 할까. 부글부글 끓는 마그마 같았어."

사사키가 남긴 댓글로 인해 후타는 일자리를 잃었고 그뿐 아니라 예상치 못한 설전까지 벌어졌다.

"보기에는 마냥 순할 것 같았는데 화도 낼 줄 알더라."

사카키야마는 유쾌하게 말했다.

"그래도 나 이번 일로 다시 생각했어. 우리가 하는 활동을 제대로 키워봐야겠다고 말이야."

후타는 "네에" 하고 답하며 니트를 널기 시작했다.

"입양 이벤트에 참여했던 다른 단체의 책임자들한테도 연락 왔었어. 나가떨어진 청년이 한 말이 다 맞다고 하더라. 법률이나 행정에 강하게 맞서야 할 필요가 있다고 했어."

후타는 악수를 청한 사람들 중 한 명이지 않을까 생각했다.

"그러기 위해서는 우리가 사회에서 먼저 인정받는 단체여야 해."

인정받는 건 어떻게 해야 하는 걸까. 두 사람은 나란히 서서 묵묵히 아우터와 운동복을 널었다. 부드러운 햇살이 빨래를 감쌌다.

"그나저나 유키에가 다치거나 고소당하지 않아서 정말 다행이야."

"그 녀석은 무슨 짓을 할지 도통 예측할 수가 없네요."

"터무니없는 일을 벌이고는 하지."

"너무 아슬아슬해요."

"그래서 더 챙겨주고 싶은 거지만."

사카키야마의 호탕한 웃음소리가 마당을 가득 채웠다. 시츄도 기분 좋은 듯 짖었다.

신코이와역에서 버스를 타고 20분 정도 가서 호리키리쇼부엔역 앞에서 내렸다. 작은 역 앞이지만 늘 활기가 넘치는 상점가에 석양이 내려앉고 있었다. 사카키야마와 이야기를 나누고 나니 조금은 힘을 되찾은 것 같았다. 그림자와 경쟁하듯 빠른 걸음으로 아파트를 향해 걸었다.

후타의 집 앞 편지통에 갈색 봉투가 꽂혀 있었다. 꺼내보니 (주)해피서클이라고 인쇄되어 있었다. 달에서 지구로 막 돌아온 우주비행사처럼 몸이 무겁게 느껴졌다.

"벌써 온 거야?"

열지 않아도 내용물을 알 수 있었지만 곧바로 봉투를 찢었다. 역시나 계약 해지 합의서였다. 프랜차이즈 계약 종료에 대한 설명과 함께 후타의 서명을 날인하여 되돌려 보내라고 적혀 있었다. 회신용 봉투는 따로 들어 있지 않았다.

그리고 한 장이 더 있었다. 금액과 입금 계좌번호가 적힌 로열티 청구서였다. 방으로 들어가 펼쳐두고 나왔던 이불에 그대로 드러누웠다. 스마트폰으로 블로그를 확인했지만 댓글을 막아놓았기 때문에 아무런 변화도 없었다. 이메일 수신함에도 업무 의뢰는 한 건도 들어와 있지 않았다.

이제 정말 다음 일을 걱정해야 할 시점이었다. 돌아오는 길에 받은 구인 무가지를 들춰보았지만 글씨가 전혀 눈에 들어오지 않았다. 그대로 내팽개치고 천장을 바라보았다.

유키에는 무엇을 알았다는 것인지 궁금했다.

세 사람에게 무슨 일이 있었던 것일까. 어째서 후타와 헤어진 다음 차례로 죽어버린 것일까. 세 사람 모두 유이치로의 병원 환자였던 것일까. 그렇다고 한다면 어디가 아팠던 것일까.

몸을 뒤척였다. 피로가 몰려 왔다. 이대로 자버릴까 싶었다. 내일이 되면 분명 납득할 만한 해답을 얻을 수 있을 것이다. 눈을 감았다. 몸이 아주 무거웠다.

란, 미사키, 에미리. 세 사람에 대해 생각하려 했다. 하지만 얼굴이 떠오르지 않았다. 그녀들의 얼굴은 윤곽뿐이었다. 피로와 수마가 모든 사고 능력을 앗아 갔다.

눈을 뜨면 세 사람을 기억하지 못하는 것이 아닐까. 이런 생각이 들자 가슴이 찢어질 것처럼 아팠다. 고열을 앓는 듯 심하게 몸이 떨려 왔다.

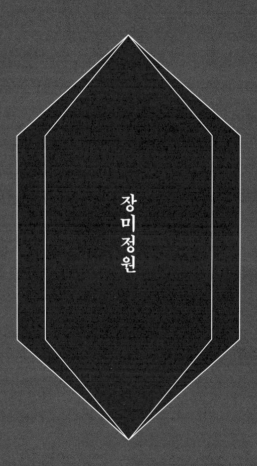

제5장

장
미
정
원

1

"후타, 후타!"

누군가 후타의 이름을 불렀다.

"거기 두 사람! 9시 다 됐어. 빨리 가자."

스타벅스 입구에 선 유키에가 큰 소리를 내며 팔을 흔들었다. 카페에 있던 손님들의 시선이 모두 그쪽으로 쏠렸다. 유키에의 등 뒤로 아침 햇살이 쏟아져 눈이 부셨다.

"유키에 씨는 언제나 씩씩하네."

유이치로가 웃으며 자리에서 일어났다.

"진짜 못 말린다니까. 한참 기다리게 해놓고 이제 와서 재촉은."

후타는 긴장해서인지 아침부터 위가 찌르듯이 아팠다. 9시 5분 전. 유이치로의 제안으로 스타벅스에서 모이기로 했다. 슬슬 병원으로 출발해야 할 것 같아 안절부절못하던 차였다.

에이오대학병원으로 들어서자 간호사복을 입은 여성이 서 있었다.

"마키시마 씨."

여성이 후타 이름을 부르기 전까지 모리라는 것을 알아채지 못했다.

"모리 씨, 안녕하세요."

"이쪽으로 오세요."

넓은 병원 안쪽으로 세 사람을 안내했다. 모리는 아무 말도 하지 않았다. 질문을 거부하는 듯한 뒷모습이었다. 어디로 데려가는 것일까. 유이치로도 고개를 갸웃했다. 꽃내음이 나는 것 같았다. 모퉁이를 돌자 눈앞의 풍경이 바뀌었다. 네 사람은 병동으로 둘러싸인 공간에 서 있었다.

"장미야."

병원 안뜰인가. 체육관 정도 되는 공간에 장미가 만발해 있었다. 모리는 장미 사이로 난 좁은 길로 들어섰다. 새 울음소리가 들려왔다.

"연못이 있어, 후타!"

작은 연못을 중심으로 장미가 원을 그리듯 피어 있었다. 물가에 서 있는 하얀 뒷모습이 보였다. 아름답게 핀 장미를 바라보고 있었다.

"마키시마 씨를 모셔 왔습니다."

모리는 앞으로 가라며 눈짓했다. 뒤돌아선 남자는 후타와 키가 비슷했다. 하얀 가운 주머니에 찔러 넣은 두 손을 꺼냈다. 유이치로가 "어?" 하고 놀란 목소리로 외쳤다.

"마키시마 씨, 저는 하시모토라고 합니다."

"센터장님!"

유이치로는 놀란 듯했다. 하시모토 센터장을 이렇게 갑자기 만나게 될 줄은 몰랐다. 후타는 덩치 큰 경비원이나 변호사가 기다리고 있는 것은 아닐까 내심 걱정하고 있었다.

"마키시마 씨와 이렇게 만나는 건 처음이네요."

이렇고 뭐고 할 것 없이 처음이다. 하시모토는 가늘게 뜬 눈으로 후타를 뚫어지게 바라보았다. 이목구비를 하나하나 뜯어보는 듯한 느낌에 숨이 막혀왔다. 배에 힘을 주고 똑같이 마주보았다. 처음부터 지고 들어갈 수는 없었다. 순간 굳어 있던 하시모토의 얼굴이 풀어지며 장미정원에 팽팽하게 감돌던 긴장감이 누그러졌다.

"이거 참, 저도 모르게 빤히 쳐다봤네요. 실례했습니다."

후타에게 다가와 악수를 청했다. 맞잡은 두 손에 힘이 들어갔다.

"조금 야윈 것 같은데, 잘 먹고 다녀요?"

후타의 등을 살짝 두드리며 물었다. 고독한 철학자 같던 하시모토는 온데간데없이 사라지고 오랜만에 만난 친척 어르신과 인사를 나누는 듯한 기분이었다. 후타는 재빨리 손을 숨겼다. 악수에 응하는 게 아니었다.

이 남자는 모든 것을 알고 있다.

란, 미사키, 에미리. 머릿속으로 세 사람의 이름을 되뇌었다. 힘을 얻고 싶었다. 손의 떨림이 멈추지 않았다. 하시모토는 몇 번이고 고개를 끄덕였다.

"그쪽은 난바라 유키에 씨죠?"

유키에는 굳은 표정이었다.

"두 분에 대해서는 모리 씨에게 들었습니다. 히로타 씨한테도요."

후타와 유키에는 유이치로가 서 있는 쪽으로 고개를 돌렸다.

"유이치로, 너……."

유이치로는 어리둥절해 멍하니 서 있었다.

"뭐, 뭐가! 나는 몰라! 센터장님, 지금 무슨 말씀을 하시는 겁니까?"

하시모토가 희미하게 웃었다.

"히로타 씨는 병원 시스템을 상대로 보고했을 뿐입니다."

"그게 무슨 말씀입니까, 센터장님?"

하시모토는 유이치로에 물음에는 답하지 않고 다시 후타를 보았다.

"마키시마 씨, 기억하나요? 에이오대학병원에 정자를 제공하셨죠?"

"네. 제법 오래되었지만요."

"정자 기증자의 근황을 센터에 정기적으로 보고하는 것이 소개한 사람의 의무입니다."

"아, 그 말씀이시군요."

유이치로는 안도했다.

"저는 그 보고를 받는 사람일 뿐입니다. 기증자의 건강 상태를 파악하려는 거예요. 이건 아주 중요한 정보입니다. 만약 기증자가 유전성 질병에 걸린다면 그 정자를 받아 태어난 아이들에게도 발병 확률이 높으니까요."

그런 거였구나.

"회사를 그만두고 펫 시터를 하고 있다죠? 같이 온 난바라 씨와 유기견 보호 활동도 하고 있다고 들었습니다."

유이치로를 한 번 째려봐주었다.

"저기, 제가 그런 것까지 보고했나요?"

"마키시마 씨는 제법 고생을 많이 한 것 같더군요."

미사키가 환자였을 때 들은 것일까. 하지만 헤어진 남자친구에 대해 의사와 이야기할 일이 있었을까.

"후타, 장미가 이렇게 키가 큰 줄 몰랐어."

미사키의 목소리가 고막을 때렸다. 후타를 둘러싼 장미들이 그때의 기억을 되살려냈다. 두 사람이 함께 갔던 지바현의 장미정원. 그곳의 장미만큼 크지는 않지만 여기에 핀 장미들도 아름다웠다.

"미사키는 장미를 좋아했어요."

그 말만 하고 하시모토의 얼굴을 주시했다. 과연 어떤 대답이 돌아올 것인가.

"저도 가끔 여기에 장미를 보러 와요. 마키시마 씨를 만나게 된다면 이곳이 좋겠다고 생각했습니다."

하시모토는 하얀 장미꽃잎을 만졌다. 유키에가 한 발 앞으로 나섰다.

"도오야마 미사키 씨는 이 병원의 환자였죠?"

"맞습니다. 모리 씨한테 들으신 거죠?"

입을 잘못 놀린 간호사를 혼내는 듯한 말투는 아니었다. 모리도 전혀 주눅 들어 하지 않았다. 어제 그렇게까지 당황하던 모습이 모두 연기였던 것인지 의심이 갈 정도로 침착했다.

"그리고 선생님이 담당 의사였죠."

하시모토의 시선이 유이치로를 향했다.

"아, 아니요, 저는 그게……."

유이치로는 횡설수설했다.

"선생님, 그건 저희가 알아낸 겁니다. 히로타 씨와는 관계없습니다."

유키에는 허리에 한 손을 올린 채 하시모토와 마주 보았다. 후타는 잠시 유키에에게 맡겨보기로 했다. 미사키에 대해 알고 싶습니다. 후타는 이렇게밖에 물을 수 없었다. 의문투성이였다. 하지만 유키에는 달랐다. 전부 알았다고 했다.

무엇을 알아낸 것일까. 후타는 여전히 아무런 짐작도 할 수 없었다.

"모토하시 란 씨, 그리고 하야시 에미리 씨. 이 두 사람에 대해서도 선생님은 알고 계시죠?"

놀란 후타는 숨죽인 채 유키에를 바라보았다. 예고 없이 던진 직구였다. 가슴을 쭉 펴고 의기양양하게 물었지만 란과 에미리에 대해서는 그저 유키에의 추측에 불과했다. 하시모토가 아니라고 하면 그만이었다. 후타는 입술을 깨물며 하시모토의 대답을 기다렸다. 하시모토는 아무 말도 하지 않았다. 부정도 하지 않았다. 아름다운 꽃잎을 탐닉하듯 어루만질 뿐이었다.

"대답 안 해주실 건가요? 그러시겠죠. 대답을 못 하시는 거겠죠. 선생님께도 이 병원에도 불리한 이야기니까요."

갑자기 얼굴에 그늘이 졌다. 흘러가던 구름이 태양을 가렸다.

"아실지 모르겠지만 세 사람은 길지는 않았어도 어쨌든 후타와 사귀던 사이였어요."

입을 굳게 다문 유키에를 가만히 바라보았다.

"세 사람은 차례로 후타 앞에 나타나 후타의 연인인 척 연기했어요."

"연기라고?"

후타는 고개를 돌려 유키에의 옆얼굴을 쳐다보았다.

"무슨 말을 하는 거야, 유키에?"

"세 사람은 후타의 여자친구가 될 생각이 없었어."

후타는 유키에 앞에 섰다.

"여기까지 와서 무슨 그런 농담을 해? 나는 분명 세 사람과 진지하게 사귀었어."

커지는 목소리를 억누를 수 없었다. 유키에에게 무언가 다른 의도가 있는지도 몰랐다. 하지만 도저히 참을 수 없었다.

"사귀었다고? 3년 동안 운 좋게 연달아서? 란 씨와 헤어지고 바로 미사키 씨가, 그리고 미사키 씨 다음에는 에미리 씨가 네 앞에 나타났지."

"그게 어때서?"

"세 사람 다 네가 먼저 다가간 건 아니었어. 세 사람이 너에게 접근했지. 내 말이 틀려?"

"그건……."

"란 씨는 후타의 블로그 구독자였고 누구보다 열심히 댓글을 달았어. 미사키 씨는 펫 페어에서 처음 만났고. 하지만 코코아를 입양하기 위해서가 아니라 그곳에 일하러 온 후타를 만나기 위해서였던 거야. 그리고 에미리 씨는 모리 씨의 집에서 만났다고 했지? 후타는 펫 시터로 일하러 갔었고."

마치 전부 지켜보고 있었다는 듯 말하는 유키에가 패씸했다.

"어쩌다 보니 그렇게 됐을 뿐이야."

유키에와 이런 이야기를 하려고 여기 온 게 아니다.

"쓸데없는 이야기는 그만해. 내가 여자를 어려워하는 건 너도 잘 알잖아. 내가 먼저 다가가지 못하니까 그렇게 될 수밖에 없었던 거라고."

"그래? 그렇게 짧은 기간에 세 명이나? 헤어지자마자 마치 기다렸다는 듯이 다음 여자가 나타나다니 이상하지 않아? 후타, 너 정말로 인기가 많아졌다고 생각했던 거야?"

"그렇게까지 말하면 나도 할 말이……."

"순서를 정해놓고 기다렸던 거야. 란 씨, 미사키 씨, 에미리 씨 순서로 후타를 만나러 가기로 말이야."

"어째서 그런 짓을 해? 마치 게임 같잖아."

"게임……이었군요."

잠자코 듣고만 있던 하시모토가 혼잣말처럼 한마디 내뱉더니 다시 침묵했다. 유키에는 후타에게로 시선을 돌렸다.

"맞아, 게임이었어. 가상 연애 시뮬레이션."

"그건 온라인 게임이잖아. 무슨 어린 애들 장난도 아니고."

하시모토의 입이 열리려다 다시 닫혔다.

"그럼 어째서 세 사람 다 관계를 하지 않았는데?"

후타는 말문이 막혔다.

"성인 남녀가 진지하게 교제를 하면서 한번도 그런 일이 없었다는 게 말이 돼? 요즘 같은 시대에 말도 안 되지."

세 사람은 그런 분위기로 흘러갈 때마다 도망치거나 어영부영 넘어간 건 사실이었다. 하지만 그것만으로는 유키에의 주장이 옳다고 볼 수 없었다. 순 억지였다.

"게임이니까. 내 여자친구인 척 연기했던 거니까. 지금 그렇게 말하고 싶은 거야?"

"맞아. 하지만 그뿐만이 아니야."

유키에는 후타의 눈동자를 들여다보듯 빤히 쳐다보았다.

"세 사람 다 임신을 했기 때문이야."

2

"뭐? 뭐라고?"

"유키에 씨, 그게 무슨 말씀이세요?"

유이치로가 놀란 목소리로 물었다.

"그리고 세 사람이 임신한 아이는 후타의 아이야."

터무니없는 소리였다. 후타는 유키에가 걱정되기 시작했다.

"유키에, 너 괜찮은 거야?"

"잘 들어. 세 사람은 이 병원 생식의학센터에서 난임 치료를 받았어. 그리고 후타가 제공한 정자를 받아서 임신을 했어."

충격에 머리를 세게 맞은 것 같았다.

"하지만…… 내가 병원에 정자를 제공한 건 벌써 10년도 더 된 이야기야."

"채취한 정자는 영하 196도의 액체질소 탱크에 보관돼. 그렇게 얼려둔 정자와 난자는 10년이고 100년이고 아무리 시간이 지나도 언제든지 필요할 때 사용할 수 있어."

유이치로가 고개를 끄덕였다.

"세 사람이 후타를 만난 건 자신들이 낳을 아이의 아버지를 알고 싶었기 때문이야. 후타에 대해 알고 싶었던 거라고."

"그런 드라마 같은 일이 현실에서 일어난다고?"

"일어나지 못할 건 뭐야? 자신의 소중한 아이가 물려받은 유전자의 절반을 가진 남자. 그게 바로 너라서 만나고 싶었던 것뿐인데."

"내 말은 현실에서 그런 일은 절대 일어나지 않는다는 거야."

"그야 일반적으로는 병원에서 기증자 정보를 알려주지 않으니까. 하지만 세 사람은 어떠한 경로로 네가 기증자라는 것을 알게 되었어. 그걸 알게 된 이상 너에 대해 궁금한 건 당연하지 않아?"

"그건……."

"내가 같은 입장이라면 알고 싶을 거야. 어떻게 생겼을까? 성격은 다정할까? 남자다울까? 머리는 좋을까? 문과? 아니면 이과? 친구는 많을까? 잘하는 건 뭘까? 운동은? 탈모는 아닐까? 지병은? 음식은 무엇을 좋아할까? 알레르기는? 특이한 버릇은 없을까?"

유키에는 크게 숨을 내쉬었다.

"멀리서 바라보는 것만으로는 절대 알 수 없는 것들이지. 후타에 대해 자세히 알기 위해서 여자친구 행세를 하기로 한 거야."

후타는 유키에의 질문 세례에 패닉 상태에 빠졌다.

"어때? 가능성이 있지 않아?"

"하하하."

웃음이 나왔다.

"그럼 내가 속았다는 거네? 나 혼자 사랑에 빠져서 나 혼자 설레였다는 거네? 세 사람 다 속으로 나를 엄청 비웃었겠다."

"세 사람도 후타랑 사귀는 동안 즐거웠을지도 몰라. 만남의 목적이나 정체를 숨겨야 하니 스릴도 있었을 거고."

무릎에 힘이 빠졌다.

"사귄 기간은 길어봤자 반년도 안 됐잖아. 그 이유가 뭐겠어?"

"그거야 차이거나 싸우거나 해서……."

"아니야. 임신했기 때문에 배가 나오기 전에 헤어진 거야. 섹스는 어림도 없지. 세 사람 다 적당히 둘러대며 피하지 않았어?"

집에 가보고 싶다고 했을 때 란이 곤란해하던 표정이 떠올랐다. 미사키를 집으로 초대했던 날은 피곤하다며 거절당했다. 후타는 실망했지만 진지하게 만남을 이어간다면 언젠가 자연스럽게 하게 될 거라며 자신을 타일렀었다.

그런데…… 세 사람 다 임신 중이었다고? 내 정자로 임신을 했다고? 그 말을 어떻게 믿어야 할까. 머리에 난 혹이 다시 욱신거렸다. 침착하자. 깊게 숨을 들이마셨다.

"지금 네 말이 흥미롭기는 한데, 왜 내 정자야?"

유키에는 하시모토에게 눈을 돌렸다.

"후타가 선생님과 많이 닮았네요."

하시모토는 손을 턱에 가져다 대며 말했다.

"그러게요. 이렇게 직접 보니 더 닮았네요."

"유키에, 그게 무슨 상관이야? 어째서 센터장님과 닮았다는 이유로 내 정자가 쓰인 건데?"

"가만히 있어, 후타."

유키에가 딱 잘라 말했다.

"실례지만 선생님 정자에 문제가 있었던 거 아닌가요?"

하시모토는 눈을 크게 떴다.

"그래서 아이를 가지려면 다른 누군가의 정자가 필요했어요."

"누구한테 들으셨죠?"

"제 추측이에요."

하시모토는 입을 벌렸지만 아무 말도 하지 못했다.

"이 병원에서는 직원들이나 아르바이트를 하는 남자들에게 제공받은 정자를 계속 모아왔어요. 아마 천 단위는 되지 않나요?"

"맞아요. 옛날부터 계속해왔으니 그 정도 될 겁니다."

"선생님은 그중에서 자신의 아이를 위한 정자를 찾으려 했어요. 그러다 10년 전에 후타의 정자를 따로 보관했어요. 후타에게서 선생님의 모습이 보였으니까요."

"난바라 씨, 제가 마키시마 씨와 닮았다는 이유만으로 그 이야기를 생각해낸 건가요?"

유키에가 고개를 저었다.

"아직 제 이야기는 끝나지 않았어요. 선생님과 사모님은 4년 전, 아이를 가지려고 했어요. 보관해둔 후타의 정자를 쓸 때가 온 거예요. 란 씨가 선생님의 아내죠? 모토하시 란 씨가 아니라 하시모토 란 씨."

후타는 숨이 멎는 것 같았다.

"란은…… 하시모토 란이 맞습니다."

후타는 그대로 주저앉아 잔디밭에 무릎을 꿇었다.

"이번에는 성이 비슷해서 알았나요?"

"성은 힌트였을 뿐이에요. 후타는 정자를 제공했어요. 후타 와 선생님은 얼굴이 닮았고요. 선생님은 진료 기록을 숨기려 했고 그런 선생님의 이름은 하시모토. 하시모토와 모토하시."

유키에는 하던 말을 잠시 멈추었다. 아무도 끼어들지 않았다.

"하지만 그뿐만이 아니에요. 결정적인 단서가 있었어요."

유키에가 후타를 보며 말했다.

"후타, 란 씨의 블로그 좀 보여줘."

"아, 으응."

후타는 스마트폰을 힘겹게 꺼냈다. 떨리는 손으로 란이 블로 그에 올린 마지막 글을 열었다.

"아니, 그거 말고! 어제 보여줬던 여자아이 사진 말이야."

"그건 왜?"

후타는 투덜대며 사진을 내밀었다. 유키에는 스마트폰을 낚아채듯 가져가 하시모토 앞에 내밀었다.

"선생님, 이 여자아이는 란 씨의 딸인가요?"

"그, 그게 무슨 말이야, 유키에?"

유키에는 스마트폰 화면을 들여다보는 하시모토에게서 눈을 떼지 않았다.

"이건······."

스마트폰을 손에 든 하시모토의 눈이 커졌다.

"란 씨와 후타는 4년 전에 사귀었어요. 그때 란 씨가 뱃속에 품고 있던 아이가 이 아이 맞죠?"

하시모토는 뚫어지게 화면을 응시했다.

"하시모토 씨, 이 아이는 지금 어디에 있나요?"

하시모토는 이마에 손을 얹고 괴로운 듯 신음했다.

"센터장님!"

모리가 달려가 부축하려 했으나 하시모토는 괜찮다며 손짓했다. 유키에는 하시모토의 상태를 확인하고 말을 이어갔다.

"후타와 가장 처음 사귄 건 란 씨였어요. 그래서 란 씨로부터 모든 게 시작된 거라고 가정해봤죠. 란 씨는 이곳에서 난임 치료를 받았고 선생님이 치료를 담당했다고요."

하시모토는 거친 숨을 내쉬며 아무 말 없이 듣고 있었다.

"선생님은 에비스에 있는 고급 맨션에 살고 계시죠?"

후타는 유키에를 멍하니 바라보았다.

"네, 그걸 어떻게……."

"란 씨는 후타에게 그 맨션에 살고 있다고 말했어요. 하지만 모토하시라는 이름의 입주민은 없었죠."

유키에가 정신을 차리라며 후타에게 손을 내밀었다. 유키에의 손은 매우 차가웠다. 유키에는 홀로 맞서 싸우고 있었다. 후타는 비틀거리며 일어섰다.

"어제 그 맨션에 다녀왔어요. 경비원에게 하시모토 히로토 씨 댁에 볼일이 있다고 하니 인터폰을 연결해주시더라고요. 집에 안 계셨지만요."

란과 하시모토가 같은 맨션에 살고 있었다. 더는 의심할 여지가 없었다. 하지만 란이 이 남자의 아내였다니. 그리고 란은 아이를 낳았다. 게다가 그 아이의 아빠는…….

하나, 둘, 하나, 둘. 힘찬 구령 소리가 들려왔다. 단체로 훈련을 하는 것 같았다. 에이오대학병원은 의학부 캠퍼스와 이어져 있었다. 운동부 학생들일까. 병원 안뜰에 있던 다섯 사람은 가만히 그 소리를 들었다. 구령은 가까워졌다 다시 멀어져갔다.

"전부 다 추측은 아니었군요."

숨을 고른 하시모토는 감탄한 말투로 말했다.

"란 씨가 선생님의 아내라고 가정하면 앞뒤가 맞아요. 선생님은 생식의학 분야에서 허용되지 않는 치료법을 아내에게 시도했어요. 아무리 리스크가 큰 실험이라도 가족이라면 해볼 수 있으니까요. 하지만 진료 기록은 다른 사람들이 볼 수 없게 해야만 했죠."

유키에는 천천히 이야기를 이어갔다.

"그리고 란 씨는 그 아이를 무사히 출산했어요. 선생님은 아내에게 성공한 방법을 미사키 씨와 에미리 씨에게도 제안하신 거겠죠. 두 사람도 타인의 정자가 필요했어요. 남편의 정자에 문제가 있거나 아니면 파트너가 여자였을지도 모르죠."

후타는 한쪽 구석에서 살짝 몸을 움츠리는 모리를 지켜보았다. 혹시 모리와 에미리가 커플이었던 것일까. 모리의 집에 방문했을 때 고에몬은 에미리에게 묘하게 길들여져 있었다.

에미리가 그 집에 살고 있었기 때문은 아닐까. 그것은 에미리에게 애정을 품고 있었던 후타에게는 괴로운 상상이었다. 란이 하시모토의 아내고, 에미리는 모리의 동성 파트너라고? 더이상 듣고 싶지 않았다.

"그렇군요."

하시모토는 마치 우수한 학생이 정답을 맞혔을 때의 교수처럼 말했다. 후타는 땅이 무너져가는 감각에 초조해졌다. 목소리를 내려다 콜록거렸다. 목이 칼칼했다.

"그렇다면…… 세 사람은 왜 죽은 거죠? 하시모토 씨, 세 사람 다 죽은 거 맞죠?"

잔뜩 갈라진 목소리에 하시모토는 조용히 고개만 끄덕였다. 후타는 눈앞이 깜깜해졌다. 적어도 란의 죽음만이라도 부정하기를 바랐다. 유키에는 팔짱을 꼈다.

"세 사람이 받은 치료는 아직 성공사례가 없는 최첨단 치료였어. 그게 원인이 되어 나중에 심각한 증상이나 부작용 같은 게 나타난 거지. 그러다 결국 죽은 거고."

"그럴 리가…… 도대체 어떤 치료를 한 건데?"

"일본에서는 아직 허용되지 않았지만 여자 몸에 위험 부담이 있는 첨단 치료법은 아주 많아. 예를 들어 자궁을 이식해서 아이를 낳는 것도 이미 외국에서는 시행되고 있어."

"자궁을 이식한다고?"

후타의 머리로는 도무지 따라갈 수가 없었다.

"난바라 씨, 꽤 많이 조사하셨네요."

"하지만 자세히는 몰라요. 선생님께서 더 알려주실 거죠?"

유키에는 하시모토에게 스마트폰을 받아 후타에게 건넸다. 안뜰에 선선한 바람이 불었다. 빨간 장미꽃잎이 한 장 떨어졌다. 후타는 란의 블로그가 떠 있는 화면을 가만히 바라보았다. 머리에 떠오른 생각에 스마트폰을 꽉 쥐었다.

"하시모토 씨, 그럼 당신이 세 사람을 죽인 거 아닌가요?"

"후타?"

"그 최첨단 어쩌고 하는 기술의 실패를 감추기 위해 치료를 빙자해서 란과 미사키와 에미리의 목숨을 끊었어요. 제 말이 틀렸나요?"

후타는 에이오대학병원 생식의학센터장의 얼굴을 똑똑히 바라보았다.

"란은…… 란은 일주일마다 자신이 아직 살아 있다는 것을 감사하게 여겼어요. 살고 싶어 했다고요. 그런 란을 당신은……."

하시모토의 얼굴이 일그러졌다. 한줄기 눈물이 볼을 타고 흘러내렸다. 후타는 하려던 말을 삼켰다.

아니다. 이 의사는 그런 사람이 아니다. 후타도 알고 있었다. 모리가 하시모토에게 다가가 손수건을 건넸다.

"센터장님, 날이 제법 쌀쌀해요."

3

"그러네요. 안으로 들어가시죠."

두 손을 가운 주머니에 다시 찔러넣은 하시모토가 앞장서 걷기 시작했다. 안뜰에서 나와 전면이 유리로 된 건물로 향했다.

"우리도 가자."

득의양양해진 유키에 뒤를 후타, 유이치로, 모리가 따랐다. 십몇 층은 되어 보이는 건물 벽면에 '생식의학센터'라고 표시되어 있었다.

안으로 들어가자 휴일임에도 많은 직원이 나와 일하고 있었다. 지나가는 직원들이 하시모토에게 깊숙이 고개를 숙이며 인사했다. 엘리베이터를 타고 맨 위층인 12층까지 올라갔다. 넓은 복도를 사이에 두고 양쪽으로 방이 여럿 있었다. '센터장실'

이라고 적힌 금색 문패가 붙은 가장 안쪽 방 앞에 선 하시모토가 카드키로 잠금을 해제했다.

방 안은 마치 고급 호텔 같았다. 바닥에 깔린 푹신한 카펫, 미술관에 와 있는 듯한 훌륭한 회화 작품, 그리고 클래식한 인테리어. 안쪽 벽은 전면이 유리로 되어 있었다. 유리창 너머 저 멀리 보이는 선명한 노란빛은 은행나무이리라. 창 앞에 중후한 책상이 놓여 있었다.

"앉으시죠."

방 중앙을 가리켰다. 아이보리색 4인용 소파 두 개가 마주 보고 나란히 놓여 있었다. 모리가 왼편의 작은 방으로 들어갔다.

"히로타 씨도 같이 앉으시게."

"아, 예."

유이치로를 따라 후타와 유키에도 자리를 잡았다. 하시모토가 세 사람의 반대편에 긴 다리를 접으며 앉았다.

"설마 마키시마 씨가 알아챌 거라고는 생각도 못 했어요."

하시모토는 가운을 벗어 소파에 걸쳐두었다. 흰색 와이셔츠 소매에 달린 은색 커프스가 반짝였다.

"세 사람이 마키시마 씨를 만나러 갔던 건 모리 씨에게 듣기 전까지 전혀 몰랐어요."

"죄송합니다, 센터장님."

작은 방 문틈으로 모리가 얼굴을 내밀고 사과했다. 커피 향이 은은하게 풍겨왔다.

"괜찮습니다. 모리 씨도 한참 뒤에 알게 된 것 아닙니까."

"네, 에미리 때요."

모리가 커피 네 잔을 쟁반에 받쳐 들고 나왔다. 네 사람 앞에 커피를 한 잔씩 놓고 자신은 뒤쪽 의자에 앉았다.

"만약 언론이나 동종 업계에서 일하는 분이셨다면 지금부터 할 이야기는 절대 하지 않았을 겁니다. 어떻게 해서든 감추었겠지요."

유이치로가 옆에서 입을 열었다.

"진료 기록을 볼 수 없게 시스템을 손본 건 센터장님의 지시였군요."

"맞아요. 시스템 총괄부장에게 제가 부탁했습니다."

병원의 불상사나 스캔들로 이어질 법한 일이 있었다는 것은 이제 확실해졌다.

"히로타 씨의 아이디로 어제 도오야마 미사키의 진료 기록에 접근하려고 한 사람이 있었다는 것도 부장에게 들었습니다."

유이치로가 침을 삼키는 소리가 후타에게까지 들렸다.

"총괄부장은 아무것도 몰라요. 그저 제 지시를 따랐을 뿐입니다."

"하시모토 씨, 어째서 저를 만나 주신 거죠?"

"모리 씨와 상의했어요. 많이 고민했지만 마키시마 씨에게는 진실을 이야기해야겠다고 결론 내렸어요."

"제가 세 사람과 사귀었기 때문인가요?"

"세 사람의 유언이기도 했어요."

"유언이요?"

"네. 저는 란에게 부탁받았습니다. 만약 당신이 자신들의 죽음을 알고 찾아온다면 만나서 전부 이야기해주라고요."

세 사람은 나에게 무엇을 전하고 싶었던 걸까.

"당신은 특별한 존재였습니다."

"제 정자가 세 사람을 위해 쓰였다는 건⋯⋯."

하시모토를 지켜보는 유키에의 옆모습을 바라보았다.

"사실인가요?"

하시모토는 김이 나는 잔을 들고 향을 음미하듯 한 모금 마셨다.

"사실입니다."

유키에가 자세를 고쳐 앉았다.

"제법 긴 이야기가 될 겁니다. 들어주시겠습니까?"

"물론입니다."

하시모토는 긴 다리를 꼬았다.

"저는 어릴 때 백혈병을 앓았습니다."

백혈병은 혈액암의 일종이었다. 위중한 병이라는 것 정도는 후타도 알고 있었다. 갑작스러운 이야기에 당황했다.

"다행히 목숨은 건졌지만 힘든 치료가 기다리고 있었어요. 항암치료와 방사선치료였죠. 몇 년 동안 계속됐어요."

"그래도 다 나으신 거죠?"

달리 할 말이 없었다.

"죽을 만큼 힘들었어요. 차라리 죽는 게 낫겠다 싶었던 순간이 한두 번이 아니에요."

후타가 겪은 가위눌림은 비교할 바가 아니었다. 눈앞에 앉아 있는 남자는 진정한 죽음의 공포를 맛보았다.

"그래서 저는 의사가 되기로 했어요. 병으로 고통받는 사람들을 구해야겠다고 다짐했죠. 불안과 절망에 빠진 사람들에게 괜찮다고, 안심해도 된다고 말해주고 싶었어요."

멋진 동기라고 생각했다. 하지만 후타는 이 이야기가 어디로 이어지는 것인지 알 수 없어 답답했다.

"여하튼 그런 치료에는 부작용이 있어요. 난바라 씨가 이미 눈치를 채셨듯요."

강의를 하는 듯한 말투였다.

"생식세포에 미치는 영향 말씀이시죠?"

유키에는 자신의 가설을 하시모토가 받아들여서인지 어느 정도 침착함을 되찾은 상태였다.

"맞아요. 암세포를 죽이기 위한 치료는 정상적인 세포도 손상시킵니다. 제가 받은 치료는 생식세포에 영향을 주었어요. 의학부에 재학할 당시 혹시나 하는 마음에 직접 검사를 했습니다. 설비는 다 갖추어져 있었으니까요."

하시모토는 뜨거운 듯 커피를 입으로 불어가며 마셨다.

"제가 무정자증이라는 사실을 알고 충격을 받았어요. 임신이 불가능했죠."

자조하듯 입꼬리를 올렸다.

"새 치료법이 없을까 하고 난임 치료를 전공했어요. 저는 아이를 갖고 싶었으니까요. 잠도 안 자고 밥도 안 먹고 연구에만 몰두했어요. 지금이라면 iPS세포로 정자를 만들었을지도 모르죠."

"iPS세포로 정자도 만들 수가 있나요?"

유키에의 질문에 하시모토가 고개를 끄덕였다.

"이론상으로는 정자도 난자도 만들 수 있어요. 제 피부로 만든 iPS세포를 사용하면 제 유전자를 가진 정자가 나오는 거죠. 저는 지금 iPS세포 연구팀과도 연계해서 연구를 진행하고 있어요."

"하지만 아직 윤리적으로 허용된 건 아니지 않습니까?"

유이치로는 iPS병동이 생긴다며 고깃집에서 자랑스레 말했었다.

"예를 들면 그렇다는 거예요."

유이치로의 말을 가볍게 받아쳤다.

"그리고 당시에는 연구가 지금만큼 진행되지 않아서 타인의 정자를 사용할 수밖에 없었어요."

후타는 참지 못하고 물었다.

"그래서 제 정자를 쓰셨나요? 유키에의 말처럼 제가 선생님과 닮았다는 이유만으로요? 하지만 그건 란에게만 해당하는 거 아닌가요? 다른 두 사람에게도 제 정자를 쓰신 이유를 모르겠어요."

하시모토는 모리를 향해 잔을 들며 "한 잔 더 부탁해도 될까요?"라고 말했다.

"세 분도 드세요. 모리 씨가 내려주는 커피는 아주 맛이 좋아요."

모리는 미소를 지으며 빈 잔에 커피를 따랐다.

"마키시마 씨의 정자를 고른 데에는 몇 가지 이유가 있어요. 하나는 난바라 씨가 말씀하신 대로입니다."

하시모토는 커피잔을 양손으로 감싸듯 쥐었다.

"마키시마 씨가 아르바이트를 하러 오던 날 저도 병원에 있었습니다. 저랑 닮은 사람이 정자를 제공하러 왔다며 병동이 떠들썩했어요."

"전혀 몰랐습니다."

간호사들이 후타의 얼굴을 뚫어지게 쳐다보던 것은 그 때문이었던 것일까.

"저는 들키지 않도록 조심하며 몰래 지켜봤어요. 마침 그때 저는 아내의 난자에 수정시킬 정자를 찾고 있었거든요. 저와 똑같은 A형 혈액형의 정자를요."

"후타는?"

"나도 A형이야."

"어쩔 수 없이 남에게 정자를 받아야 한다면 조금이라도 나와 닮은 사람이면 좋겠다고 누구나 생각할 겁니다. 마키시마 씨는 저와 체격까지 비슷했어요."

하시모토는 미소를 띤 얼굴로 후타를 바라보았다.

"피가 섞인 아버지가 따로 있다고 해도 아이에게 굳이 알릴 필요는 없죠. 그래서 아이가 의심하지 않게끔 하고 싶었어요."

"이유가 몇 가지 있다고 하시지 않았나요?"

"마시키마 씨, 암 발병 원인이 뭐라고 생각하세요?"

"생활습관 아닌가요? 담배나 과음 같은 거요."

옆에서 유키에가 얼굴을 잔뜩 찌푸렸다. 슬슬 니코틴이 필요할 때가 된 것 같았다.

"그뿐만이 아닙니다."

"유전……인가요?"

"맞아요. 예를 들어 부모가 가진 암을 억제하는 유전자에 변이가 일어나는 경우, 그 유전자 변이를 물려받은 아이는 암에 걸릴 확률이 높아져요. 아이에게는 아무런 책임도 없는데 말이죠."

"그렇군요. 후타는 암을 억제하는 정상적인 유전자를 갖고 있었던 거군요?"

하시모토가 고개를 끄덕였다.

"유전자는 정자와 난자로부터 절반의 확률로 물려받게 돼요. 마키시마 씨의 정자는 유전성 암에 대한 리스크가 적었어요. 그래서 사용하게 된 겁니다."

후타는 콧망울을 긁적이며 말했다.

"암에 걸릴지 안 걸릴지가 유전자로 미리 정해져 있다니……."

"하지만 암 발병의 원인이 되는 모든 유전자가 밝혀진 건 아니에요. 대표적으로 알려진 것 중 하나는 유방암과 관련된 BRCA1인데 혹시 들어보셨나요?"

"비알……?"

후타는 처음 들어보는 단어에 몸을 살짝 뒤척였다.

"그 왜 있잖아, 안젤리나 졸리가 수술을 받았다고 뉴스에 나왔던 거. 기억 안 나?"

"아, 유방암에 걸리지 않으려고 가슴을 절제했다는 거?"

후타는 여신 같은 미모를 자랑하는 안젤리나 졸리의 팬이었다.

"졸리도 BRCA1 변이를 가지고 있었던 거야."

하시모토가 커피를 한 모금 마시고 말했다.

"맞아요. 안젤리나 졸리는 수술을 받지 않았다면 87퍼센트의 확률로 유방암에 걸릴 거라는 진단을 받았다고 하더군요."

"잘은 모르겠지만 어쨌든 제 유전자가 우수하다는 말씀이시죠?"

듣고 있던 유키에가 히죽 웃었다.

"외모 말고도 쓸모가 있었던 거네."

"자손들에게 암을 물려주지 않는 유전자를 갖고 있는 건 큰 장점입니다."

"이런 것까지 확인하시는 줄 몰랐어요."

"하나 더 중요한 이유가 있었지만 그건 나중에 설명하도록 하죠."

내 정자를 사용한 이유가 아직 더 남아 있는 것인가.

"이야기가 길어져서 미안합니다. 이제 얼마 남지 않았어요. 저는 연구실에서 저와 같은 목표를 갖고 있던 여자를 만나 결혼했습니다."

란이었다. 드디어 란이 등장했다.

"하지만 결혼한 지 2년째 되던 해 여름에 아내가 유방암에 걸렸어요."

하시모토의 얼굴을 차마 쳐다볼 수 없었다.

"유전성 유방암이었어요. 저는 최선을 다해 아내를 간호했고 일찍 발견한 덕에 전이도 없이 순조롭게 회복됐죠. 둘이서 아침마다 산책도 했어요. 걸을 수 있는 거리가 조금씩 늘어나는 게 저도 아내도 참 기뻤습니다."

하시모토는 담담히 이야기를 이어갔다.

"유방암은 여자들이 가장 많이 걸리는 암이죠?"

유키에가 가슴에 손을 얹었다.

"맞아요. 초기에 발견하면 완치가 가능하니 정기적으로 검진을 받으시는 게 좋아요. 그리고 담배는 꼭 끊으시고요."

"끊어야겠죠?"

"혹시라도 유방암에 걸려 항암치료를 받게 되시면 꼭 난자를 동결 보관해두세요."

"사모님은 항암치료 때문에 난자에 손상을 입으셨던 거군요? 그래서 아이를 가질 수가 없게 돼서 특별한 치료를 시도하게 되신 거고요."

하시모토가 두 팔을 번쩍 들어 올리며 말했다.

"아니에요, 아직 제 이야기는 끝나지 않았어요."

기세등등하던 유키에가 다시 입을 다물었다.

"그건 아니에요. 저희는 어떻게든 아이를 갖고 싶었기 때문에 항암치료를 시작하기 전에 미리 난자를 채취해서 액체질소 탱크에 보관해두었어요. 그 시점에 이미 난자 노화가 진행되고 있었기 때문에 일찍 채취하게 돼서 오히려 다행이었죠."

유키에는 의외의 전개에 다리를 꼬며 자세를 고쳐 앉았다.

"그리고 아내의 체력이 어느 정도 돌아왔을 때 아이를 가지기로 했어요. 마키시마 씨의 정자와 아내의 난자를 해동시켜 현미수정을 했습니다."

후타는 얼어 있던 자신의 정자가 녹는 장면을 상상했다. 묘한 기분이었다.

"현미수정은 성공이었지만 다시 자궁 안으로 넣을 만큼 배양이 잘된 수정란은 단 두 개뿐이었어요. 그리고 둘 다 아내의 유전자 변이를 물려받았죠."

놀란 유키에가 엉거주춤 일어섰다.

"그대로라면 태어날 아이가 유방암에 걸릴 확률이 상당히 높았어요. 저와 아내에게 암은 용서할 수 없는 존재였어요. 소중한 아이에게 저희와 같은 고통을 경험하게 할 수는 없었습니다. 하지만…… 아이를 만들 수 있는 아내의 난자는 남아 있지 않았어요."

"어떻게 그런 일이…….."

유키에가 고통스러운 듯한 목소리로 말했다. 후타는 온몸이 떨렸다. 당시 하시모토가 얼마나 큰 절망감을 느꼈을지 상상조차 할 수 없었다. 하시모토는 공중의 어느 한 점을 멍하니 바라보며 말했다.

"저와 아내는 몇 년 동안 둘이 함께 연구해온 기술을 사용하기로 했습니다. 당시 저는 성공시킬 자신이 있었어요."

"센터장님, 도대체 무엇을 하신 거죠?"

하시모토의 얼굴이 상기되어 있었다. 긴장한 듯 두 손을 모아 비볐다. 와이셔츠 가슴에 작게 수놓아진 H.H.라는 글자가 눈에 들어왔다.

"저는 수정란 안에 들어 있던 유전자 변이를 게놈 편집 기술로 수정했습니다."

4

"네?"

놀란 유이치로가 소리쳤다. 그 말을 마지막으로 하시모토는 침묵했다.

"게놈은 유전 정보 아닌가요? 게놈 편집이라면 유전자를 조작하는 거잖아요. 그런 짓을 해도 괜찮은 건가요?"

후타의 질문에 덧붙이듯 유키에가 물었다.

"디자이너 베이비인가요?"

"그런 선정적인 단어가 오해를 낳죠."

하시모토가 고개를 저었다.

"이건 예방의료의 일종이에요. 이 방법이 허용되면 태어날 아이는 부모에게 물려받은 암 유전자를 극복할 수 있게 돼요. 제 아내의 유전자 변이를 절단하고 수정하는 것만으로 곧 태어날 아이뿐 아니라 그 아이의 자손들까지 암 발병에 대한 불안에서 해방되는 겁니다."

하시모토는 "난바라 씨" 하고 다정하게 말했다.

"만약 당신이 미래에 아이를 낳는다고 합시다. 그때 아이가 암에 걸리지 않을 방법이 있다면 그 길을 선택하고 싶지 않을까요? 부모로서의 의무라고 생각하지 않나요?"

"그건 그렇지만……."

"이 치료가 모든 암에 응용된다면 그간 수많은 사람의 목숨을 앗아간 암과의 전쟁에서 인간이 승리하는 것이나 다름없어요."

유이치로가 자리를 박차고 일어섰다. 테이블 위에 놓인 커피잔에 잔물결이 일었다.

"하지만 센터장님, 이건……."

"윤리적인 문제가 있다는 건 알고 있습니다."

하시모토가 말을 끊으려 했지만 유이치로는 굴하지 않았다.

"맞아요. 게놈 편집은 기초연구 이외에는 금지되어 있어요. 이를 위반한 외국 의사가 엄청난 비판을 받고 있잖아요."

유이치로는 거품을 물고 열변을 토했다.

"센터장님은 그 수정란을…… 자궁에 다시 넣으신 건가요? 그것도 무려 몇 년 전에요."

하시모토는 고개를 빙글 돌렸다.

"마키시마 군, 난바라 씨. 시험관 아기라고 들어보셨나요?"

"네, 체외수정으로 태어난 아기 아닌가요?"

유키에가 곧바로 답했다.

"체외수정도 처음에는 루이스라는 단 한 명의 아기에서 시작됐어요. 1978년 영국에서 있었던 일입니다. 당시에 체외수정은 금기시되었어요. 인체실험이라며 논란이 되기도 했죠. 하지만 루이스가 건강하게 자람으로써 반대 여론은 말끔히 사라졌어요."

"지금은 체외수정을 아무렇지 않게 하지 않나요?"

"맞아요. 이제는 스무 명에 한 명은 체외수정으로 태어나요. 이 기술 덕에 불임으로 고민하던 사람들이 얼마나 큰 행복을 얻었는지 모릅니다."

그렇게 많은 아기가 체외수정으로 태어난다는 것을 후타는 몰랐다.

"마키시마 씨나 난바라 씨도 그렇게 태어났을지도 모르죠."

후타는 유키에와 마주 보았다.

"그런 걸 굳이 아이에게 말하지는 않으니까요. 하지만 그 정도로 널리 보급된 기술입니다."

유이치로는 줄곧 서 있었다.

"제가 무슨 말을 하고자 하는지 아시겠죠, 히로타 씨. 생식세포의 게놈 편집도 마찬가지예요. 쓸데없는 편견을 없애줄 성공 사례가 필요한 겁니다."

"하지만……."

유이치로가 비틀거리며 자리에 앉았다.

"저와 제 아내는 출산 전에 암에 대한 리스크를 없애는 혁신적인 돌파구를 찾은 거예요. 태어난 아이의 성장을 기다렸다가 천천히 발표하려고 했어요."

하시모토가 당시를 회상하듯 아련한 눈빛으로 말했다.

"그때 아내의 친구였던 두 사람이 임상 실험에 참여하고 싶다며 직접 나서주었어요. 성공사례가 여럿 있으면 당연히 설득력이 높아지겠죠. 참 고마웠습니다."

후타는 놀랐다. 그 두 사람은 미사키와 에미리였다.

"한 사람은 이 병원 직원이자 아내의 친한 친구였어요. 아내가 유방암과 싸울 때 힘이 되어주고 고민도 많이 들어주었죠. 다른 한 사람은 그분의 친구였어요. 세 사람 다 유방암을 유발하는 유전자 변이를 갖고 있었어요. 그리고 남편은 없었지만 아이를 원했죠. 그래서 세 사람은 몇 번이고 만나 이야기를 나누었어요. 아내의 친구들은 처음부터 딸을 갖고 싶어 했었는데 저에게는 의학 발전을 위해서 라고만 했어요."

유키에가 말한 대로였다. 란과 미사키, 에미리는 후타를 만나기 전부터 알던 사이였다.

"센터장님, 남녀를 구분해서 낳는 것도 금지되어 있어요."

"그건 지극히 사소한 문제예요. 저에게 중요한 건 이 세상에서 유전성 유방암을 없앨 수 있느냐 없느냐 하는 문제였으니까요."

유이치로의 눈꼬리가 떨렸다.

"두 사람 다 건강한 아이를 낳을 수 있고 심지어 유방암 근절에도 도움이 되는 거냐며 두 눈을 반짝였어요."

하시모토는 커피를 쭉 들이켰다.

"역사에 이름이 남을 만한 일이니까요."

"그 마음을 조금 알 것 같기도 해요."

유키에가 작게 중얼거렸다.

"두 사람은 제 아내가 성공한 것과 똑같은 정자를 사용하기를 원했어요. 마시키마 씨, 당신의 정자를 사용한 또 하나의 이유예요."

"왜 같은 정자를 원한 거죠?"

"세 사람은 친구라고 했잖아요. 딸들에게 같은 피를 물려줌으로써 운명공동체가 되고 싶어 했어요."

"운명공동체요?"

"네. 게놈 편집을 한 아이들을 낳을 각오를 함께하는 동지. 뭐, 그런 의미겠죠. 친척이 되는 것 같다며 기뻐했어요."

후타는 세 사람이 자신의 정자를 사용한 것이 조금은 이해되었다.

"실제로 아내의 친구들은 친척이라고 하기보다도⋯⋯."

하시모토는 하려던 말을 삼키고 살짝 미소지었다.

"이 이야기는 이쯤 하죠. 저는 두 사람의 난자와 마키시마 씨의 정자를 이용해 수정시켰어요. 그리고 유전자 변이를 수정했죠."

"성공하셨나요?"

후타는 두 손을 마주 잡았다.

"성공했어요."

"그렇다면 세 사람은 왜 죽은 건가요? 뭐가 잘못된 거죠?"

"모리 씨, 한 잔 더 주시겠어요?"

하시모토는 자리에서 일어나 책상 옆에 있는 선반으로 이동했다. 미니바 같았다. 유리로 된 문을 열어 작은 병을 꺼냈다. 유명한 위스키 제조사의 라벨이 붙어 있었다.

"술을 조금만 할게요."

하시모토는 모리가 새 커피를 따라 준 잔에 술을 몇 방울 떨어뜨렸다. 꿀꺽 들이마신 다음 후 하고 숨을 한 번 내쉬었다. 그리고는 손목시계를 슬쩍 확인했다.

"저는 다른 유전자도 바꿔버렸어요."

"오프타깃 효과……."

유이치로가 작게 중얼거렸다.

"뭐라고?"

"목표로 한 유전자 이외에도 변이가 일어나는 거야."

"저는 게놈 편집 도구를 사용해서 유방암을 유발하는 유전자 변이를 수정했고 아주 성공적이었어요. 이상한 점은 전혀 없었습니다. 하지만 저는…… 세포의 노화를 촉진하는 유전자의 스위치도 켜버린 겁니다."

"말도 안 돼."

어깨가 축 처진 유키에가 고개를 좌우로 흔들었다.

"유방암 발병을 초래한다고 생각했던 유전자는 사실 노화에 영향을 미치는 유전자를 제어하고 있었어요. 그 유전자를 저는 간접적으로 건드린 셈이죠."

무언가 이상했다. 후타는 전문 용어가 섞인 대화를 이해하기 위해 애썼지만 그와 동시에 강한 위화감을 느꼈다. 그것이 무엇인지 알 수 없었으나 하시모토의 이야기에는 분명 이상한 점이 있었다. 양옆의 유키에와 유이치로를 번갈아 쳐다보았다. 두 사람은 이상하다고 생각하지 않는 것일까.

"저는 복잡한 건 잘 모르지만 어쨌든 그 결과로 세 사람이 죽게 된 거군요?"

"맞아요. 난바라 씨 말이 다 맞습니다. 모든 책임은 저에게 있어요."

"센터장님⋯⋯."

"제 이야기는 여기까지입니다. 여러분에게 부탁이 있어요."

하시모토가 후타, 유키에, 유이치로를 차례로 바라보았다.

"부디 제가 범한 실수를 밝히지 말아주세요."

"그건 너무 무책임한 거 아닌가요? 선생님 때문에 몇 사람이 죽었는데요. 저희한테 알고도 모르는 척하라는 건가요?"

유키에가 벌떡 일어섰다.

"책임은 질 겁니다. 저는 최고 형벌을 받을 거예요."

"최고 형벌이라면⋯⋯."

유키에는 엉거주춤한 자세로 움직이지 못했다.

"저는 소중한 목숨을 구하기는커녕 죽게 했어요. 살 이유도 자격도 없어요."

이 사람은 죽을 생각이었다.

"하시모토 씨, 자살할 생각인가요? 아무도 그런 건 바라지 않아요."

"난바라 씨, 저는 언젠가 제 목숨을 끊을 생각이었어요. 예정보다 조금 빨라졌을 뿐이죠."

"센터장님!"

유이치로가 쉰 목소리로 말했다.

"쓸데없는 생각 하지 마세요. 윤리적인 문제가 있었다 쳐도 센터장님은 어쨌든 의료 행위를 하신 거예요. 환자도 리스크가 있다는 걸 충분히 인지하고 있었고요. 환자의 행복과 의학의 발전을 위한 선택이었어요. 실패한 의사가 모두 자살하면 이 세상에 의사는 단 한 명도 남아 있지 않을 거예요. 그리고 저도 알고 있어요. 센터장님이 하신 일은 언젠가 다른 누군가가 할 것이란 걸요."

유이치로는 단숨에 말했다.

"란도 미사키도 에미리도 하시모토 씨가 죽는다고 돌아오지 않아요."

후타는 겨우 목소리를 짜냈다.

"한 번 더 부탁합니다. 제 실수로 사망 사고가 발생했다는 것은 덮어주세요."

하시모토는 다시 손목시계를 보았다.

"만약 이 일이 밝혀지면 수정란에 게놈 편집을 시도하는 길이 완전히 막혀버릴 겁니다. 저는 아쉽게도 실패했지만 이 기술은 언젠가 수억 명의 생명을 구할 거예요. 이를 위해 잠도 자지 않고 연구에 매진하고 있는 전 세계의 의사들이 있습니다."

"센터장님……."

"제가 저지른 실수는 신뢰할 수 있는 의사에게 이미 말해두었습니다. 혹시 어딘가 다른 나라에서 게놈 편집을 한 배아를 자궁에 이식하는 것이 허용될 것 같다면 제가 발견한 유전자 변이와 노화 스위치와의 관계를 공개해달라고 부탁했어요."

"더는 같은 실수를 반복하지 않겠다는 건가요?"

후타의 목소리가 커졌다.

"이해해주세요. 인류는 아주 근사한 미래를 손에 넣으려 하고 있어요. 이제 한 걸음만 더 내디디면 됩니다."

자신의 말에 흥분한 것인지 하시모토의 볼이 붉어졌다.

"모리 씨, 커피 잘 마셨어요."

"네" 하고 모리가 나지막이 대답했다. 하시모토는 후타 쪽으로 다시 돌아섰다.

"그럼 모리 씨의 안내를 따라 이동하시죠."

"안내라니요? 어디로 가는 거죠?"

"자세한 내막을 밝히는 건 유리의 몫입니다."

내막을 밝힌다고? 유리는 또 누구인가.

"그럼 다녀오세요. 저는 여기서 기다리겠습니다."

"하시모토 씨, 그사이에 자살하려는 건 아니시겠죠?"

하시모토가 유키에의 말에 입꼬리를 올리며 웃었다.

"그렇게 쉽게 죽을 수 있을 리가요."

모리가 일어섰다.

"가시죠. 전부 다 알고 싶으신 거죠?"

아직 뒷이야기가 남아 있는 것인가. 그렇다면 알고 싶었다. 알아야만 했다. 후타는 유키에와 유이치로를 바라보며 말했다.

"가자."

푹신한 소파에서 몸을 일으켰다.

"선생님, 이 일을 공개할지 말지는 이어지는 이야기를 들은 다음 결정하겠습니다. 그때까지 보류예요. 그러니 선생님도 보류해주세요. 이건 약속입니다."

"알겠습니다."

세 사람은 문으로 향했다.

"아, 마키시마 씨!"

후타는 하시모토를 돌아보았다. 하시모토는 서서 고개를 숙이고 있었다.

"마키시마 씨, 고맙습니다."

5

스르륵 문이 열린 엘리베이터로 네 사람이 올라탔다.

"마키시마 씨가 오시면 안내해달라고 오래전에 부탁을 받았어요."

후타는 두근거림이 좀처럼 가라앉지 않았다. 예상치도 못한 이야기에 혼란스러웠다. 모리는 층수를 누르기 전 패널에 카드를 터치했다. 꺼져 있던 4층 버튼에 불이 들어왔다.

"VIP층인가요?"

"맞아요. 제가 일하는 곳이에요."

모리는 유이치로에게 답한 뒤 후타에게 시선을 돌렸다.

"저도 꼭 만나주셨으면 했어요."

"유리라는 분 말인가요?"

"네. 만나고 나면 센터장님의 말이 전부 이해되실 거예요. 고 맙다는 말에 담긴 의미도요."

땅 하고 높은 전자음이 들리고 문이 좌우로 열렸다. 정면으로 간호사실이 있었다. 입원 환자 전용층인 것 같았다. 간호사가 두 명, 그리고 경비원이 있었다.

"401호 병문안 손님을 모시고 왔습니다."

모리는 안쪽 복도로 걸어 들어갔다.

"이곳은 특별 병동이에요. 방은 전부 일인실이고 환자는 유명인이나 정치인이 대부분이죠. 면회를 올 수 있는 사람도 제한되어 있어요."

문과 문 사이의 거리가 멀었다. 그만큼 방이 넓은 듯했다. 입원 환자의 이름은 적혀 있지 않았다.

벽에 401이라는 숫자가 적힌 방 앞에서 걸음을 멈췄다.

"모리 씨, 저기……."

후타는 노크하려던 모리에게 말을 걸었다.

잠시 진정되었던 가슴이 다시 빠르게 뛰었다.

"유리 씨가 누군가요?"

"보시면 아실 거예요. 마키시마 씨라면 분명 아실 겁니다."

"하지만 아직 마음의 준비가……."

등을 한 대 세게 맞았다.

"후타, 일단 만나보자."

모리가 천천히 노크를 두 번 했다.

"유리 양, 들어갈게요."

밝고 청결한 방이었다. 햇빛이 가득 들어오는 창가 쪽 침대에 환자복을 입은 여자가 뒤돌아 앉아 있었다.

누구지? 도대체 누구일까.

"어서 오세요."

잔뜩 쉰 목소리였다. 돌아앉은 여자를 본 후타는 숨이 턱 막혔다. 노인의 얼굴을 한 여자가 미소 지었다. 이렇게 나이가 많은 분들 중 아는 사람은 없었다.

아니, 잠깐만. 후타는 주름이 잔뜩 진 그 얼굴을 어디선가 본 것 같았다.

"후타, 누구야?"

유키에가 뒤에서 나지막이 속삭였다. 후타는 고개를 가로저었다.

"안녕하세요, 마키시마 후타라고 합니다."

여자는 환하게 웃었다. 주름이 더 깊게 잡혔다.

"알아요!"

"네?"

겉모습과는 달리 쾌활한 어린아이 같은 말투였다.

"저는 란의 여동생, 하시모토 유리예요."

후타는 말문이 막혔다.

"말도 안 돼."

유키에가 읊조리듯 말했다.

"지금 동생이라고 하셨나요?"

이건 또 무슨 농담일까. 란의 가족이라고 한다면 누가 봐도 할머니였다. 후타는 깊은 주름이 새겨진 얼굴을 물끄러미 바라보았다.

"더 가까이 들어와서 앉으세요."

수줍어하는 유리의 얼굴에는 분명 란의 모습이 있었다. 란을 마지막으로 본 날로부터 한 50년이 지나면 아마 이런 얼굴이지 않을까.

하지만 란의 여동생이라면 이제 막 서른 전후일 터였다. 역시 말이 되지 않았다.

"후타, 치매일지도 몰라."

유키에가 속삭였다. 그렇구나. 유키에의 말이 맞는 것 같았다. 후타의 할아버지도 돌아가시기 전에 치매를 앓았다. 후타마저 기억하지 못하게 된 할아버지는 깨어 있을 때도 마치 꿈을 꾸고 있는 듯했다.

"앉을까?"

유키에의 말에 세 사람은 스툴에 걸터앉았다. 모리는 테이블 위에 놓인 꽃병을 정리했다. 예쁜 장미가 꽂혀 있었다. 이곳에도 미사키가 좋아하던 장미가 있었다.

"저 치매 아니에요."

유리가 킥킥대며 웃었다.

"네?"

"믿기 힘드시겠지만 저는 열세 살이에요."

뭐라고 답을 해야 할까. 노인에게 상처가 될 법한 말은 하고 싶지 않았다. 웃음으로 무마해볼까? 곤란해진 후타는 모리에게 시선을 보냈다.

"사실이에요. 유리 양은 지금 열세 살이에요."

"모리 씨까지……."

"후타 아저씨, 아빠한테 이야기 듣고 오셨죠?"

아빠라니, 대체 누구를 말하는 것인가.

"네, 이제 유리 양 차례예요."

모리가 유리를 보며 고개를 끄덕였다.

"저는 어려운 이야기는 잘 몰라요."

유리가 허리를 곧게 펴고 앉았다.

"저는 하시모토 센터장의 딸이에요. 제가 어쩌다 이렇게 되었는지 지금부터 설명해드릴게요."

또렷한 목소리였다.

"아빠가 수정란을 조작했다고 하지 않았나요?"

후타는 진지하게 답해도 될지 잠시 망설였지만 일단 믿어보기로 했다.

"하시모토 씨는 변이가 일어난 유전자를 수정했다고 했어요."

유리는 만족한 듯 "맞아요" 하고 답했다.

"배양에 성공한 수정란이 두 개 있었다는 것도 들으셨죠? 아빠는 남은 수정란을 보관하고 있다가 란 언니에게 아무 문제가 일어나지 않는 것을 보고 둘째를 만들었어요. 그게 저예요. 그러니까 수정란의 유전자 조작으로 태어난 건 셋이 아니라 넷인 거죠."

후타도 더는 유리가 치매 걸린 노인이라고 생각하지 않았다.

"아빠는 네 개의 수정란을 편집하면서 세포의 노화 스위치를 켜는 유전자 변이를 일으키고 말았어요. 그 결과로 제가 이런 모습이 된 거죠. 혹시 조로증이라고 들어보셨어요?"

"아!"

유리의 질문에 유키에가 반응했다.

"애슐리라고 들어본 적 있으시죠?"

"하지만 그건……."

유키에는 손가락으로 턱을 두드리며 입을 다물었다.

"가끔 TV에서 특집 프로그램으로 나오잖아요. 인류 스페셜 같은 거요. 급속도로 나이를 먹어 열다섯 정도에 죽는 아이들을 혹시 본 적 없으세요?"

후타는 어금니를 꽉 깨물었다. TV에서 본 노인의 모습을 한 소녀를 떠올렸다. 유전자의 수수께끼였나 현대인의 기이한 병이었나 하는 타이틀이었다.

"유리의 증상은 나이를 먹는 속도가 남들보다 빨랐을 뿐이에요. 애슐리는 프로제리아 증후군이었어요. 조로증에도 여러 가지 유형이 있거든요."

설명을 덧붙인 모리를 보며 유리가 고개를 끄덕였다.

"그런 병의 한 종류래요. 태어난 직후에는 저희 넷 다 평범하고 건강한 아이였어요. 하지만 열 살이 될 무렵부터 급격히 노화가 시작되더라고요."

코를 홀쩍거리는 소리가 들렸다. 모리가 손으로 눈을 가리고 있었다.

"1년에 10년씩 나이를 먹었어요. 그 후로 거울은 쳐다보지도 않게 됐어요."

후타는 바닥을 보고 머리를 감쌌다.

"그래. 그런 거였구나."

하시모토의 이야기를 들으며 느낀 위화감은 바로 이거였다. 수정란의 유전자를 조작했다면 영향을 받는 것은 그 수정란에서 태어난 아이들이었다.

"란 언니와 미사키, 에미리는 후타 아저씨한테 서른 살 정도라고 했었죠? 실제로 그 정도로 보였을 테고요."

"맞아요. 전혀 이상한 점은 없었어요."

"하지만 다들 만으로 열두 살, 초등학교 6학년이었어요."

눈앞의 안개가 걷히는 기분이었다. 후타는 확신했다. 이건 모두 사실이었다.

후타는 그녀들과 보낸 시간을 빠르게 되짚어보았다. 나는 그녀들에게 무슨 행동을 했고 무슨 말을 했던가.

"나는 아무것도 모르고 그저 비슷한 나이일 거라고 생각하고 사귀었어. 세 사람 다 그런 병을 앓고 있는지도 모르고."

산소가 부족한 것처럼 숨이 찼다.

"세 사람한테 심한 말을 한 것 같아. 조금만 숨이 차도 이제 나이를 먹어서 힘들다거나 오래 살면 나중에 강아지를 데리고 전국 일주를 할 거라고……. 이거 말고도 나이나 수명에 대해 이상한 농담을 많이 했을 거야. 내 말이 얼마나 상처가 되었을까."

"후타……."

유키에가 등을 다독였다.

"아!"

후타는 몸을 일으켜 유리를 바라보았다.

"그럼 세 사람은, 아니 네 사람은 저의……."

유리가 생긋 웃어 보였다. 이제야 알았냐고 말하는 것 같은 표정이었다.

"맞아요. 아저씨가 저희 아빠예요."

6

"창문 아래를 봐주시겠어요?"

세 사람은 유리가 가리킨 창가로 걸어갔다.

"후타, 정신 차려."

제대로 걷지 못하는 후타를 유이치로가 부축했다. 그런 유이치로도 휘청거렸다.

"아, 아까 본 장미가 보여."

후타도 유키에 옆에 서서 내려다보았다. 안뜰의 장미가 아름답게 피어 있었다.

"미사키는 여기서 보이는 풍경을 정말 좋아했어요."

"여기도 장미바다네."

후타가 작게 말했다.

"미사키도 그렇게 말했어요."

위에서 보니 꽃잎들이 하늘에 둥둥 떠 있는 것 같았다.

"미사키는 후타 아저씨한테도 그 장미를 보여주고 싶다고 했어요. 그래서 아빠한테 부탁해서 거기서 아저씨를 만난 거예요."

"미사키가 그런 부탁을……."

"두 분이 이야기하는 동안 저는 계속 여기에서 보고 있었어요."

장미바다 한가운데 있는 작은 연못이 새파란 빛을 띠고 있었다.

"미사키도 이 병동에 있었던 거군요."

"란 언니랑 에미리도 여기에 있었어요. 증상이 나타난 이후부터요. 밖에 자주 나갈 수가 없으니 나중에는 여기가 집같이 느껴졌어요."

유리가 작게 웃었다.

"저희 유전자를 조작한 게 아빠와 엄마라는 건 일찍이 알고

264

있었어요."

후타는 자신의 피가 섞인 유리에게 무슨 말을 해야 할지 몰랐다.

"저희는 넷이서 대화를 자주 했어요. 같은 처지라서 그런 걸까요? 정말 빠르게 친해졌어요. 서로 끌어안고 울기도 많이 울었죠. 변해가는 얼굴을 저주했어요. 아빠랑 엄마는 몇 번이나 찾아와서 사과했지만 그래도 밉더라고요."

무슨 말이라도 해주고 싶었다. 하지만 후타 앞에 있는 소녀는 후타가 상상할 수조차 없는 가혹한 운명을 타고났다. 어떠한 위로의 말도 격려의 말도 찾을 수가 없었다.

"그러다 저희 엄마가 스스로 목숨을 끊었어요."

유리의 목소리에 물기가 어렸다. 유키에가 아무 말도 하지 못하는 후타를 슬쩍 보고는 입을 열었다.

"어머님은 스스로를 용서할 수 없었던 걸까요?"

"그것도 그렇고 저희가 점점 늙어가는 모습을 보는 걸 견디지 못했던 것 같아요."

모리는 손수건으로 흐르는 눈물을 막았다.

"그 일을 계기로 저희는 생각했어요. 남은 시간을 소중하게 써야겠다고요."

"정말 의젓하네요."

유리는 유키에에게 고개를 살짝 숙여 인사하고 후타에게 눈을 돌렸다.

"란 언니가 저한테 말했어요. 우리의 진짜 아빠는 어떤 사람일지 궁금하다고요."

후타를 보는 유리의 두 눈에 처음으로 눈물이 차올랐다.

"이대로 늙어서 죽어버리기 전에 진짜 아빠를 만나보고 싶었어요. 우리를 이렇게 만든 아빠에 대한 불만과 반항심 때문이기도 했던 것 같고요."

모리가 작은 수건을 유리에게 건넸다.

"후타 아저씨에 대해서는 엄마가 죽기 전에 알려줬어요. 펫시터로 일하는 것도요. 그래서 만나려고 마음만 먹으면 얼마든지 만날 수 있었어요."

"그러게요. 직장인도 아니고 강아지와 관련된 일이니까 만나기 쉬웠겠네요."

유리가 유키에의 말에 고개를 끄덕였다.

"란 언니는 그 무렵부터 후타 아저씨의 블로그를 구독하기 시작했어요."

안녕하세요. 저도 강아지를 정말 좋아해요. 란이 처음 남긴 댓글이었다.

"아저씨, 란 언니의 블로그 이름 기억하세요?"

"매직 아워…… 맞죠?"

겨우 목소리를 짜냈다.

"무슨 뜻인지 아세요?"

"물어봤지만 알려주지 않았어요."

에비스에서 본 마법 같은 하늘. 주황빛에서 분홍빛으로 아름답게 물들어가던 하늘은 어둠에 덧없이 삼켜졌다.

"란 언니는 무서울 정도로 급격히 변해가는 자신의 모습을 그 단어에 빗대어 표현했어요."

"아아……."

후타는 눈을 굳게 감았다.

"후타, 학교 이야기도 거짓말이 아니었어. 후타가 졸업생 명단을 찾아본 건 중학교였잖아."

눈을 뜨고 유키에를 보았다.

"그렇구나. 란은 초등학교까지밖에 다니지 못했어."

"생생히 기억나요. 언니가 저한테 그랬어요. 우리가 죽고 나면 이 세상에 우리와 피가 섞인 사람은 정자를 준 아빠밖에 없다고요. 그러니 만나고 싶다고, 지금 당장이라도 진짜 아빠를 만나러 가고 싶다고요."

"나 같은 걸 왜 그렇게까지……."

"그렇게 말씀하지 마세요."

"아, 미안해요."

눈을 맞추며 웃었다.

"미사키랑 에미리는 처음부터 아빠가 없었으니 저희의 말에 곧바로 관심을 보였어요."

하시모토는 임상 실험에 협력하기로 한 두 사람에게 남편이 없었다고 말했다.

"죽어가는 사람이 자신의 피를 물려받은 자식에게 희망을 건다고들 하잖아요. 반대 버전이었던 셈이죠."

"그렇군요. 저한테 희망을 걸었던 거네요."

"맞아요. 하지만 저희가 아저씨 앞에 갑자기 나타나서 저희는 당신의 정자를 받고 태어난 아이들입니다. 얼마 못 가 죽을 거예요. 이런 소리를 한다면 어땠겠어요?"

"미안해요, 상상도 안 가네요."

"식겁하겠죠. 제정신이 아닌 여자들이라고 도망갈 게 뻔하잖아요. 그래서 제가 계획을 세웠어요. 아저씨한테는 미안하지만 이왕 이렇게 된 거 게임이라고 생각하자고요. 게임 방법은 다들 어른인 척하고 아저씨의 여자친구가 되는 거였어요."

유키에가 "똑똑하다"라며 다정하게 말했다.

"그런 생각을 잘도 했네요."

"저는 재밌는 걸 좋아하거든요. 규칙도 꼼꼼히 세웠어요."

유리가 쫙 펼친 오른손을 내밀더니 먼저 엄지를 접었다.

"노화가 시작돼서 아저씨한테 어울릴 만한 어른의 모습이 되는 순서대로 만날 것. 그래서 란 언니가 처음이었어요. 설정은 서른 살 전후."

두 번째는 검지.

"사귀는 동안 노화가 진행돼서 아저씨가 이상하게 생각할 것 같으면 바로 헤어지기. 게임 오버예요."

세 번째로 중지.

"아저씨가 흥분해서 다가오면 도망치기. 도망치지 못했다면 바로 헤어질 것. 어쨌든 부녀 사이니까요."

후타는 어떤 표정을 지어야 할지 몰랐다.

유리는 "다음은 별거 아니지만" 하고 말하며 약지를 접었다.

"초등학생이라는 걸 들키지 않도록 어른스럽게 행동할 것. 이게 제일 어려웠던 것 같아요."

마지막으로 새끼손가락을 접었다.

"엉성하게 거짓말을 하면 들키기 쉬우니까 가족이나 일에 관한 이야기는 일절 하지 말고 곤란할 때는 웃어넘기기가 저희 암호였어요."

하나씩 접었던 손을 다시 펼쳤다.

"이 다섯 가지 규칙을 지키면서 마키시마 후타의 사랑을 쟁취하면 게임 클리어예요."

후타는 유리를 꼭 안아주고 싶어졌다.

"그런 규칙이 있었군요. 짐작 가는 부분들이 있어요."

"그 게임이라면 다들 완수한 거 아니야, 후타?"

"응, 그건 확실해. 다들 대성공이었어."

"란 언니도 미사키도 에미리도 정말 즐거워했어요. 데이트를 할 때마다 다 같이 모여서 작전 회의를 했어요. 입고 나갈 옷이나 화장, 대화 주제, 갈 장소를 같이 정하고 서로 조언이나 충고도 해줬어요. 돌아오면 곧바로 보고회 겸 반성회를 했죠. 정말 재밌었어요."

유리는 그때가 그리운 듯한 표정을 지었다.

"저희의 운명을 잠시나마 잊을 수 있었어요. 세 사람 모두 하늘나라로 떠나기 전에 좋은 추억이 생겨서 기쁘다고 말했어요."

후타는 이쯤에서 물어봐야겠다고 생각했다.

"하지만 에미리는 스스로……."

"에미리는 스스로 선택한 거예요. 늙어가는 자신의 모습을 더는 보고 싶지 않다면서요. 란 언니와 미사키가 떠난 뒤였으니 어떻게 될지 이미 알고 있었고요."

모리와 눈이 마주쳤다.

"제발 부탁한다고 했어요. 센터장님과 상의해서 본인이 원하는 대로 해주기로 했어요. 어차피 시간문제이기도 했으니까요"

"그럼 어떻게……."

"자는 동안 숨을 거둘 수 있게 센터장님이 링거에 약을 조금씩 넣었어요."

후타는 두 무릎을 꽉 쥐었다.

"주변 사람들이 지켜보는 데에서 아픔 없이 떠났겠네요."

"저랑 둘이서 이별 파티도 했어요. 계속 웃었어요. 아, 하지만……."

유리가 웃음을 터뜨렸다.

"아저씨가 좋아하던 티셔츠에 꼬치 양념을 묻힌 걸 계속 신경 쓰더라고요."

후타는 겨우 참고 있던 눈물이 터져 나왔다.

"저 하나만 물어봐도 될까요? 왜 유리 양은 그 게임에 참여하지 않았죠?"

유키에의 목소리도 떨리고 있었다.

"저는 세 사람만큼 키가 크기 전에 노화가 일찍 시작되어버려서 참여할 수가 없었어요. 140센티미터로 찾아가기에는 조금 그렇잖아요. 게다가 란 언니랑 얼굴이 똑같아서 분명 들켰을 거예요."

유리의 앙상한 목덜미를 바라보았다. 이 소녀는 지금도 죽음을 기다리고 있다. 후타는 자신이 비쩍 말랐고 건강해 보이지 않아 다행이라고 생각했다.

"그래도 세 사람이 아저씨랑 찍은 사진이나 동영상을 보여줬어요. 그걸 보면서 저도 충분히 즐거웠어요."

유리는 이동식 사이드 테이블로 손을 뻗었다.

디지털 액자였다. 유리는 액자의 각도를 살짝 틀어 모두가 볼 수 있게 해주었다. 후타가 장미바다를 배경으로 테라스에 서 있었다. 세 사람은 처음 앉았던 스툴로 돌아갔다.

"후타의 사진이야."

"정말 예쁜 장미정원에 갔었구나."

유키에와 유이치로가 말하자 사진이 바뀌었다. 영화관에 붙은 포스터 앞에서 후타가 엄지를 치켜들고 있었다. 에미리와 함께 봤던 괴수 영화였다. 후타는 감동한 나머지 기념품 가게에서 티셔츠도 샀었다.

또 다음 사진으로 넘어갔다. 디지털 액자는 슬라이드쇼로 되어 있었다.

"세 사람이 데이트하며 찍은 사진이 전부 들어 있어요. 이걸 보고 있으면 제가 아저씨랑 데이트를 한 것 같은 기분이 들어요."

"제 사진밖에 없나요?"

"세 사람은 사진 찍히는 걸 싫어하지 않았나요?"

유리의 말이 맞았다. 카메라를 들이대면 부끄럽다며 도망가고는 했다. 찍고 싶지 않았겠지. 돌이켜 생각하니 너무도 당연한 얘기였다.

천천히 넘어가는 사진들 속에서 후타는 언제나 웃고 있었다. 잠시 미안한 마음이 들었지만 그럴 필요 없다고 생각을 고쳐먹었다. 후타는 세 사람과 진지하게 사귀었고 모든 순간이 즐거웠다. 딸들의 게임에 온 마음을 다해 참가했던 셈이다.

"선물도 받았고요."

침대 옆에 놓인 인형을 바라보았다.

"란이 샀던 기념품이네요."

"아저씨랑 놀이공원에 간다고 들떠 있길래 제가 부탁했어요."

그밖에도 몇 가지 작은 소품들이 놓여 있었다. 그러고 보니 세 사람은 선물이나 기념품을 고르는 데 늘 공을 들였었다.

"어? 미사키의 연하장이네?"

후타도 받았던 코코아의 사진을 넣어 만든 연하장이 세워져 있었다.

"미사키는 연하장 만드는 걸 좋아했어요. 매년 초등학교 친구들에게 보냈대요. 하지만 증상이 나타나면서부터는 자기 사진을 넣을 수가 없잖아요. 그래서 코코아 사진을 잔뜩 찍어서 만든 거예요."

이 연하장에서 모든 것이 시작되었다. 이 엽서가 후타의 아파트 우편함에 들어 있지 않았더라면 후타도 연하장을 보내지 않았을 것이며 미사키의 어머니에게 상중 엽서를 받는 일도 없었을 것이다.

란, 미사키, 에미리가 죽었다는 사실을 전혀 모른 채 태평하게 하루하루를 살았을지도 모른다고 생각하니 소리를 지르며 뛰쳐나가고 싶은 심정이었다.

"미사키의 상중 엽서를 받기 전까지 세 사람에게 이런 일이 있었다는 걸 전혀 몰랐어요."

모리가 후타에게 시선을 보냈다.

"미사키의 어머니는 저에 대해 알고 있었나요?"

유리가 고개를 저었다.

"모르셨을 거예요. 비밀로 하기로 약속했었고 치료를 받는 도중에 진짜 아빠를 만나러 간다고 하면 절대 허락해주지 않았을 테니까요."

"아, 그 사진……."

모리가 작게 중얼거렸다. 액자에는 고에몬 옆에 나란히 선 후타와 모리의 사진이 떠 있었다.

"이런 사진도 찍었었군요."

후타가 모리에게 리드줄을 잡는 방법을 알려주는 장면이었다.

"쟤도 참, 말도 안 하고 찍었네."

그 말에 후타는 짚이는 것이 있었다. 에미리가 저 당시 열두 살이었다고 하면……

후타는 모리의 얼굴을 물끄러미 바라보았다.

"모리 씨, 에미리와 많이 닮으셨네요."

"죄송해요. 말씀 못 드렸어요"라며 모리가 고개를 숙였다.

"하야시 에미리는 제 딸이에요."

유리가 팔을 뻗어 모리의 손을 잡았다.

"아저씨와의 게임은 넷만의 비밀이었지만 에미리네 아줌마한테는 들켜버렸어요."

"에미리네 아줌마라니……."

유키에가 한숨 섞인 말을 내뱉었다.

"어쩔 수 없었죠. 저희를 오랜 시간 간호해주셨으니까요. 눈치를 못 챌 리가 없었어요."

"하시모토 씨에게 임상 실험에 참가하겠다고 자처한 게 모리 씨였군요."

"맞아요. 저는 어머니와 외할머니가 유방암을 앓아서 저도 유전자 검사를 받았어요. 그리고 저도 유방암의 원인이 되는 유전자 변이를 갖고 있다는 걸 알게 됐죠. 그래서 센터장님 부부의 연구에 오래전부터 관심을 갖고 있었어요."

유이치로가 고개를 끄덕였다.

"임상 실험이라고 해봤자 센터장님 부부와 제 파트너만 관계되어 있었기 때문에 아무도 수상하게 생각하지 않았어요."

"그렇군요. 하긴 특별한 수술이 필요한 것도 아니니까 겉으로 보기에는 평범한 난임 치료와 다를 바 없었겠네요."

유이치로는 머릿속으로 그 장면을 그려보는 듯했다.

"게놈 편집은 센터장님이 혼자 하셨어요. 최근에 개발된 게놈 편집 도구보다는 시간이 오래 걸리기는 했지만 그래도 신의 손이라고 불리던 분이니까요."

"모리 씨의 파트너는 후타의 정자를 쓰는 것에 동의하셨나요? 이왕이면 자신의 정자를 쓰고 싶지 않으셨을까 해서요."

"저는 남자를 못 만나요."

모리는 솔직하게 모든 것을 털어놓았다.

"센터장님도 말씀하셨잖아요. 협력하겠다고 나선 사람들에게는 남편이 없었다고요."

"그럼 모리 씨의 파트너는……."

유리가 빠르게 끼어들었다.

"에미리네 아줌마는 미사키네 아줌마랑 사귀는 사이였어요."

그런 거였구나.

"난바라 씨, 아까 안뜰에서 파트너가 여자일지도 모른다고 하셨죠?"

유키에가 고개를 끄덕였다.

"그건 맞추셨어요. 센터장님 부부가 실험에 성공했다는 이야기를 듣고 저희도 부탁했어요. 제 파트너는 도오야마 미사토였고 유방암 환자 커뮤니티 사이트에서 만났어요. 저희 둘 다 같은 처지여서 건강한 아이를 낳을 수 있는 기회라면 실패할 위험을 무릅쓰고라도 시도해보고 싶었어요."

"기분 나쁘게 듣지 않으셨기를 바라요. 저는 그런 관계도 정말 멋지다고 생각해요."

"남자는 귀찮게만 하잖아요."

"백번 옳은 말씀이세요! 그래서 남자보다는 여자아이를 원하셨던 거군요."

유키에가 손뼉까지 쳐가며 말했다

"맞아요. 귀여운 여자아이를 원했어요. 생각해보세요. 동성 커플인 저희가 쉽게 정자를 받을 기회였어요. 인터넷에서 팔법한 누구 것인지도 모르는 정자도 아니었죠. 무려 병원에서 체크한 건강한 정자잖아요. 그리고 아이 아빠에 대해 물어보는 사람도 없이 혼자 출산할 수 있는 데다가 아이가 암에 걸릴 위험도 없애고 의학의 발전에도 공헌할 수 있고요. 이런 멋진 기회는 두 번 다시 없을 거라고 생각했어요. 그뿐 아니라 친한 친구의 꿈을 이루는 데 도움도 줄 수 있었죠.."

모리가 두 손을 꽉 쥐었다.

"그리고 저도 미사토도 난자의 노화가 이미 진행된 상태라질이 좋지 않아서 건강한 수정란을 배양하는 게 쉽지 않았어요. 센터장님이 꽤 고생하셨다고 해요."

"하지만 동성혼은 법적으로 금지되어 있잖아요."

유이치로는 모리의 따가운 눈빛을 받았다.

"히로타 씨는 정말 진부하네요. 그래서는 아무 발전도 할 수 없어요. 그리고 계속 법 타령만 하는데 이 나라의 법률이 얼마나 시대에 뒤처져 있는지 모르세요? 지금은 LGBT 인권이 전 세계에서 인정받는 추세라고요. 그러니 법도 언젠가 바뀔 거고요."

"뭐, 그럴지도 모르겠네요."

유이치로는 입을 다물었다.

"어쨌든 미사토는 미사키를, 저는 에미리를 낳았어요. 두 사람은 자매가 되는 것이나 다름없으니 같은 남자의 정자를 사용하는 편이 좋았죠. 얼굴도 닮으면 좋잖아요."

"아, 그렇군요. 그래서 다들 후타의 정자를 사용하신 거군요."

모두의 시선을 받은 후타의 눈동자가 흔들렸다.

"유리의 계획을 들었을 때는 정말 놀랐어요."

유리의 어깨 위에 손을 살짝 올렸다.

"란과 미사키의 게임은 이미 끝났고 다음은 에미리의 차례였어요. 사실은 저도 마키시마 씨를 만나보고 싶었어요."

후타를 향해 웃어 보였다.

"간호사로서 아이들을 돌보면서 어느 단계까지는 일상생활에 지장이 전혀 없다는 것은 알고 있었어요. 물론 에미리는 초등학교 6학년이었으니 걱정은 됐죠. 하지만 저도 에미리와 미사키의 아빠에 대해 알고 싶었어요. 난바라 씨가 아까 말씀하신 대로예요. 제 몸에 들어온 정자의 주인을 보고 싶었어요."

"죄송합니다."

죄송하다는 말이 무심결에 튀어나왔다.

"왜 사과를 하세요? 좋은 사람인 것 같아서 안심했어요."

"그, 그건 감사합니다."

"성이 똑같으면 들키니까 에미리한테는 하야시 에미리라고 말하라고 했어요."

"수풀 삼森에서 수풀 림林으로 나무 목木 하나를 숨겨봤어요."

유리가 장난스럽게 웃으며 말했다.

"마키시마 씨가 집에 오셨을 때 에미리의 친구처럼 보이려고 최대한 젊게 꾸몄어요. 열 살이나 어려 보이게 하느라 정말 힘들었죠."

"의심조차 안 했어요. 그럼 그 집에서 두 분이 계속 함께 사신 건가요?"

"미사키에게 증상이 나타나기 전까지는 저와 미사토, 에미리, 미사키 넷이 함께 기치조지에서 살았었어요."

후타는 마당에 떨어져 있던 동백꽃잎을 떠올렸다. 그 집에서 다 함께 살았던 것일까. 옆집 여자는 초등학생 자매가 둘이 자주 같이 놀았다고 했었다. 그 자매는 노화가 시작되기 전의 미사키와 에미리였다.

"하지만 역시 쉽지 않았어요. 저는 에미리를 데리고 지금 사는 집으로 이사했어요. 미사토는 미사키가 세상을 떠난 다음 고향인 후쿠야마로 돌아갔고요."

모리는 여전히 밝은 목소리였다. 유리 앞이라 감정을 절제하고 있는 듯했다.

"마키시마 씨는 미사토가 보낸 상중 엽서로 이번 일을 알게 되신 거죠? 미사토는 아마 마키시마 씨도 미사키와 같은 초등학교에 다녔던 친구라고 생각했을 거예요."

미사토는 후쿠야마의 장미공원에서 미사키에게 당신 같은 친구가 있을 리 없다며 소리쳤었다. 후타가 미사키에게 보냈던 강아지 사진이 들어간 연하장은 주소까지 워드로 작업해서 출력했기 때문에 초등학생이 보낸 것이라고 충분히 오해할 만했다.

"엽서에 주소가 없었어요. 기치조지도 후쿠야마도."

"미사키의 친구라면 주소를 알릴 필요가 없잖아요. 미사키가 죽었으니 더는 편지나 연하장을 주고받을 일은 없으니까요. 육아 친구들도 마찬가지고요. 아마 작별 인사 대신이었을 거라고 생각해요."

후타는 유키에를 슬쩍 보았다. 유키에는 그 엽서를 보고 연을 끊으려 하는 것 같다고 했었다.

"미사토는 주변 사람들이 미사키를 잊어주기를 바랐어요. 자기 자신도 아마 잊고 싶었을 거예요."

모리는 크게 숨을 한 번 내쉬고는 "저도 그랬거든요"라며 말을 이어갔다.

"마키시마 씨와 난바라 씨가 찾아왔을 때 에미리에 대해 모른다고 거짓말을 하지 말 걸 그랬어요. 하지만 정신을 차려보니 이미 그 말이 입에서 나오고 있었어요. 저도 병원 밖에서는 잊고 싶었거든요. 하지만 결국 이렇게 에미리의 마지막을 마키시마 씨에게 알릴 수 있게 되어 다행이라고 생각해요."

후타는 한손으로 눈을 가렸다.

"저도 다행이에요."

"이제 그만! 분위기가 너무 우중충하잖아요."

유리가 손을 들어 후타의 얼굴 앞에 대고 흔들었다.

"이제 전부 다 아셨죠?"

"아, 네. 눈앞이 팽팽 도는 것 같지만요."

"저까지 떠나버리기 전에 자세한 내막을 알려드려야 할 것 같았어요."

유리의 미소는 매우 귀여웠다. 침대 위에서 자세를 바로잡더니 후타를 지긋이 바라보았다.

"아빠."

후타는 가슴이 먹먹해졌지만 애써 눈물을 참으며 양쪽 무릎에 손을 가지런히 올렸다.

"그래."

유리를 똑바로 바라보며 말했다.

"드디어 불러봤네요."

후타는 유리의 손을 잡았다. 얇은 핏줄이 도드라진 손의 감촉에 또다시 눈물이 흘렀다.

유리는 유키에를 보며 미소지었다.

"아빠 여자친구예요?"

"뭐? 아니야!"

유키에가 후타의 다리를 걷어찼다.

"맞아. 잘 부탁할게, 유리."

"잘됐다. 이제 저까지 떠나면 아빠를 걱정해 줄 사람이 아무도 없잖아요. 아빠를 잘 부탁드릴게요."

유키에가 가슴을 두드리며 말했다.

"맡겨만 줘."

7

"다 같이 아빠한테 메시지를 준비했어요."

"메시지? 어떻게?"

유리가 디지털 액자의 리모컨을 조작했다. 천진난만한 소녀의 얼굴이 화면을 가득 채웠다.

"혹시 란이야?"

유리가 "땡!" 하고 즐거운 듯 답했다.

"이건 저예요."

"그렇구나. 죄송합니다아―"

"사진은 다들 늙어버리기 전에 찍은 거예요. 그럼 메시지 시작할게요."

안녕하세요. 저는 유리예요. 이상한 계획을 세워서 죄송해요.

"저도 처음에 잠깐 등장해요."

유리가 헤헤 하고 웃었다.

"아빠가 이걸 볼 때 즈음 제가 어떻게 되었을지 몰랐으니까요."

후타는 가슴이 벅차올랐다.

"그럼 란 언니부터예요."

화면이 아동 정장을 갖춰 입고 한껏 멋을 부린 소녀로 바뀌었다. 초등학교 입학식인 것 같았다. 아까 본 유리와 거의 구분할 수 없었다. 이렇게나 어린 꼬마였구나. 벚꽃잎이 흩날리고 있었다.

후타, 잘 지내?

"란."

후타는 의자에서 일어섰다. 란의 목소리였다. 잊을 리가 없었다.

나이를 속여서 미안해.

세 사람의 웃음소리가 들렸다. 다 함께 녹음한 것 같았다.

"정말 너무했어, 란."

사실 나도 정말 힘들었어. 점점 화장으로도 늙어가는 얼굴을 숨기기 어려워졌고.

코끝이 시큰했다. 팡파르가 울려 퍼졌다. 화면 안에서 퍼레이드가 시작되고 있었다. 란이 찍은 동영상이었다.

놀이공원은 최고로 재밌었어. 나랑 데이트해줘서 고마워.

"나야말로. 나야말로 고마워, 란."

노령견이 죽은 뒤 풀 죽어 있는 후타를 란이 위로해주었다. 정말 큰 힘을 받았다.

밥은 잘 먹고 다녀? 여전히 깨깨 마른 건 아니겠지? 처음 만났을 때 이 사람 어디 아픈 거 아닌가 싶었다니까.

후타는 씁쓸히 웃었다.

"요즘은 잘 챙겨 먹고 있어."

딸들한테 걱정 좀 끼치지 마. 놀이공원 팝콘은 진짜 맛있었는데.

달콤한 팝콘 맛이 혀끝에 되살아났다.

내가 올린 두 살 때 사진을 알아봤을까? 규칙을 제대로 어기기는 했지만 그래도 나에게 일어난 일을 알아챘으면 했어.

후타는 눈을 꼭 감았다. 뜨거운 눈물을 주먹으로 닦아내고 다시 눈을 뜨자 화면은 전통 유카타를 입은 여자아이로 바뀌어 있었다.

"미사키인가?"

후타, 오랜만이야. 나 연기 진짜 잘했지?

"명연기였어."

후타는 사이드 테이블 옆에 무릎을 꿇고 앉았다. 디지털 액자 바로 옆으로 얼굴을 가까이 가져갔다.

이 보조개는 누가 뭐래도 미사키였다.

장미정원에서 서로 사랑하고 있다고 외쳐야 했을 때 등 뒤로 식은 땀이 줄줄 나더라. 나만 그랬어?

사진이 장미바다로 바뀌었다.

"나도 그랬지. 나는……."

후타는 그날 게이세이 장미정원에서 미사키에게 앞으로 결혼을 전제로 만나달라고 말할 생각이었다. 그 말을 꺼낼 상황과 대사를 한참 동안 고심했었다.

초대해줬는데 집에 못 가서 미안해. 하지만 싫어서 그런 건 아니었어.

꺄아 하고 누군가 소리를 지르며 놀려댔다. 에미리의 목소리였을까. 사이 좋아 보이는 여자아이들의 떠들썩한 소리가 이어졌다.

어쩌면 거기에 유키에 씨가 있지 않을까?

"있어! 여기 있어요, 미사키 씨!"

유키에가 옆으로 다가왔다.

유키에 씨한테는 유키에 씨만의 파워가 있으니까 후타를 어떻게든 지켜줄 수 있을 것 같았어요.

미사키는 후타에게 유키에를 소개해 유기견 보호 활동이라는 새 길을 열어주었다.

"네, 후타는 제가 어떻게든 할 테니 걱정 말아요."

후타, 잘 지내야 해. 멍멍이들 구하는 일 더 열심히 하고!

"응, 그럴게."

후타는 계속해서 고개를 끄덕였다. 그때마다 테이블 위로 눈물이 떨어졌다. 얼굴을 들 수 없었다.

"후타, 고개 들고 잘 봐."

유키에의 손이 어깨에 닿았다.

눈물이 고여 생긴 뿌연 막 너머로 안경 낀 소녀가 후타를 보고 있었다. 새초롬한 표정이 익숙했다.

"에미리……."

그게 그러니까……. 꼬치 던진 건 용서해줄 거지?

또다시 웃음소리가 들려왔다. 후타는 고개를 저었다.

"괜찮아. 그런 건 다 괜찮아, 에미리."

하지만 후타가 열심히 살기를 바랐어. 후타는 사실 대단한 사람이니까.

사진이 바뀌었다. 에미리는 눈매가 사나운 프렌치 불독을 안고 있었다.

고에몬을 한 방에 착한 아이로 만들었을 때 진짜 멋있었어. 그 정도면 돈을 벌고도 남겠다고 생각했는걸. 자신감을 가져!

공원에서 "대단해, 대단해!" 하며 놀라던 에미리의 모습이 떠올랐다.

지금도 펫 시터 일을 하고 있다는 거 알고 있어. 돈도 착실히 모으고 미래 계획도 세워야 해, 알겠지?

　"미안해, 에미리."

　열심히 했지만 해고당했어. 네가 모처럼 따끔하게 혼내줬는데. 다음 사진을 본 후타는 "아아" 하고 목소리가 새어 나왔다. 장난감 상자 같은 잡화점이었다.

　맨날 똑같은 가게만 가서 재미없었지? 병에 걸리기 전에 자주 갔었던 좋아하는 가게였거든. 따분한 데이트만 하게 해서 미안해.

　에미리는 가게 안에서 발꿈치를 들고 유코의 팔에 매달린 채 웃고 있었다.

　"다들 거짓말은 하지 않았네. 오해해서 미안해."

　아, 맞다. 그날 꼬치 집에서는 사실 좀 취했었어. 역시 술 마시는 게 아니었는데. 그래도 그날 먹은 쓰쿠네 한번만 더 먹어보고 싶다.

　프레임에 네 사람의 웃는 얼굴이 차례대로 지나갔다.

　하나, 둘!

　아빠, 고마워요.

　후타는 흐르는 눈물을 주체할 수 없었다.

후타는 세면대 거울을 바라보며 검은 넥타이를 맸다. 매끈해
진 턱을 어루만졌다. 수염을 전부 깎은 건 언제가 마지막이었
을까. 현관 초인종이 울렸다. 또 종교 권유인가 싶었다.

"마키시마 군, 집에 없나?"

이 목소리는. 황급히 문을 열었다.

"국장님……."

몸집이 작은 가미무라가 몸을 한층 더 웅크린 채 웃는 얼굴
로 서 있었다.

"여기까지 어쩐 일이세요? 아, 로열티는 기한 내에 입금할게
요."

납입 기한은 이번 달 말이었다. 설마 사무국장이 직접 여기까
지 받으러 온 것일까? 가미무라라면 충분히 그러고도 남았다.

"아, 그건 이제 됐어."

"네?"

"안 내도 된다고. 원래대로 해피서클에서 펫 시터로 일해줬으면 해."

후타는 가미무라의 각진 얼굴을 쳐다보았다. 속으면 안 된다.

"홈페이지 안 봤어? 오늘 아침에 고쳐놨는데."

"해피서클 홈페이지요?"

"맞아. 자네 이름을 다시 올려놨어. 카스가라는 녀석은 다른 일을 시키기로 했거든. 도움이 안 되더라고. 역시 마키시마 말고는 쓸 만한 녀석이 없어."

"뭐예요? 갑자기 왜 그러세요?"

가미무라가 종이봉투를 내밀었다. 긴자의 유명 백화점 로고가 들어가 있었다.

"그런 건 군이 따질 필요 없잖아. 어쨌든 오늘부터 다시 잘 좀 부탁할게. 이건 요새 유명한 전병이야. 두 번 구운 거. 맛있게 먹어."

무슨 일이 일어난 것인지 좀처럼 이해가 가지 않았다.

"그럼 이렇게 해서 프랜차이즈 계약은 계속하는 거로. 됐지? 나는 확실히 전달했다! 어차피 아직 합의서도 안 보내줬잖아."

계약 해지 합의서는 반송용 봉투도 없었고 귀찮기도 해서 내버려두고 있었다.

"그리고 사사키 씨한테는 말 좀 잘 전해줘."

가미무라는 두 팔을 곧게 펴 몸에 붙이고 마치 군인처럼 꾸벅 인사를 했다.

"네? 사사키 씨요? 잠시만요!"

이미 문은 닫힌 뒤였다.

후타는 상복을 입은 채 자전거를 타고 사사키의 집으로 향했다. 가미무라와 사사키 사이에 무언가 있었다. 설마 사사키가 후타를 위해 가미무라를 만나러 갔던 것은 아닐까. 후타가 일을 계속할 수 있도록 가미무라가 시키는 대로 했을까. 두려움에 떠는 사사키에게 다가가는 가미무라의 비열한 얼굴이 눈앞에 그려졌다.

가만히 있을 수 없었다. 헤이와바시 다리를 건너자마자 주머니에서 스마트폰을 꺼냈다. 일요일인데 집에 있으려나. 혹시 모르니 전화를 걸어봐야겠다고 생각했다.

"네, 마키시마 씨. 무슨 일이세요?"

"갑자기 연락해서 죄송해요. 지금 잠시 찾아뵈려고 하는데 괜찮으세요?"

"네? 괜찮아요. 근데 저 화장도 안 했는데 어떡하죠?"

사사키의 목소리가 밝았다.

"괜찮아요. 지금 거의 다 왔어요."

전화를 끊고 페달을 세게 밟았다. 사사키의 맨션까지 5분이 채 걸리지 않았다.

"어서 오세요. 어머, 상복이네요. 무슨 일 있으세요?"

럭키도 사사키만큼 기뻤는지 온몸으로 후타를 맞이했다.

"네, 일이 조금 생겨서 금방 가봐야 해요."

후타는 럭키의 얼굴을 만져준 뒤 고개를 들었다.

"아, 수염이 없네요?"

"그게 중요한 게 아니에요. 혹시 가미무라 씨와 저에 대해 이야기를 나누셨나요?"

"가미무라 씨요?"

"해피서클의 사무국장이요."

"아니요."

"하지만 가미무라 씨가 사사키 씨한테 말을 잘 전해달라고 하던데요."

다른 사사키 씨인 걸까. 하지만 이 이름을 가진 다른 지인은 주변에 없었다.

"아, 혹시 그거 때문일까요?"

사사키가 럭키를 안아 올렸다.

"저는 펫 숍 연맹에 문의를 했을 뿐이에요. 해피서클이라는 회사가 갑자기 프랜차이즈 계약을 해지했는데 알고 계시냐고요."

펫 숍 연맹이라는 단어를 들은 후타는 벌어진 입을 다물 수 없었다.

"계약 해지라면 혹시……."

"물론 마키시마 씨 얘기죠. 솔직히 너무하잖아요. 이렇게 갑자기 일방적으로 해고하다니요."

"그건 그렇지만······."

"그쪽 이사장이 소유한 자회사인 것 같던데요, 라고 하니까 바로 이사장을 바꿔줬어요."

펫 숍 연맹의 이사장을?

"사사키 씨가 문의하니까 이사장이 직접 전화를 받았다고요?"

"그야 제가 환경성(환경부에 해당하는 일본의 행정기관)에서 일하니까요. 제 관할이에요."

"아니, 사사키 씨······."

전혀 몰랐다. 사사키가 반려동물 업계를 관리하는 국가 기관의 높은 사람이었다니.

"공권력을 행사하신 거네요?"

"어머, 아니에요. 그냥 문의만 했을 뿐이라니까요."

사사키는 당황한 듯 얼굴이 빨개졌다.

"제가 마키시마 씨를 곤란하게 만든 걸까요?"

후타는 웃음이 나올 것 같았다.

"아니에요. 다음에 서비스로 럭키 산책 한 번 도와드릴게요."

와인을 함께 마시는 것도 괜찮지 않을까 생각했다.

유리의 장례식은 조촐한 식장에서 조용히 치러졌다. 하시모토의 유언을 전해 받은 변호사가 이미 모든 절차를 밟아둔 덕에 장례식은 아무 문제없이 진행되었다.

후타는 화장을 하기 전 유리와 마지막 인사를 나누었다. 화장실에서 조금 울고 나서 식장 밖으로 나왔다.

하늘로 하얀 연기가 피어올랐다. 자신의 피가 섞인 여자아이가 하늘로 돌아가고 있었다. 이상하면서도 차분한 마음이었다.

"편안히 눈을 감았으면 좋겠다."

유키에가 옆으로 다가와 섰다. 유키에는 후타와 함께 유리의 마지막을 지켜보았다.

"어쩌면 아직 눈을 못 감았을지도 몰라. 란이랑 미사키랑 에미리가 기다리고 있지 않았을까? 지금쯤 넷이서 파티를 열고 있을 거야."

"그러게. 여자들끼리 오랜만에 만나서 신나게 수다를 떨고 있을지도 모르겠네."

유리는 어제 아침 일찍 숨을 거두었다. 병실에서 처음 만난 뒤로 3주가 지났다. 고통 없는 편안한 마지막이었다. 후타와 유키에는 그 사이 여러 번 병원을 방문해 유리와 제법 친해졌다. 귀여운 아기 강아지를 품에 몰래 숨겨 데리고 들어간 적도 있었다.

유리가 감격에 겨워 내지른 비명 소리에 모리가 달려왔다. 엄청 혼났지만 결국 모두 웃음보가 터졌다.

"후타 이야기를 하느라 다들 신이 났을 거야."

유리는 매번 세 사람과의 데이트 이야기를 들려달라며 후타를 졸랐다.

"아니야, 가장 먼저 얘기할 건 분명 유키에의 대단한 추리
지."

가슴팍으로 주먹이 날아왔다.

"그 얘기는 하지 말자."

검은 바지정장을 입은 유키에의 얼굴이 새빨개졌다.

"쥐구멍이 있으면 들어갈 테니까 시멘트로 입구 좀 막아줘."

"그래도 유리가 감탄했잖아."

"그건 감탄이 아니라 웃음이 터진 거라고."

유키에가 주장했던 세 사람의 임신설은 유리의 웃음 포인트
를 제대로 저격했다. 모리가 걱정할 정도로 유리는 웃음을 멈
추지 못했다. 그 후로도 자주 이 이야기를 꺼냈었다.

"하지만 나도 유리를 만나기 전까지는 네 말을 믿었어."

"저도예요, 유키에 씨."

유이치로가 뒤에 서 있었다.

"게다가 반 이상 정답이었잖아요."

"유이치로 씨까지 이러실 거예요? 빨리 잊어주세요."

유키에가 몸을 비비 꼬았다.

"모리 씨가 감사하다고 전해달라 했어요. 마지막에 그렇게
행복한 시간을 보낼 수 있어 유리가 정말 기뻐했다고요."

모리는 가족을 대신해 대기실에 들어가 있었다.

유키에는 두 팔을 들어 기지개를 켰다. 시선 끝에는 유리의

하얀 연기가 있었다.

"그래. 유리가 기뻐해주었다면 다행이야."

"맞아."

세 사람은 하얀 연기를 한동안 바라보았다.

"유이치로, 병원은 정리가 좀 됐어?"

"응. 센터장님이 문제가 없게끔 용의주도하게 준비해둔 것 같더라."

그날 후타 일행이 유리의 병실에서 돌아왔을 때 하시모토는 이미 숨을 거둔 뒤였다. 그가 커피에 탄 것은 위스키가 아닌 독극물이었다. 처음부터 하시모토는 목숨을 끊을 계획이었다. 모리는 인정하지 않았지만 아마 알고 있었을 것이다.

하시모토의 죽음은 과중한 업무 스트레스로 인한 자살로 마무리되었다. 그런 내용을 담은 유서를 변호사가 보관하고 있었고, 사인을 의심할 만한 가족도 없었기 때문에 일이 커지지 않았다.

"이번 일을 외부에 알리지 않아서 고마워."

유이치로가 후타와 유키에게 고개를 숙였다.

"유이치로 씨가 고마워할 일은 아니에요."

"맞아. 그저 유리를 조용히 보내주고 싶었을 뿐이야."

하시모토 센터장이 스스로 목숨을 끊었다고 해서 네 명의 어린 소녀를 불행하게 만든 죄가 사라지는 것은 아니었다. 하지만 만약 이 일이 세상에 알려지면 언론에서는 있는 일 없는 일을 죄다 들춰내려 할 것이고 하시모토 부부는 죽은 뒤에도 쏟아지는 비난을 감내해야만 했다.

란도 미사키도 에미리도 유리도 누구 하나 그렇게 되는 것을 바라지 않았다. 후타와 유키에는 유리를 통해 네 사람의 마음을 누구보다 잘 알게 되었다. 게다가 후타는 어린 소녀들에게 일어난 몸의 변화가 흥미 위주로 다뤄지는 것이 무엇보다 싫었다.

"유이치로 씨, 한 가지 궁금한 게 있어요."

"하하, 뭔가요?"

"그 후로 이것저것 살펴봤어요. 게놈 편집이나 생식의학 같은 거요."

"정말 열심이시네요, 유키에 씨."

"요즘 뉴스에 자주 나오잖아요. 중국인 교수가 하시모토 선생님과 똑같은 일을 한 거죠?"

"아, 나도 뉴스에서 봤어. 쌍둥이가 태어났다던데."

세계 최초의 게놈 편집 아기라며 모든 언론이 앞다투어 보도하고 있다는 것을 후타도 알고 있었다. 그리고 그것이 세계 최초가 아니라는 사실도 말이다.

"아직 자세한 건 알려지지 않았지만 아무래도 같은 시도였던 것 같아요."

"리스크 따위 고려하지 않고 전 세계가 경쟁하고 있었다는 소리네요."

"누군가가 선을 넘는 건 역시 시간문제였던 거예요."

"크리스퍼가 개발되면서 게놈 편집이 훨씬 쉬워진 것도 있고 요."

유키에는 "그렇네요. 하지만……" 하고 잠시 하던 말을 멈추 었다.

"하시모토 씨는 크리스퍼 없이 이미 15년 전에 성공했던 거 잖아요."

"성공이라고는 할 수 없겠지요."

유이치로가 고개를 저으며 말했다.

"유키에 씨, 그래서 궁금한 게 뭐예요? 제가 답해드릴 수 있 는 거라면 얼마든지 물어보세요."

"하시모토 씨는 네 아이들이 태어날 수정란의 DNA를 미리 확인했을 때 유전자에 변이가 있어서 게놈 편집을 한 거잖아 요."

"네, 그렇죠."

"하지만 게놈 편집은 수정란이 세포분열 하기 전에, 즉 세포 가 하나일 때 하는 거 아닌가요?"

"맞아요. 그래야 분열해서 늘어나는 모든 세포에 편집한 결 과가 반영되니까요."

"그렇죠? 하지만 DNA를 조사하는 착상 전 유전진단은 수정 란이 네 개나 여덟 개로 분열했을 때 그중 한두 개를 수정란에 서 빼낸 다음 조사하는 거라고 나와 있더라고요."

후타가 끼어들었다.

"그냥 하나일 때 조사하면 안 되는 거야?"

"DNA를 조사하면 그 세포는 손상된대. 죽어버리는 거야."

"뭐? 그럼 편집할 수가 없잖아. 아니, 편집은 둘째치고 그 수정란을 못 쓰게 되는 거 아니야?"

"후타, 너는 그냥 조용히 좀 있어."

"저도 정확히는 몰라요."

유이치로는 전제를 달고 이야기를 시작했다.

"아마 센터장님은 수정란이 분열되기 전에 DNA를 조사하셨던 것 같아요."

"잠깐만. 그러면 수정란이 죽는다며? 그럼 아이들이 태어날 수가 없잖아."

"아, 진짜. 후타! 기다려!"

입을 다문 후타는 콧바람을 불어 대답을 대신했다.

"아직 개발 중인 기술이기는 한데 수정란의 배양액을 사용해서 DNA를 조사할 수도 있나 봐요."

"진짜로?"

후타는 참지 못하고 입을 열었다. 유키에는 검지로 턱을 두드리며 눈을 감고 있었다.

"아주 적은 양이기는 하지만 배양액에 수정란의 DNA가 배어 나온대요. 물론 세포분열 전부터요. 그걸로 검출하는 것 같더라고요."

유키에가 눈을 떴다.

"그런 방법이 있었군요."

"아직 연구 단계이기는 하지만 가능하기는 한가 봐요."

"이 모든 과정의 연구가 끝나고 누구나 간단하게 시도할 수 있게 되면 그때는 정말 태어날 아이를 제멋대로 바꿀 수 있겠네요. 말 그대로 디자이너 베이비가 탄생하는 거죠."

유이치로는 주위를 살피더니 목소리를 낮췄다.

"그 기술의 개발이 이미 15년 전에 끝났었다니, 그 사실만으로도 전 세계의 의사와 연구자들이 기절초풍할 거예요."

두 사람은 진지한 얼굴로 서로를 마주 보았다.

"뭐, 그래봤자 펫 시터인 나랑은 상관없는 일이야."

"그건 그렇지."

유이치로가 말했다.

"낙천적이네, 후타는."

유키에가 덧붙였다.

"그것보다 모리 씨는 병원을 그만둔다면서?"

"이제 돌봐야 할 사람이 없으니까 그만두려는 것 같더라고."

유이치로는 "그러고 보니……"라며 유키에를 보았다.

"멍멍이 수호대에 들어오라는데 어떻게 하지, 하면서 웃으시던데요?"

"맞아요. 지금 스카우트하는 중이에요. 모리 씨 같은 분이 도와주시면 큰 힘이 되니까요."

모리를 지켜내자. 후타와 유키에는 그렇게 다짐했다.

"여기서는 피워도 되지?"

유키에가 허겁지겁 담배를 꺼내 물었다.

"담배는 이제 끊는 게 좋지 않겠어? 하시모토 선생님도 조심하라고 했잖아."

"나도 참아보려고 했는데 흰 연기를 보니 안 되겠어."

이내 담배 연기를 뻐끔뻐끔 뿜어냈다.

"못 말리는 녀석이야, 정말."

"딱 한 대만 피울게. 억지로 참으면 스트레스 쌓이잖아. 그게 몸에 더 안 좋을걸?"

연기를 깊게 한 번 들이마신 다음 아직 길게 남은 담배를 휴대용 재떨이에 비벼 껐다. 이 정도면 장족의 발전이었다. 유이치로가 눈꼬리를 내리며 물었다.

"유키에 씨, 멍멍이 수호대를 NPO 법인으로 만드신다면서요?"

"맞아요. 입양 이벤트를 진행하는 다른 단체들과 함께요."

처음 듣는 이야기였다.

"우리 대장에게 사사키 씨가 조언해줬나 봐. 어찌 된 영문인지 일이 착착 진행되고 있어."

사사키는 티를 내지 않았겠지만 환경성 공무원의 지원을 받았으니 일은 당연히 일사천리로 진행될 터였다.

"지원금도 나올 거고 기부도 전국적으로 받아보려고 해. 활동 규모를 점차 확대할 거야. 홍보도 물론 적극적으로 할 거고.

그렇게 되면 후타나 다른 스태프들한테 월급도 줄 수 있지 않을까?"

"오…… 월급이라니."

"그러니까 더 열심히 일하라고!"

유리를 실은 하얀 연기가 바람에 나부꼈다.

"정신 바짝 차리세요, 아버님!"

유키에가 등을 세게 내리쳤다.

"아버님?"

"후타는 그 아이들의 아빠잖아."

유이치로가 아래로 잔뜩 처진 눈꼬리로 말했다.

"나는 그날 병실에서 후타랑 네 명의 아이들이 진정한 부녀 사이가 되었다고 생각해."

"부녀 사이라……. 맞아, 내 딸들이지."

"그래. 그러니까 천국에 있는 딸들한테 걱정 끼치지 말라고."

"좋아, 두고 봐!"

배에 힘을 주자 꼬르륵 소리가 났다.

"아이고, 아버님. 정신 좀 바짝 차리시라니까요."

유키에가 웃었다.

마지막으로 밥을 먹은 게 언제였더라. 하얀 연기를 따라 작은 새 한 마리가 지저귀며 날아갔다.

유이치로가 후타의 어깨에 손을 얹었다.

"후타, 들었지? 아빠 밥 좀 잘 챙겨 드시라잖아."

유키에가 반대쪽 팔을 붙잡았다.

"후타, 밥 먹으러 가자!"

환상의 그녀

초판 1쇄 인쇄 2021년 5월 17일
초판 1쇄 발행 2021년 5월 30일

지은이 사카모토 아유무
옮긴이 이다인
펴낸이 김문식 최민석
기획편집 이수민 박예나 김소정
윤예솔 박소호
디자인 엄혜리 배현정
마케팅 임승규
제작 제이오

펴낸곳 (주)해피북스투유
출판등록 2016년 12월 12일 제2016-000343호
주소 서울시 성북구 종암로 63, 5층 501호(종암동)
전화 02)336-1203
팩스 02)336-1209

© 사카모토 아유무, 2021
ISBN 979-11-6479-324-2 03830